His Cage & Her Freedom

Dark New Adult

Sophie L. Gellar

Covergestaltung: Coverstube
Buchsatz: Larissa Müller
Innengestaltung & Kapitelzierden: Canva
ISBN: 9781695106895
Verlag: Independently published

Impressum:
Larissa Müller
Sellinstraße 3
13189 Berlin

»Die Seele hat die Farbe deiner Gedanken.«
Mark Aurel

Welche Farbe hat deine?

Blau	Grün	Gelb	Lila
Grau	Glitzer	Pink	Orange
Braun	Rosa	Türkis	Bunt
Hell	Dunkel	Unterschiedlich	

HINWEIS

Triggerwarnung:
sexueller Missbrauch, Gewalt, Angststörung.

PLAYLIST

I Hate Everything About You – Three Days Grace

Bruises – Lewis Capaldi

You're Somebody Else – Flora Cash

Pain – Three Days Grace

Someone You Loved – Lewis Capaldi

So Cold – Ben Cocks

Fallen Angel -Three Days Grace

No Way – JRL

Time of Dying – Three Days Grace

Anchor – Skillet

Monster – Skillet

Dance With The Devil – Breaking Benjamin

Prolog

So leise er sich in mein Leben geschlichen hat, umso erbarmungsloser war sein Abschied. Es ist wie mit einem Pflaster, das man absichtlich langsam abzieht, um den maximalen Schmerz zu spüren. Die Haut fühlt sich an dieser Stelle rau, geschwollen und zerkratzt an. Sie fügt sich der Reihe der Narben an, bildet mit ihnen eine Einheit. Der Schmerz scheint mich auszulachen, sich über mich lustig zu machen, kichernd mit dem Finger auf mich zu zeigen. Ich fühle mich gedemütigt.

Gedemütigt. Allein.

Gefangen.

Gefangen in einer Welt voller Monster, die ihre Klauen fordernd nach mir ausstrecken. Die Wunden der vergangenen Zeit lassen helle Narben zurück, doch kaum streift mich eine der Pranken, tropft Blut aus ihnen.

Aber viel schlimmer sind die Schmerzen, die niemand sieht. Die niemand außer mir fühlt. Die niemand sonst ertragen muss. Sie grüßen mich wie alte Bekannte, mit gewisser Wehmut in den Augen.

Meine Tränen sind längst vergossen. Mechanisch setze ich einen Fuß vor den anderen und lege die Hand auf den Türknauf, der sich eiskalt anfühlt. Zugleich brennt es in meinem Inneren, als würde ein Feuer lodern, das nicht zu bändigen ist.

Es ist dunkel. So dunkel. Der Nebel verschleiert meine Sicht und erschwert mir den Weg. Ein Rascheln lässt mich herumfahren, doch ich sehe nichts. Rein gar nichts. Denn ich bin allein, wieder, nach wie vor.

Die Erkenntnis versetzt mir einen Stich und frisst sich durch meine Brust mitten in meine Seele. Der Schmerz zerreißt mich und zurück bleibt eine leblose Hülle, die von der Dunkelheit verschluckt wird.

Wenn ich die Stärke habe, durch die Düsternis zu laufen, werde ich auch die Stärke haben, das Licht zu erreichen? Kann ich die Monster bekämpfen, sie verbannen und mich retten?

Die Antwort weiß niemand, denn sie hängt einzig und allein von mir ab.

Ich drücke den Türknauf herunter, der Nebel verdichtet sich und ich kann hören, wie sie sich die Finger nach mir lecken. Die Monster sind zurück.

Kapitel 1

Friedlich schlafend liegt er im Krankenbett, die Geräte, die an ihn angeschlossen sind, geben piepsende Geräusche von sich. Fast sieht er nett aus, wie ein fürsorglicher Dad, der alles für seine Tochter tut und sie von Herzen liebt.

Nur dass er mich zu sehr geliebt hat, auf eine Art und Weise, die mein Leben zerstört hat. Er hat zu viel getan, zu viel Falsches.

Er schnarcht leise. Sein Gesicht ist voller Blutergüsse, am Hinterkopf hat er eine Platzwunde, die genäht und versorgt wurde. Beinahe habe ich Mitleid mit ihm, doch gleichzeitig fühle ich Genugtuung. Auch wenn er nie am eigenen Leib erfahren wird, was er mir angetan hat. Nicht im Entferntesten.

Seine Finger zucken und ein Räuspern folgt, dann schlägt er die Augen auf. Ich balle meine Hände zu Fäusten, kaum dass sein Blick mich trifft.

»Trink etwas, neben dir steht ein Glas Wasser«, sage ich und meine Stimme hört sich merkwürdig fremd an.

Er befolgt meinen Rat, leert das Glas in einem Zug und sieht mich an. Ich schlage die Augen nieder, denn je länger sein Blick auf mir lastet, desto unwohler fühle ich mich. Mein Atem geht schneller und ich muss mich zusammenreißen, nicht auf der Stelle loszuweinen und aus dem Zimmer zu stürmen.

»Lizzy-«, setzt er an.

Mit einer Handbewegung bringe ich ihn zum Schweigen. »Ich habe Fragen und will, dass du sie ehrlich beantwortest.« Er nickt. »Wieso … wieso bist du am Leben?«

»Der Schuss war nicht tödlich, mein Engel«, antwortet er, als wäre es keine große Sache. Dabei habe ich auf meinen eigenen Vater geschossen, weil ich seinen Tod wollte und meine Freiheit zurück.

»Nenn. Mich. Nicht. So. Nie. Wieder«, entgegne ich. »Hast du mich verstanden?«

Ein weiteres Nicken.

»Was hast du den Cops erzählt, deinen Kollegen? Irgendjemand muss deine Verletzung bemerkt haben.«

»Ich bin selbst Cop, Lizzy, ich kenne mich mit solchen Schussverletzungen gut aus. Ich wollte dich nicht in Schwierigkeiten bringen, Fehler macht jeder. Und gegen Geld kannst du so ziemlich jeden zum Schweigen bringen. Im Falle meines Todes hättest du Post vom Nachlassgericht bekommen, Schätzchen, aber das hast du nicht, oder?« Ein kleines Lächeln umspielt seine Lippen und das ist der Moment, der mich aus der Fassung bringt.

Meine Faust knallt auf das Nachttischschränkchen neben ihm und er zuckt erschrocken zusammen.

Nein, verflucht, natürlich habe ich nicht an das beschissene Nachlassgericht gedacht. Denn ich wollte einfach weg, der Hölle auf Erden entkommen.

Ich greife in meine Gesäßtasche und danke Gott, dass ich das Messer immer dabeihabe. Für genau solche Fälle. Die Klinge glänzt gefährlich und als ich sie sanft auf die Haut an seiner Kehle drücke, zieht er die Luft ein. Seine Augen weiten sich panisch und er klammert sich mit den Händen am Bett fest.

»Weißt du eigentlich, wie sehr du mein Leben zerstört hast?«, raune ich ihm zu. »Nein, das tust du nicht. Du hast mich Tag für Tag vergewaltigt und mir eingeredet, es sei normal.« Ich lache hysterisch auf und speie ihm die nächsten Worte nur so vor die Füße. »Normal! Nichts daran war normal, Daddy. Du bist krank, so widerlich krank. Du hast aus deinem kleinen, unschuldigen Mädchen eine Frau gemacht, die es nicht mal fertigbekommt, ihrem Dozenten in die Augen zu schauen oder eine Berührung zuzulassen. Du hast mich kaputt gemacht, mit jedem Mal mehr, bis ich nur noch ein Schatten meiner selbst war. Und dann stehst du einfach so vor mir, als wäre all das nicht geschehen. Als wüsstest du nicht, warum ich geflüchtet bin, warum das alles deine verdammte Scheißschuld ist. Wie kannst du jeden Tag in den Spiegel schauen, ohne dich selbst abgrundtief zu hassen?«

Er starrt mich an, ringt um Worte. Dann fließt eine Träne über seine Wange. »Ich wollte das alles nicht«, stottert er.

»Warum hast du es dann jahrelang jeden Tag getan? Sag mir verfickt noch mal, warum!«, fordere ich mit heiser Stimme.

Er wischt sich die Tränen aus dem Gesicht, was nichts bringt, da neue folgen. Als würde er sich erst jetzt seiner Taten bewusst werden. »Nach dem Tod deiner Mutter wollte ich dir nahe und ein guter Dad sein. Ich wollte nie, dass es so weit kommt, Lizzy. Bitte glaub mir. Ich liebe dich. Du bist alles, was ich habe.«

Ich schüttele den Kopf, als könnte ich mich so von meiner Wut und dem Schmerz befreien. Seine Worte verletzen, auf eine Weise, die mich innerlich zerstört. »Wie kannst du es nur wagen, das zu sagen? Hättest du mich geliebt, hottest du mir das nie angetan. Niemals werde ich dir das verzeihen. Du hast mir mein Leben und mich selbst genommen.«

»Ich wollte dich zurück, Lizzy. Ich war so allein«, schluchzt er.

Ich liebe dich. Vielleicht hat er das, vielleicht hat er mich geliebt. Doch kann man falsch lieben, zu viel lieben?

»Du bist nichts weiter als ein Monster!«, herrsche ich ihn

an, unfähig meine Wut zurückzuhalten. »Denkst du, Mom hätte das gewollt? Nein, nie im Leben. Ohne dich hätte ich wieder ins Leben finden können, aber dann bist du aufgetaucht.« Ein eigenartiges, schrilles Lachen entkommt meiner Kehle. »Wie hast du mich überhaupt gefunden? Oder hattest du da wieder Kontakte?«

»Arya ... Ich habe mich durch sämtliche Colleges gewühlt, habe Kontakt zu verschiedenen Studierenden aufgenommen und bin dabei zufällig auf deine Freundin gestoßen ...«

Ungläubig schüttle ich den Kopf. »Sie ist nicht meine Freundin und war es niemals. Du bist so krank, so abartig.«

»Versteh mich doch, Lizzy bitte ...« Er fährt sich über das faltige Gesicht.

Wie könnte ich sein Handeln jemals nachvollziehen? Ich werde ihm nie in die Augen blicken können, ohne den Mann von damals in ihm zu sehen. Ich werde ewig seine Hände auf mir spüren. Ich werde ihn von seiner Schuld nie befreien.

»Lass dir eins gesagt sein: Halte dich von mir und Ellens Familie fern. Ich werde gleich dieses Zimmer verlassen und dich nie wiedersehen. Versuch nicht, mich zu finden, den das nächste Mal wird es tödlich enden«, sage ich. »Tu, was du für richtig hältst. Stell dich oder lebe mit deinem Gewissen weiter, aber komm nicht auf die Idee, mich zu suchen. Mein Vater ist schon vor langer Zeit gestorben.«

Dann nehme ich die Jacke vom Stuhl und bevor ich mich umdrehen kann, umfassen seine Finger mein Handgelenk. Die Berührung schnürt mir die Kehle zu.

»Das kannst du nicht tun, Lizzy, bitte«, fleht er, bevor ich mich aus dem Griff befreie und die umstehenden Geräte umstoße. Ohrenbetäubendes Piepen ertönt und wenige Sekunden später wird die Tür aufgerissen. Eine Krankenschwester steht im Türrahmen, blickt zwischen den Geräten und mir hin und her.

Schließlich renne ich aus dem Zimmer, vorbei an Ellen und Callie, die im Wartebereich sitzen, und raus aus dem Krankenhaus. Ich überquere die Straße und erreiche eine verlassene Parkbank, die noch feucht vom Regen ist. Ich lasse mich darauf nieder, vergrabe mein Gesicht in den Händen und fange endlich an zu weinen. Es ist eine Erleichterung. Heiße Tränen fließen über meine Wangen. Tränen der Wut, Verzweiflung und Einsamkeit.

Dem Monster in die Augen zu blicken und wahrhaftig seine Stimme zu hören, war beängstigend. Mein Albtraum wurde Wirklichkeit. Grauenvolle Wirklichkeit.

Umgeben von Menschen und doch allein.

Ich blicke zum sternenklaren Himmel hoch und frage mich, wo er ist. Er, dessen Namen ich nicht einmal zu denken wage. Jetzt, in diesem Moment, fühle ich keine Angst, sondern etwas anderes. Etwas Schlimmeres. Ich befürchte, unter der nicht sichtbaren Last zu zerbrechen und zu ersticken. Es ist Schmerz. Er drückt mich nieder und ich ringe hilflos nach Atem. Ich schreie, aber niemand hört mich. Meine Schreie sind ein einziges Krächzen, das untergeht.

Entkomm der Dunkelheit, Beth. Du kannst es schaffen.

Das waren seine Worte und fast hätte ich ihm geglaubt. Wenn er bei mir war, gab er mir das Gefühl, ich könnte es tatsächlich schaffen. Und nun? Nun fühle ich mich einsamer und hilfloser als jemals zuvor.

Ich muss lernen, allein der Dunkelheit zu entkommen. Ich muss mich ihr allein stellen, sonst werde ich ewig gefangen sein. Ich selbst bin der einzige Mensch, dem ich trauen kann. Ich darf mich nur nicht selbst verlieren, sonst habe ich verloren.

Vielleicht habe ich ihn gebraucht, um das zu verstehen. Um zu kapieren, dass ich für mich selbst stark sein muss, um glücklich zu werden.

Kapitel 2

Sechs Wochen später

Ich wache in einem weichen, warmen Bett auf. Als meine Augen das Zimmer nach einem Hinweis absuchen und schließlich einen finden, will ich aufschreien. Doch aus meiner Kehle kommt nur ein krächzender Laut, gefolgt von einem Hustenanfall.

Sofort wird die Tür aufgerissen und Ellen sowie Callie rennen auf mich zu. Sie stützen mich, klopfen mir auf den Rücken und Ellen drückt mir ein Glas Wasser in die Hand, das ich in einem Zug leere. Langsam komme ich wieder zu Atem.

»Alles in Ordnung?«, fragt Ellen besorgt.

Ich nicke benommen. Soweit überhaupt alles in Ordnung sein kann.

»Bin ich … in …«, stottere ich und kann den Satz nicht zu Ende sprechen.

»Du bist im Zimmer von … Parker«, bestätigt Callie meine Annahme, die etwas unschlüssig im Raum steht. Sie trägt ein Tablett in der Hand, welches sie vor mir auf dem Bett abstellt. »Schluck eine Ibuprofen, dann wird es dir besser gehen. Und iss etwas, Lizzy.« Sie lächelt mir zu.

Ich starre die mit Sirup übergossenen Pancakes und das Glas Milch an. Gerade kann ich keinen Bissen oder Schlucken herunterbekommen.

»Wir haben dich vor dem Krankenhaus auf einer Parkbank gefunden«, meint Ellen. »Du warst völlig weggetreten. Es ist besser, du lässt dich von einem Arzt durchchecken.«

»Was? Ein Arzt?«, stammle ich. »Nein, nein …«

»Aber Lizzy …« Ellen will einen Arm um mich legen, doch ich winde mich aus ihrer Berührung.

»Ihr versteht das nicht!«, rufe ich aus und merke, wie sich Tränen in meinen Augen sammeln.

Callie setzt sich zu mir auf die Matratze, streicht sich eine Strähne ihres Haares hinters Ohr. »Dann erzähl es uns, wir wollen dir nur helfen. Ich habe keine Ahnung, was zwischen dir und deinem Dad vorgefallen ist und warum … mein Bruder abgehauen ist.«

Während ich in ihre glänzenden Augen schaue, die mir offenbaren, dass sie ebenso leidet, tupft Ellen sich mit einem Taschentuch die Tränen aus dem Gesicht. Ich begreife, dass nicht nur ich jemanden verloren habe, sondern auch sie ihren Sohn und Bruder. Ich bin nicht die Einzige mit einem gebrochenen Herzen.

Aber kann ich Callie und Ellen mein Geheimnis offenbaren? Was habe ich schon zu verlieren? Und außerdem, wie lange könnte ich es weiter verheimlichen und so tun, als wäre es ein vermeintlicher Streit zwischen Vater und Tochter? Vermutlich nicht lange. Und außerdem ist mein Geheimnis der Grund dafür, warum Parker abgehauen ist. Zumal er es seiner Mom mehr oder weniger an den Kopf geworfen hat, bevor er mit dem Auto auf und davon ist.

»Lizzy?«

Callies Stimme reißt mich aus meinen Gedanken und ich weiß, dass ich es ihnen sagen muss. Sie haben es verdient, zu wissen, warum Parker auf meinen Dad losgegangen und verschwunden ist. Ich muss es ihnen erklären.

Ich räuspere mich und nippe an der Milch, damit mein Hals nicht mehr ganz so trocken ist. »Ich weiß nicht, wo ich anfangen soll, es ist alles so … durcheinander. Von der ersten Begegnung mit Parker an«, murmele ich.

»Du musst uns nicht alles erzählen, nur das, was du möchtest«, meint Ellen und lächelt, doch ihr Lächeln hat jeden Glanz verloren. Nur noch die dunklen, wuscheligen Haare erinnern an die stets fröhliche Frau.

Hast du nichts daraus gelernt, Mom? Lass verdammt noch Mal keinen Mann ins Haus, der sich an seiner eigenen Tochter vergangen hat.

Parkers Worte hallen in meinem Kopf wider und machen mir schmerzlich bewusst, dass alles wirklich geschehen ist.

»Ich habe Parker mein Geheimnis anvertraut. Niemand sonst weiß bisher davon«, setze ich an und schaue auf meine Hände, die in meinem Schoß liegen. »Ich wurde jahrelang vergewaltigt. Von meinem Dad. Und als er ihn gesehen hat … vor dem Haus …« Ich halte inne und versuche, die auf- kommenden Erinnerungen zu verdrängen. Aber sie schieben sich erbarmungslos in meine Gedanken. »Ihr müsst wissen, kurz davor kam es zu einem Zusammentreffen von Parker und Mike, bei dem ich alles erfahren habe. Alles über … euch, eure Familie.«

Nun laufen auch Callie die Tränen über das Gesicht und sie drückt mich fest an sich. »Gott, Lizzy, ich kann dir gar nicht sagen, wie leid mir das tut. Ich hatte ja keine Ahnung …«

»Jetzt verstehe ich auch, warum du so reagiert hast, als dein Dad vor dir stand«, meint Ellen, die sich mittlerweile zu uns auf das Bett gesetzt hat. »Ich dachte, du würdest dich freuen, ihn zu sehen. Stattdessen habe ich dir den Teufel heraufbeschworen.«

»Du konntest es nicht wissen«, erwidere ich schwach.

»Aber ich habe ihn in mein Haus gelassen, dabei hätte ich es besser wissen müssen. Schon zweimal bin ich durch diese Hölle gegangen und habe meine Kinder mitgerissen.« Ellen schüttelt den Kopf und es tut mir im Herzen weh, sie so traurig zu sehen. »Fast hätte ich es dir ein weiteres Mal angetan, Lizzy, das kann ich mir nicht verzeihen. Ich weiß, was Sheree alles durchmachen musste und wenn ich mir vorstelle, dass du es viel länger ertragen musstest … Hätte ich es gewusst, hätte ich ihn niemals mit offenen Armen empfangen.«

»Mach dir keine Vorwürfe, bitte.« Ich lege meine Hand vorsichtig auf ihre und versuche zu lächeln, was mir nur mäßig gelingt.

Den ganzen Abend und die ganze Nacht lang sitzen wir zusammen, eingekuschelt in Decken, mit dampfendem Früchtetee und Schokolade. Ich erzähle ihnen Dinge, die ich noch nie jemanden zuvor verraten habe. Genauso lassen mich Callie und Ellen an schönen Erinnerungen teilhaben, die sie gemeinsam erlebt haben. Es verbindet uns noch mehr als ohnehin und für ein paar Stunden habe ich das Gefühl, eine Familie zu haben.

*

»Was hast du nun vor?«, fragt mich Callie, als wir am nächsten Tag im Bad stehen und sie sich die Haare ürstet, ährend ich mir die Zähne putze.

»Ich werde das College zunächst auf Eis legen«, antworte ich. »Ich kann da nicht mehr hin. Ich muss mich meinen Problemen stellen, so kann ich nicht mehr weiterleben.«

Sie nickt nachdenklich. »Wenn du eine Therapeutin suchst, kann ich dir die Nummer von Sheeres geben. Sie hat wirklich Fortschritte gemacht und verschreibt nicht nur wahllos Medikamente.«

»Das hört sich gut an, danke«, murmele ich.

»Weißt du schon, wo du unterkommen willst?«

»Ehrlich gesagt, habe ich mir darum noch keine Gedanken gemacht. Ich schätze, mit den paar Kröten, die ich in der Bibliothek verdiene, werde ich mir keine Wohnung leisten können.« Ich verziehe genervt das Gesicht.

Callie hingegen fängt an, breit zu grinsen. »Ich habe da eine Idee … Mom!« Sie flitzt zu Ellen, die gerade am Bad vorbeigelaufen ist.

Wenige Sekunden später höre ich sie rufen: »Natürlich kann Lizzy vorerst hier wohnen. Ich mache mich mal kundig, ob du eventuell deine Stunden in der Bibliothek aufstocken kannst, damit du dir eine Wohnung leisten kannst.«

Damit habe ich nun wirklich nicht gerechnet. »Und wo soll ich dann schlafen? Doch nicht etwa in Parkers Zimmer?«

Callie zuckt mit den Schultern und trägt sich zartrosa Lipgloss auf. »Klar, wieso nicht? Er hat sich verpisst und außerdem verbringt er sowieso kaum Zeit hier, sondern im Verbindungshaus. Ich lege dir frische Bettwäsche hin und verbrenne am besten alles, was an ihn erinnert, oder?« Sie blickt mich vielsagend an und ich starre einfach nur zurück, überrascht darüber, dass mein Unmut Parker gegenüber so offensichtlich ist.

Als ich endlich die richtigen Worte gefunden habe, stelle ich die Frage, die mir am moisten auf der Haut brennt. »Hast du etwas von ihm gehört?«

»Nein, nichts. Nicht mal eine Nachricht.« Sie schlägt die Augen nieder. »Du kennst beide Seiten von ihm. Die, die er anderen zeigt. Die kaltherzige, unnahbare, die einem Angst machen kann. Und dann die andere Seite, die den verletzlichen, lustigen Parker zeigt. Er vertraut dir, Lizzy, sonst hätte er sich dir gegenüber nie so geöffnet.«

»Er hat mir oft eine Scheißangst gemacht«, stimme ich ihr zu.

»Ich habe ihn mal gefragt, was zwischen euch ist und er meinte, er mag dich. Und das glaube ich auch. Er mag dich mehr, als er zugeben kann und das macht ihm wiederum Angst«, sagt Callie.

»Und doch ist er weg, was ich ihm auch nicht verübeln kann«, erwidere ich leise. »Es war zu viel für ihn und er hat nur noch Rot gesehen.«

Sie legt den Arm um mich. »Er wird wiederkommen. Es ist nicht das erste Mal, dass er verschwunden ist. Das ist die Art, wie er damit umgeht, auch wenn ich sie nicht gutheiße. Mom hat monatelang die Haustür angestarrt und eines Tages ist er hereinspaziert, als wäre nichts gewesen.«

Ich seufze. Auch mein Dad ist in mein Leben gekommen, als wäre nichts gewesen. Dabei ist so viel mehr passiert.

*

Eine Stunde später komme ich auf dem Campus an und meine Schritte gehen nur schwer vorwärts. Was, wenn ich auf Mike oder Arya treffe?

Ich beschließe, die Umgebung gut zu beobachten, damit ich schnell einen Rückzug machen kann, sobald ich einen der beiden sehe. Die Angst davor schnürt mir fast die Kehle zu und völlig verschwitzt komme ich vor der Zimmertür an. Ich drücke die Klinke herunter und kaum betrete ich den Raum, wirft sich Aubrey in meine Arme.

Sie trägt eine legere Röhrenjeans, eine knallgelbe Bluse und ihre Haare stehen in wilden Locken von ihrem Kopf ab. Ein ziemlich schlichtes Outfit für ein Fashionvictim.

»Lizzy, ich bin so froh, dich zu sehen«, begrüßt sie mich und lächelt matt.

»Ich hole meine Sachen ab«, entgegne ich und fange an, den Kleiderschrank auszuräumen. Vieles habe ich in der Zeit am College sowieso nicht angesammelt.

»Willst du mir damit etwa sagen, dass du das College verlässt?« Völlig entgeistert sieht sie mich an und erst jetzt bemerke ich ihre blutunterlaufenen Augen.

»Das werde ich, Aubrey. Ich halte es hier nicht mehr aus. Nicht nachdem, was passiert ist.«

Sie nickt. »Verstehe. Aber können wir … reden? Ich habe das Gefühl, dir eine Erklärung schuldig zu sein.«

Ich halte inne. »Na gut.«

Dann setzen wir uns auf das Bett und Aubrey streicht ihre Bluse glatt. »Es stimmt, was Mike gesagt hat. Ich habe ihn gedeckt, nur um gute Noten zu bekommen. Ich habe mich selbst so unter Druck gesetzt und kam mir so hilflos vor. Ich wollte meinen Dad stolz machen und dann … bin ich da irgendwie reingerutscht.«

»Reingerutscht?«, wiederhole ich ungläubig. »Ist dir eigentlich mal in den Sinn gekommen, wie es den Mädchen geht, die Mike unter Drogen gesetzt und missbraucht hat? Das ist es, was mich so anwidert. Du hast es zugelassen, dass diesen Mädchen genau das widerfährt, was-« Fuck. Hätte ich gerade wirklich Aubrey fast mein Geheimnis offenbart?

»Es war falsch, das weiß ich, und ich werde das Jahr wiederholen, ohne Hilfe.« Sie schluckt. »Mike bekommt auch seine gerechte Strafe. Die nächsten Jahre wird er das College erst mal nicht von innen sehen.«

»Gut.« Ich erhebe mich und packe weiter die Kleidung in die Tasche.

»Wirst du mir jemals verzeihen?«

Als ich Aubrey ansehe, erkenne ich die Schuld in ihren Augen, die einst so gestrahlt haben. »Ich brauche Zeit. Zeit für mich selbst.«

»Lass uns in Kontakt bleiben. Du bist … oder warst eine gute Freundin für mich«, sagt sie.

»Das warst du auch für mich, Aubrey.« Ich werfe ihr ein kleines Lächeln zu und glaube, auch eines in ihrem Gesicht zu erkennen.

Was Aubrey getan hat, war schlimm, doch noch schlimmer war das, was Mike getan hat. Zu wissen, dass er seine gerechte Strafe bekommt, stärkt mich etwas. Nachdem ich meine zweiten und somit letzten Paar Schuhe eingepackt habe, stehe ich unentschlossen im Raum herum.

»Also dann, mach‘s gut«, murmele ich.

»Bis dann«, erwidert Aubrey, was mehr nach einer Frage klingt. »Meld dich.«

»Mach ich.« Dann ziehe ich die Tür hinter mir zu, atme tief durch und gebe meinen Zimmerschlüssel bei der Verwaltung ab. Ich hatte Glück, dass ich meinen Platz für das

College und Wohnheim so schnell abgeben konnte. Zu wissen, dass ich den Campus nicht mehr betreten muss, nimmt mir eine Last von den Schultern. Vielleicht werde ich es eines Tages wieder wagen, aber zuerst muss ich mich um mich kümmern. Ich muss und will ein normales Leben führen, zumindest so normal es geht. Ich will nicht mehr vor Angst zusammenbrechen, am ganzen Körper zittern und Herzrasen bekommen. Ich will es zu etwas bringen und dafür muss mich den Dämonen der Vergangenheit stellen. Das weiß ich jetzt.

Durch die Gebäude des Campus zu laufen, immer darauf bedacht, keinem zu begegnen, ruft Erinnerungen in mir hervor. Gute sowie schlechte. Erinnerungen, die ich verdrängen oder gar ausradieren will und dann solche, die ich gern ein zweites Mal erleben möchte. Aber man kann nicht in die Vergangenheit zurückgehen und etwas ändern, doch man kann das Hier und Jetzt verändern. Indem man lebt.

Kapitel 3

Gerade steige ich mit meinen letzten Habseligkeiten aus dem Bus, als das Hupen eines Autos mich aus den Gedanken reißt.

Ellen steckt ihren Kopf aus dem geöffneten Autofenster und winkt mir zu. »Ich war einkaufen. Ich hoffe, du magst Eistee und Schokolade mit Karamellfüllung?«

Ich lache auf. »Und ob.«

Dann steige ich in den Wagen und wir fahren die letzten Meter gemeinsam zum Haus, aus dem ich Klaviermusik vernehme. Mit Ellen trage ich die Einkäufe rein und als ich in das Wohnzimmer schaue, sitzt Sheree am Klavier. Ihre Finger fliegen wie von selbst über die Tasten und ihre Augen sind geschlossen, als wäre sie gerade ganz woanders. Ich habe nicht den blassesten Schimmer, was sie spielt, aber es hört sich unfassbar schön an. Noch nie habe ich jemanden aus der Nähe Klavier spielen hören oder sehen. Es ist ein faszinierender Anblick, wie Sherees Finger blindlings jede Taste erwischen und daraus eine wunderschöne Melodie entsteht.

»Beethoven. Mondscheinsonate.«

Ich habe nicht einmal gemerkt, dass sie zu Ende gespielt hat. Nun sieht sie mich unsicher lächelnd an.

»Du hast unglaublich gespielt«, erwidere ich, immer noch ziemlich verblüfft.

»Danke.« Sie schlägt die Augen nieder.

Und in diesem Augenblick wird mir bewusst, wie sehr wir uns ähneln. Natürlich konnte ich bei unserem ersten Aufeinandertreffen nicht wissen, dass sie das gleiche Schicksal wie ich teilt, aber ihre Mimik und Gestik verraten so viel. Ich sehe, wie ihre Hände kaum merkbar zittern, ihren unsicheren Gesichtsausdruck und dass sie meinem Blick ausweicht. So wie ich. Würde mir die Angst nicht einen fetten Strich durch die Rechnung machen, würde ich sie an mich drücken und ihr ins Ohr flüstern, dass ich genau weiß, wie sie sich fühlt. Dass sie nicht allein ist.

Doch stattdessen stehe ich nur da und merke, wie mir die Tränen in die Augen schießen. Ich frage mich, wie Sheree es schafft, den Tag zu überleben und in der Nacht nicht vollkommen durchdrehen.

»Das ist Sherees Ausgleich.« Ellen tritt zu uns heran und legt ihrer Tochter den Arm um die Schultern. »Es hilft ihr, nicht wahr, Schatz?« Ihr ehrliches Lächeln bringt auch sie dazu, zu lächeln, was ihr viel besser steht. Vielleicht sollte ich mich auch mal öfter an einem Lä- cheln versuchen.

»Ich lass euch dann mal alleine, meint Ellen und verschwindet in der Küche, um weiter die Einkäufe einzuräumen.

Als wäre es eine stumme Unterhaltung, die wir geführt haben, setzen Sheree und ich uns auf das Sofa. Auf dem Kaffeetisch steht eine dampfende Kanne Tee.

»Magst du welchen?« Sie deutet darauf und ich nicke, woraufhin sie zwei Tassen einschenkt.

»Danke.« Ich lege die Hände um die Tasse, als könnte der Tee mich von innen wärmen. Möglicherweise tut er das auch, wenn ich nur genug daran glaube.

»Callie hat erzählt, du wohnst ab sofort hier? In Parks Zimmer?« Ich kann den Ton in ihrer Stimme nicht einordnen. Ist sie sauer? Überrascht? Oder denkt sie, ich dränge mich in ihre Familie oder will gar ihren Platz einnehmen? Denn das will ich auf gar keinen Fall.

»Sieht so aus«, murmele ich ausweichend.

»Alles in Ordnung?«, fragt sie und legt ihre Hand unerwartet auf mein Knie.

»J-ja ... Eigentlich nicht«, gebe ich schließlich zu und spüre, wie meine Mauer einen kleinen Riss bekommt.

»Ist es wegen ... ihm?«

Ich kann mir ein verzweifeltes Lachen nicht verkneifen und Sheree sieht mich umso verwirrter an. Sie hat ja keine

Ahnung, dass ihm mein Dad oder Parker bedeuten könnte. Ehrlich gesagt, weiß ich selbst nicht, was davon mir mehr zusetzt. Die Tatsache, dass er fort ist oder er wieder da. Ich atme geräuschvoll ein und wieder aus, nehme einen Schluck Tee und sage dann: »Ich muss dir etwas sagen, Sheree.« Ihre Hand liegt weiterhin auf meinem Knie und ihr Blick ist einzig auf mich gerichtet. »Wir teilen das gleiche Schicksal«

»Du … Was?« Sie zieht die Augenbrauen zusammen.

»Mein Dad …«

»Nein.« Im nächsten Moment zieht sie mich in eine stürmische Umarmung und ich weiß, sie hat es verstanden. Als sie mich nach einer gefühlten Ewigkeit, die für mich nicht unangenehm war, loslässt, starrt sie mich an. »Weiß Parker davon?«

Ich nicke und merke, wie sich etwas zwischen uns verändert hat. Letztes Mal haben wir uns kaum unterhalten und nicht getraut, uns in die Augen zu schauen. Möglicherweise haben wir beide schon damals gespürt, dass uns etwas verbindet.

»Das erklärt einiges«, sagt sie und wirkt dabei ziemlich gefasst.

»Ich weiß nicht mal, ob ich das Recht habe, wütend auf ihn zu sein, weil er abgehauen ist.« Die Worte haben meinen Mund verlassen, bevor ich darüber nachgedacht habe.

»Natürlich hast du das«, erwidert sie forsch. »Er hat sich verpisst, als du ihn am meisten gebraucht hast. Ich meine, ihr mochtet euch, ihr wart euch nahe, oder?«

Ich seufze. »So gut ich seine Nähe zulassen konnte.«

»Glaub mir, er mag dich. Sehr. Auf deinen Dad zu treffen, der dir das angetan hat, was ich auch durchmachen musste … das hat ihn komplett aus der Bahn geworfen. Nicht, dass es das besser macht. Ganz und gar nicht.« Sie nippt nachdenklich an ihrem Tee.

»Gerade ist alles ziemlich durcheinander und ich weiß gar nicht, was ich zuerst tun soll«, plappere ich auf einmal los. »Ich brauche mehr Geld, eine Wohnung, damit ich euch nicht unnötig auf der Tasche liege, eine Therapie und …«

»Stopp, stopp, stopp.« Sheree unterbricht meinen Redeschwall mit einer simplen Handbewegung. »Du liegst uns nicht auf der Tasche, schließlich isst du nicht für fünf Personen und meine Therapeutin hat sicher noch einen Platz frei. Ich werde sie gleich morgen fragen.«

Ein Knarzen lässt uns beide zusammenschrecken und Ellen betritt das Zimmer. Sie lächelt und endlich sehe ich wieder ihr strahlendes Lächeln, das jeden ansteckt. »Mit der Bibliotheksleitung habe ich auch gesprochen, sie geben grünes Licht. Du arbeitest ab sofort jeden Tag sechs Stunden in der Bibliothek und eine kleine Gehaltserhöhung konnte ich für dich auch noch rausschlagen.«

Das ist mehr, als ich jemals erwartet und erhofft habe. Ich kann es nicht fassen. Mit dem Geld, das ich verdienen werde, kann ich mir bald was Eigenes leisten und nebenbei ein bisschen sparen. So kann ich mich bei Ellen, Callie und Sheree revanchieren. Was sie für mich tun, ist unglaublich und keineswegs selbstverständlich. Sie nehmen mich in ihre Familie auf, einfach so.

*

»Später können wir anfangen, dich an der Theke ein zuarbeiten, Ausleihe und Rückgabe der Medien«, meint Ellen, als wir am nächsten Morgen auf dem Weg zur Bibliothek sind. »Du wirst sehen, das ist ganz einfach.«

Klar, denke ich missmutig und versuche, die aufkommende Unsicherheit zu verdrängen. Zumindest so lange wir noch nicht in der Bibliothek angekommen sind. Ich schaue aus dem Fenster und betrachte die vorbeirauschenden Autos, die Passanten, die sich den Weg durch eine entgegenkommende Menschentraube bahnen und die grauen, dichten Wolken am Himmel. Draußen ist es trüb, windig und sieht nach Regen aus. Die Menschen ziehen sich die Kapuzen ihrer Jacke tief ins Gesicht und laufen schnellen Schrittes über den Gehweg. Sie alle wirken geschäftig, dennoch gedankenlos. Ist es die Anonymität, die immer mehr Menschen in die große Stadt zieht? Ich hatte mir Freiheit erhofft und auch ein Stück weit Anonymität, nur um meinem alten Leben und meinem alten Ich zu entkommen. Und dem Monster, das mir nun näher ist, als je zuvor. Doch ich bin immer noch dieselbe Lizzy. Einsam, hilflos, schwach. Die Momente, in denen ich angenommen hatte, jemand anderes, jemand neues zu sein, fühlen sich so weit entfernt an. Ich war Beth und habe es jede Sekunde genossen. Ich war anders, furchtlos und vielleicht sogar mutig.

In diesem Augenblick treffe ich eine Entscheidung: Ich will wieder Beth sein. Doch diesmal für immer. Ich will wieder spüren, wie das Adrenalin durch meinen Körper rauscht, sich die leblose Hülle mit Leben füllt und ich ausbreche. Ausbreche aus dem schwarzen Loch.

Das Hupen eines hinter uns stehenden Autos reißt mich aus meinen Gedanken und ich schrecke zusammen.

»Alles in Ordnung, Liebes?«, fragt Ellen und bedenkt mich mit einem besorgten Blick.

»Alles bestens«, stammle ich zu schnell, was mir erst recht einen weiteren sorgenvollen Blick von ihr einheimst.

Ellen setzt den Blinker und lenkt den Wagen in die rechte Spur, dann legt sie ihre Hand auf mein Knie. »Ich kann mir nur vorstellen, wie durcheinander es in dir aussieht, Lizzy. Du kannst solange du willst bei uns bleiben, das sollst du wissen«, sagt sie. »Für Callie und Sheree bist du jetzt schon wie eine Schwester.«

Ein kleines Lächeln schleicht sich auf meine Lippen und ich weiß, dass ich Ellen glauben kann. Ich sollte mich nicht mehr wie ein Parasit fühlen, der sich bei ihnen einnistet, sondern ihre Herzlichkeit annehmen. Das wäre schon mal ein Schritt in die richtige Richtung, ein Schritt in die Richtung, Beth zu sein.

Zwanzig Minuten später kommen wir an der Bibliothek an, Ellen schließt die Tür auf und wir legen unsere Taschen sowie Jacken in den Schließfächern ab. Dann beginne ich wie gewohnt damit, die ausgeliehenen Medien wieder zurück in die Regale zu stellen. Es ist Montag und am Wochenende werden immer erstaunlich viele Bücher zurückgegeben. Dementsprechend vollbepackt ist auch der Buchwagen, bei dem ich Mühe habe, ihn durch die Gänge zu schieben, ohne irgendwo gegenzufahren. Als ich bei den Regalen mit den Musik-CDs ankomme, halte ich inne. Ich drehe die CD-Hülle in meinen Händen hin und her und die Erkenntnis trifft mich wie ein Schlag in die Magengrube. Wann habe ich zuletzt bewusst Musik gehört, einen Liedtext falsch mitgesungen und mich unbeschwert zum Takt bewegt?

Bei Parker im Auto, flüstert mir meine innere Stimme zu und es fühlt sich wie ein weiterer Schlag in die Magengrube an.

Musik erinnert mich zu sehr, lässt mich zu viel fühlen und denken. Aber möglicherweise sollte ich genau das tun: Mich meinen Dämonen stellen, der Angst in den Hintern treten.

Ich lasse den Blick über die vielen CDs gleiten, bleibe bei der Musikrichtung Rock und Metal stehen und greife zu einem Album der Band Three Days Grace. Darauf sind vierzehn Songs zu hören, deren Titel allein schon einen Schauer über meinen Rücken laufen lassen.

Never Too Late. Pain.

Running Away.

Ist es wirklich niemals zu spät? Niemals zu spät zu hoffen, zu glauben, zu kämpfen, zu wagen?

Wird es mir gelingen, den körperlichen und seelischen Schmerz von meiner Seele zu nehmen? Werde ich es schaffen, nicht immer davonzulaufen? Werde ich es schaffen, mich den Monstern und Dämonen gegenüberzustellen?

Tränen schießen in meine Augen und ich kann sie nicht zurückhalten. Ich habe Angst, zu versagen, unter der Last zu zerbrechen und auf ewig das triste Leben führen zu müssen.

Fuck!

Völlig gedankenverloren schnellt meine Hand hervor und reißt einige CDs herunter, die krachend zu Boden fallen. Auch eine Halterung hängt von der Wand herab und ich starre auf die zerstreuten, teils beschädigten CD-Hüllen vor mir.

»Lizzy!«, höre ich Ellen panisch rufen und wische mir die Tränen aus dem Gesicht, bevor sie bei mir ankommt.

»Tut mir leid, ich habe mich so ungeschickt angestellt und bin mit dem Pulli wo hängengeblieben«, versuche ich mich rauszureden. »Ich werde die Hüllen selbstverständlich ersetzen.«

Ellen jedoch winkt ab. »Ach, von denen haben wir noch genügend im Lager. Tausch die beschädigten Hüllen einfach aus und beschrifte sie neu, das ist halb so wild.«

Ich nicke, sammle die Hüllen ein und lege sie auf den Bücherwagen. Dann fahre ich den Wagen zwischen die meterhohen Regale zu den Romanen, die bei A und B einsortiert sind. Ich rücke einige Bücher zurecht, stelle die zurückgegebenen Romane an den richtigen Platz und als meine Finger über die Buchrücken streifen, fällt etwas zu Boden. Ich bücke mich und hebe das Stück Papier auf. Es ist zerknittert und vergilbt, darauf steht in krakeliger Schrift:

Ich hasse Gott. Es gibt keinen Gott. Denn er würde nicht zulassen, dass meiner Mommy so etwas passiert.

Ich schlucke und lese die Sätze immer und immer wieder, bis ich verstehe, was sie bedeuten. Der Handschrift nach hat sie ein Kind geschrieben, dessen Mom wohl etwas Schreckliches widerfahren ist. Litt sie unter einer Krankheit? Ist sie verstorben? Wahrscheinlich werde ich das nie erfahren, denn so vergilbt wie das Papier ist, ist der Verfasser mittlerweile schon erwachsen. Seinen Namen ausfindig zu machen, würde der Suche nach der Nadel im Heuhaufen gleichen.

Mit dem Finger streiche ich über die ungleichmäßigen Buchstaben und schiebe den Zettel in meine Gesäßtasche. Aus welchem Buch das Papier wohl gefallen ist? Ich lasse den Blick über die Buchrücken streifen und runzle die Stirn.

Alles nur Krimis und Psychothriller. Ich kann mir nicht vorstellen, dass ein Kind Romane über Morde liest, das wäre ja erschreckend. Zumal solche Bücher nicht an Minderjährige verliehen werden.

Ich schüttle den Kopf, in der Hoffnung, so die Gedanken loszubekommen und greife nach den nächsten Romanen. Nachdem der Bücherwagen leer ist und die Regale wieder ordnungsgemäß eingeräumt sind, sind drei Stunden vergangen. Ich schiebe den Wagen zwischen den Gängen durch und parke ihn in einem der Büroräume, als Ellen an mir vorbeiläuft und innehält.

»Alles erledigt, Lizzy?«, fragt sie.

»Alles steht wieder an seinem Platz«, antworte ich und versuche mich an einem Lächeln, das sie erwidert. Nur dass es bei ihr ehrlicher und einfacher aussieht.

»Hach, was würden wir nur ohne dich machen?«, sinniert sie.

Tatsächlich habe ich in der Bibliothek das Gefühl, gebraucht und wertgeschätzt zu werden. Außer mir arbeiten noch Angela, Becky und natürlich Ellen hier. Allerdings sind sie mit Büroarbeit und der Ausleihe an der Theke so beschäftigt, dass kaum Zeit bliebe, die Medien zurück in die Regale zu stellen. Das ist also meine Aufgabe. Sie bedanken sich jedes Mal mehrfach bei mir und es fühlt sich schön an, wertgeschätzt zu werden.

»Wahrscheinlich würden sich die Leserinnen und Leser

irgendwann beschweren, dass sie nichts mehr finden, weil es so chaotisch ist«, kontere ich und noch bevor ich realisiere, was ich gesagt habe, bricht Ellen in schallendes Gelächter aus.

Sie klopft mir zustimmend auf die Schulter und deutet mir, ihr zu folgen. An der Theke ist nichts los, nur vereinzelt tummeln sich Menschen zwischen den Regalen oder sitzen lesend in Sesseln.

Ellen holt einen weiteren Stuhl für mich und gemeinsam setzen wir uns an den Computer. Meine Hände fühlen sich schweißnass an, weil ich weiß, was gleich passieren wird. Bisher habe ich nur die Medien zurück an ihren Platz gestellt, aber nun soll ich auch an der Theke aushelfen. Ich. Diejenige, die schon beim Gedanken an andere Menschen Schüttelfrost, Übelkeit und Panik bekommt. Aber da muss ich durch, schließlich geht es buchstäblich um mein Leben. Kein Geld, keine Chance und ewig kann ich nicht bei Ellen wohnen.

Ellen klickt auf dem Desktop herum, das Programm öffnet sich und sie erklärt mir zunächst die grundlegenden Dinge, wie ein Leserkonto zu öffnen und bearbeiten, ein Medium auszuleihen und zurückzugeben. Das hört sich vorerst machbar und simpel an, aber ich befürchte, dass ich, wenn es drauf ankommt, wieder alles vergessen habe. So war es in der Schule bei der Mathearbeit und am Telefon, wenn ich eine Bestellung bei der Pizzeria aufgegeben habe (was selten vorkam).

»Ach, da kommt Mrs Grayson«, meint Ellen und winkt der älteren Dame im rosa Strickpulli zu.

Mrs Grayson ist verwitwet und besucht die Bibliothek fast jeden Tag. Als ich für sie nach einem Buch geschaut, aber nicht auf Anhieb gefunden habe, hat sie nicht genervt reagiert. Seitdem ist sie in meiner Sympathieskala nach oben gerutscht und wir grüßen uns immer. Für andere mag das nichts Besonderes sein, für mich hingegen schon.

»Wie wär's, Lizzy, willst du es mal probieren?«, fragt mich Ellen, was mich ziemlich überrumpelt.

»Ehm«, stottere ich und bevor ich mich versehen kann, schiebt mich Ellen auf dem Stuhl vor den Computer. Shit. Das kann ja was werden, denke ich pessimistisch und klatsche mir imaginär gegen die Stirn. Ein weiterer Punkt sammelt sich auf meiner To-Do-Liste an: nicht immer negativ denken.

Als Mrs Grayson lächelnd vor mir steht und drei Bücher auf die Theke legt, schlucke ich. Meine schwitzige Hand legt sich auf die Maus, die sich plötzlich wie ein glühender Feuerball unter meiner Haut anfühlt.

Okay, ganz ruhig, spreche ich mir zu, denk an die Schritte, die dir Ellen gezeigt hat.

Ich fahre mit dem Mauszeiger auf dem Desktop herum, klicke auf den Reiter Rückgabe und ein neues Fenster öffnet sich. Hastig greife ich nach den Büchern, die Mrs Grayson vor mir abgelegt hat. Dabei achte ich darauf, dass niemand sieht, wie sehr meine Hände zittern. Wie sehr mich diese Aufgabe fordert, wie sehr sie mich nervös macht, wie sehr sie mich anstrengt.

Er würde lachen. Er, das Monster meiner Vergangenheit. Darüber, wie unfähig ich bin und wie er mich zu dem Menschen gemacht hat, der ich heute bin. Alles genommen hat er mir. Alles.

Ein Poltern reißt mich aus meinen Gedanken und mein Blick schnellt zur Eingangstür, wo zwei Leute die Bibliothek betreten. Sie gehen auf die Theke zu, holen bereits Bücher und Benutzerausweis aus ihren Taschen und warten. Sie warten auf mich.

Mein Hals wird staubtrocken, zieht sich zusammen und nimmt mir die Kraft zum Atmen. Zeitgleich halte ich mit zittrigen Händen den Strichcode auf dem Buch unter den Codeleser. Doch er erkennt den Code nicht und ich versuche es ein weiteres Mal. Nichts. Fuck.

Ich weiß, dass die Menschen hinter Mrs Grayson ungeduldig werden, vielleicht sogar unhöflich, beleidigend. Das Buch fühlt sich in meiner Hand auf einmal tonnenschwer an.

»Lizzy?«

Erschrocken fahre ich herum und starre in Ellens Gesicht.

»Halt den Code ein bisschen schräger, dann wird er erkannt«, rät sie mir und kaum halte ich das Buch schräg, piept es auf.

Endlich. Die nächsten zwei Bücher lassen sich reibungslos erkennen und Ellen scheint zu bemerken, wie sehr es mich angestrengt an. Sie bittet mich, einige Vorbestellungen zu überprüfen und hat die zwei Kunden in Nullkommanichts bedient.

Auf einmal fühle ich mich schlecht. Weil ich so lange gebraucht habe, weil andere wegen mir warten mussten, weil ich es nicht auf Anhieb geschafft habe.

Ich hasse meine Gedanken. Ich hasse sie dafür, dass sie mir einreden, ich sei schlecht. Und ich hasse mich dafür, dass ich es glaube.

Schwach.

Schwach.

Schwach, flüstern sie mir wollüstig zu.

Kapitel 4

Als ich nach diesem Arbeitstag abends im Bett liege, in Parkers ehemaligen Bett, starre ich an die Zimmerdecke.

Mein Leben hat sich verändert. Vor wenigen Wochen habe ich noch das College besucht und im Studentenheim gewohnt, heute arbeite ich in der Bibliothek und lebe bei Ellen. Es ist so verrückt und tausend Gedanken sowie Gefühle schwirren in meinem Kopf herum.

Mein Leben hat sich verändert, aber habe auch ich mich verändert? Ich war Lizzy, doch wer bin ich heute? Die alte Lizzy, gibt es sie noch?

In diesem Augenblick fühle ich mich so schwach und allein wie seither. Verzweiflung und Wut überkommen mich, Tränen rinnen über meine Wange und ich schlage die Bettdecke beiseite. Ich öffne den Kleiderschrank und der Duft von Parker schlägt mir entgegen. Herb, männlich, mit einem Hauch Minze.

Ja, er fehlt mir. Er fehlt mir mehr, als ich zugeben kann.

Parker und ich, so verloren, so einsam, so gebrochen. Geschlagen, geweint, gestritten und doch war da dieses eine Gefühl, das er mir gegeben hat.

Ausgerechnet er.

Er hat meine Angst bezwungen, er hat mich dazu gebracht, mich meinen Dämonen zu stellen. Er hat mich zu Beth gemacht.

Meine Hand schnellt hervor, reißt sämtliche seiner T-Shirts, Pullover und Jacken herunter. Ich kann es nicht mehr ertragen. Seinen Duft, die Gedanken und Erinnerungen an ihn. Und die Tatsache, dass er sich in meinen Kopf eingenistet hat und viel schlimmer, auch in meinem Herzen.

Ich reiße die Schubladen seiner Kommode auf, will schreien, weinen, um mich schlagen und dann blitzt etwas Glänzendes zwischen der Kleidung auf.

Es ist nicht nur eines, sondern rund zehn Messer und Dolche, die Parker zwischen seinen Socken versteckt hat. Ich schmeiße die Socken achtlos auf den Boden und entdecke noch mehr. Aufgerissene Zigarettenschachteln, zwei Feuerzeuge und eine durchsichtige Packung, die eindeutig Marihuana beinhaltet. Und scheiße, ich glaube, ich sehe nicht richtig, eine verdammte Pistole. Sie ist geladen und glänzt gefährlich schwarz.

Geh so weit, wie du sehen kannst. Wenn du dort ankommst, wirst du sehen, wie es weitergeht.

Parkers Worte hallen in meinem Kopf wider und ich weiß, dass ich ohne ihn gehen und entscheiden kann, wie es weitergeht. Ich will. Ich muss. Ich bin Beth.

Mit den Fingerspitzen fahre ich über das Magazin, den Abzug und halte inne. Mein Herz schlägt wie wild in meiner Brust, ein Kribbeln durchfährt meine Arme und genauso hat es sich damals angefühlt, als ich über den Highway gerast bin. Das Adrenalin macht mich stärker, furchtlos und unberechenbar.

Die versteckte Pistole ist wie eine Botschaft von Parker. Als wüsste er, dass meine Angst nur verschwindet, wenn ich ihr gegenüberstehe.

Das lautstarke Heulen eines Motors lässt mich zusammenschrecken und krachend schließt sich die Schublade der Kommode. Dann reiße ich das Fenster auf und sehe nur noch die sich immer weiter entfernenden Scheinwerfer eines Autos. In unkontrollierter Geschwindigkeit rast es durch die Straßen und ich sehe dem Wagen nach, bis er nicht mehr zu erkennen kann.

Was zum Teufel war das gerade? Und viel wichtiger, wer? Parker? Nein. Mike? Möglicherweise.

Mein Herz zieht sich bei der Vorstellung schmerzhaft zusammen, dass Mike mir irgendwann gegenüberstehen könnte. Zwar weiß ich von Aubrey, dass er seine gerechte

Strafe bekommen wird, aber was bedeutet das? Ist er bereits hinter Gitter oder noch auf freiem Fuß?

Übelkeit überkommt mich, ich öffne die Schublade und nehme die Pistole in meine Hand. Ich wiege sie hin und her, ziehe den Abzug nur wenige Millimeter an und schmeiße sie von mir, als könnte ich mich an ihr verbrennen.

Wenn ich mich vor Mike schützen will, sofern er noch nicht im Knast sitzt, muss ich lernen, mit einer Waffe umzugehen. Mir fallen nur zwei Menschen ein, die mir dabei helfen könnten.

Wenn sie wollen.

*

Am nächsten Tag sitze ich gerade an der Theke, als ein Mann die Bibliothek betritt. Er hat dunkelblondes Haar, ist leger gekleidet und lässt seinen Blick durch die Bibliothek gleiten. Schlendernd kommt er auf mich zu und lächelt mich auffordernd an.

»Hallo«, bringe ich hervor und lege meine Hand so fest um die Maus, dass es schmerzt.

»Ich habe einen Termin bei Mrs Edwards«, sagt er, weiterhin lächelnd.

»Ähm, einen Moment, bitte«, stottere ich, mache Anstalten, aufzustehen und laufe hastig zu den Büros.

Doch nirgends ist jemand zu sehen und ich kann auch keine Stimmen vernehmen. Shit. Als ich schließlich zurücklaufe, stehen bereits drei weitere Menschen an der Theke. Sie unterhalten sich gedämpft und der Mann lächelt nach wie vor, was mich noch panischer werden lässt.

»Tut mir leid, ich konnte sie gerade nicht finden«, stammele ich. »Warten Sie bitte noch einen Moment.«

Er nickt verständnisvoll.

Die nächste Kundin legt zwei Bücher und eine CD vor mich ab und ich merke, wie sich Schweiß auf meiner Stirn bildet.

Außer Mrs Grayson habe ich lediglich eine weitere Kundin bedient und selbst da hätte ich vor Nervosität fast auf den Tisch gekotzt.

Was, wenn ich einen Fehler mache? Wenn ich einen Blackout habe? Wenn das Programm hängen bleibt oder der Computer abstürzt? Oder wenn mich jemand etwas fragt, worauf ich keine Antwort weiß? Was, wenn?

Alle Blicke sind auf mich gerichtet. Ich sehe es in ihren Augen, wie sie mich verurteilen, wie sie darauf warten, dass ich etwas falsch mache. Ich weiß es einfach. Ich sehe es.

Ich kann meinen Atem nicht kontrollieren, so unregelmäßig geht er. Meine Hand zittert, als ich die Bücher entgegennehme und sie alle sehen es. Sie sehen meine Angst, meine Überforderung und ich will weg.

Ich will weglaufen. Mal wieder. Und wenn ich dem nachgebe, werde ich mich schwach fühlen, obwohl ich es nicht will. Ich will stark sein. Ich will Beth sein.

»Mr Stevenson! Es freut mich, dass Sie es zeitlich einrichten konnten.« Ellens unbeschwerte, klare Stimme holt mich aus meinen Gedanken zurück, bringt mich ins Hier und Jetzt.

»Mrs Edwards, schön Sie zu sehen«, erwidert er und sie geben sich die Hand. »Ihre Kollegin hat Sie leider vergeblich gesucht.« Er deutet auf mich und ich ringe mich zu einem gezwungenen Lächeln ab.

»Oh, das tut mir leid«, meint Ellen sichtlich bestürzt. »Ich war im Lager.« Dann wendet sie sich mir zu. »Kommst du zurecht, Lizzy?«

Komme ich zurecht? Nein. Ja. Ich weiß es nicht.

Alles, wovor ich weglaufe, ist in meinem Kopf. Und vor etwas wegzulaufen, das in mir ist, ergibt keinen Sinn. Dabei will ich gerade nur das. Verdammte Scheiße, wieso geht das nicht in meinen Kopf? Wie kann sich etwas so sehr in einen fressen, dass es zur Normalität wird?

»Ich komme zurecht«, sage ich mehr zu mir als zu ihr und greife zum nächsten Buch, bevor mein Kopf es sich anders überlegt.

»Ich zeige Mr Stevenson die Bibliothek. Wenn was ist, sag Bescheid, okay?«, meint Ellen und ich nicke, ohne in ihre Augen zu sehen, von denen ich weiß, dass sie voller

Besorgnis sind. Sie kann spüren, dass es mir so viel abverlangt, aber ich kann es nicht ertragen. Nicht jetzt.

Zehn Minuten später habe ich es tatsächlich geschafft, die restlichen Kunden zu bedienen. In einer halben Stunde schließt die Bibliothek und ich beschließe, die Zeit zum Aufräumen zu nutzen. Ich rücke die Bücher zurecht, setze einige Bestseller auf dem Büchertisch in Szene und schiebe die Stühle an die Tische.

Dann lehne ich mich an ein Bücherregal, schließe die Augen und atme ruhig aus und wieder ein. Ich bin nicht davongelaufen – nein, ich habe mich meiner Angst gestellt. Zwar mit Schüttelfrost, Übelkeit und Panik, aber ich habe es geschafft. Ich habe es geschafft.

Dann öffne ich die Augen, streife mit den Fingern über die Einbände der Bücher und bleibe ruckartig stehen. Ich sehe aus den bodenlangen Fenstern in die Dunkelheit hinaus und an einer beschlagenen Stelle am Glas sind sechs Worte geschrieben:

Angst beginnt im Kopf. Mut auch.

Ich starre die Buchstaben an, unfähig, mich zu bewegen. Sie scheinen mich anzuschreien, mir die Richtung zeigen zu wollen, in die ich gehen will. Mut.

Drei Buchstaben, aber eine umso größere Bedeutung. Vor wenigen Wochen wollte ich leben, nicht nur überleben. Jetzt weiß ich, was ich eigentlich will. Mutig sein.

So mutig wie ich damals war.

Kapitel 5

Parker

Animal I Have Become – Three Days Grace

Ich schnippe den Zigarettenstummel aus dem offenen Fahrerfenster und fahre mir durch das verschwitzte, viel zu lange Haar.

»Also, Champion, bist du bereit für deinen Gewinn? Ein kleiner Hinweis: Er befindet sich direkt hier«, sagt die blonde Schlampe auf dem Beifahrersitz und zieht das Kleid so hoch, dass ihre glatt rasierte Pussy freiliegt.

Scheiße, wann hatte ich das letzte Mal Sex? Jedenfalls ist es so lange her, dass ich mich nicht einmal mehr daran erinnern kann.

Und trotzdem starre ich sie einfach an. Ihr Gesicht ist viel zu vollgekleistert, der rote Lippenstift bereits verschmiert und ihre Augen glasig vom Alkohol. Wir beide haben mehr als genug getrunken und doch zu wenig. Denn ich sehe die letzten Wochen und Monate wie einen Kinofilm vor meinem inneren Auge ablaufen. Die Kämpfe, das Baumhaus, Mike, das verlassene Fabrikgelände, die schüchternen Küsse, der Blick meiner Mom, als ich ihr meine letzten Worte entgegenschreie.

Es ist immer noch real. Zu real.

Vielleicht will ich es nicht auslöschen, weil es nicht schlecht war. Sondern weil es genau das Gegenteil war. Es war gut. Es war … schön. Sie hat mich für kurze Augenblicke nicht den Zorn und die Wut spüren lassen, die in den letzten Jahren immer mehr von mir eingenommen haben. Sie hat mir gezeigt, dass ich nicht nur das kalte, arrogante Monster bin, das ich alle sehen lasse.

Und sie sagt, ich sei mutig. Fast muss ich bei dem Gedanken auflachen. Ich bin nichts weiter als ein Feigling, der davonlief, weil er es nicht mehr ertragen konnte. Ich habe mich in ihr Leben geschlichen, es zur Hölle gemacht, nur um zu merken, dass das leblose Organ in meiner Brust wider Erwarten noch etwas spüren kann. Und dann habe ich sie fallen gelassen, zurückgelassen, in das dunkle Loch zurückgestoßen.

Plötzlich legt sich eine Hand auf meinen Oberschenkel und die Berührung fühlt sich so falsch, so ekelerregend an, dass ich sie wegschlage. Die Schlampe schnappt nach Luft und sieht mich mit schreckgeweiteten Augen an.

»Soll ich dir …«

»Du sollst dich verpissen, sonst nichts!«, herrsche ich sie an.

»Ach, komm schon, Bloody Parker … Ich wette, du kannst mindestens genauso gut vögeln wie kämpfen, wenn nicht sogar besser.« Sie macht sich an meinem Gürtel zu schaffen, öffnet den Knopf und zieht gespielt verführerisch den Reißverschluss herunter.

Die Art, wie sie mit den Wimpern klimpert und mir auf billige Weise ihre Brüste präsentiert, macht mich nur noch rasender.

Verdammte Scheiße, vor wenigen Monaten hätte ich sie, ohne mit der Wimper zu zucken, auf der Motorhaube gevögelt. Heute kriege ich nicht mal mehr einen hoch, weil sie mich anekelt. Ich stoße sie von mir und sie prallt mit dem Rücken gegen die Autotür. Voller Wucht treffen meine geballten Hände auf das Lenkrad und ein weiteres Mal zuckt sie zusammen, macht jedoch keine Anstalten, auszusteigen.

»Du sollst gehen, hab ich gesagt!«, schreie ich sie an.

Einen Moment lang blickt sie mich perplex an, dann zupft sie ihr Kleid zurecht und steigt wortlos aus. Endlich.

Kaum, dass sie die Tür hinter sich geschlossen hat, gebe ich Gas und fahre davon. Einfach weg, weiter hinein in die Dunkelheit.

Ich habe einen Kampf gegen einen regional bekannten Freefighter gewonnen und doch fühle ich mich nicht besser als zuvor. Wo ist das Gefühl von damals hin, als ich als Sieger aus dem Kampf ging? Als ich Mike und anderen Dummköpfen die Fresse poliert habe, bis sie reglos am Boden lagen? Ich habe mich tatsächlich gut und mächtig gefühlt, als könnte mir keiner das Wasser reichen. Als wäre ich der Gott in meinem selbst ernannten Universum.

Ich sehe auf die aufgeplatzten Fingerknöchel, das T-Shirt, das an meinem Oberkörper klebt, die aufgeplatzte Lippe und die strähnigen Haare.

Trotz der jubelnden, grölenden Menge, dem Zuspruch, den Weibern, die sich an mich rangeschmissen haben und den Sprüchen der neidischen Wichser fühle ich mich nicht wie ein Sieger. Sondern wie ein Verlierer.

Ich habe meine Familie verloren, meine Mutter, meine Schwestern, jeglichen Skrupel, jegliches Gefühl für Schmerz.

Und vor allem mich. Mein Geist ist gefangen in meinem selbsterbauten Käfig ohne Gewissen. Die Gitterstäbe sind aus unzerstörbarem Material, die Wände kommen immer näher und es gibt kein Entrinnen für mich.

Kapitel 6

Mein Leben besteht zurzeit aus schlafen, essen, arbeiten und ehrlich gesagt, bin ich damit zufrieden. Denn es nimmt Normalität an und das beruhigt mich ungemein. Ich gehe arbeiten wie jeder andere Mensch, ich führe ein stinknormales Leben. Fast. Zumindest rede ich mir das ein.

Außer nachts, wenn mich die Einsamkeit und die Erinnerungen heimsuchen, drohe ich daran zu ersticken. Ich spüre die Klauen der Monster auf meinen Armen, wie sie sich in meine Haut krallen, frische Wunden hinterlassen und alte aufreißen.

Der innere Schmerz ist so viel qualvoller als der äußerliche. Tagsüber, wenn ich in der Bibliothek bin, oder abends, wenn ich gemeinsam mit Ellen und Callie Abendessen koche, kann ich all das verdrängen. Aber dann gibt es diese Momente, in denen die Angst auf mich einstürzt wie ein Felsbrocken. Rücksichtslos und ohne Vorwarnung.

Das sind die Momente, in denen ich weiß, dass ich mir alles nur vormache. Ich bin nicht normal und mein Leben ist es genauso wenig. Doch warum strebe ich so sehr nach Normalität? Wie kann man etwas vermissen, das man nie kannte?

Ich sehe die Werbung im Fernsehen, schlage die aktuelle Klatschzeitschrift auf, belausche die Gespräche der Menschen im Bus und alle reden davon. Alle reden davon, wie normal es sei, mit fünfundzwanzig Jahren verheiratet zu sein, zwei Kinder und ein Haus zu haben, sorglos und ohne Zweifel zu leben. Doch für das Leben gibt es keine Bedienungsanleitung und auch keine Schulnoten. Das Leben ist wie ein weißes Stück Papier, das jeder selbst beschriften und bemalen kann, wie er will. Es gibt keine Rechtschreib- und Grammatikfehler, keinen falschen Satzbau oder lediglich ein richtiges Ergebnis.

Richtig bedeutet nicht nur eine Lösung. Richtig kann so vieles heißen. Richtig bedeutet, was du daraus machst. Ich muss mein eigenes richtig finden, bevor ich mich in dem Strudel aus falschen Gedanken und Gefühlen verliere.

*

Die Suche nach meinem eigenen richtig beginnt am darauffolgenden Mittag, als ich im Bus sitze und zu Sherees Therapeutin fahre. Die Praxis von Dr Jenkins liegt ungefähr fünfzehn Fahrminuten mit dem Bus entfernt in einem großen Gebäudekomplex. Es liegt nicht inmitten der Innenstadt, sondern etwas außerhalb. So muss ich mich nicht durch überfüllte U-Bahn-Stationen und Menschenmengen drängeln.

Das Schild an der Eingangstür verrät mir, dass sich die Praxis im achten Stockwerk befindet und da ich kein Hochleistungssportler bin, beschließe ich, den Aufzug zu nehmen. Zwar fühle ich mich in Aufzügen meist unwohl, da sie eng und geschlossen sind, aber ich schätze, Dr Jenkins besitzt kein Sauerstoffzelt.

Also betrete ich den Fahrstuhl, der doch recht groß und modern wirkt, was mich etwas beruhigt. Ich drücke auf den Knopf und hoffe, dass er schnell durchfährt.

Tatsächlich komme ich lebend und mit pochendem Herzen im achten Stockwerk an und sitze fünf Minuten später im Wartezimmer. Es ist leer und an den Wänden hängen einige Gemälde, bei denen ich mich unwillkürlich frage, ob sie eine therapeutische Wirkung haben sollen. Fast muss ich über meinen Gedanken lachen, als eine hochgewachsene Frau mittleren Alters den Raum betritt. Das muss wohl Dr Jenkins sein.

»Miss Green?« Sie lächelt mich an.

»Ähm, ja«, antworte ich wenig überzeugend und folge ihr in ein Zimmer, das über zwei Zweisitzer, einen Couchtisch und Schreibtisch verfügt. Trotz der Dekoration wirkt es ruhig und nicht zu überladen.

»Setzen Sie sich, Miss Green, Sie haben freie Platzwahl«, meint sie, während sie einen Block sowie einen Stift hervorholt.

Ich setze mich auf den königsblauen Zweisitzer, lege die Hände in meinen Schoß und versuche, die Übelkeit herunterzuschlucken.

Was wird sie fragen? Was wird sie wissen wollen? Wird sie mich auslachen oder gar nicht verstehen? Mich abwimmeln, weil das, was mir widerfahren ist, nicht ernst zu nehmen ist?

Fuck. Mein Gedankenkarussell dreht sich und dreht sich. Es reißt mich mit sich und alles verschwimmt um mich herum.

Dr Jenkins setzt sich auf das Sofa gegenüber mir, schlägt die Beine übereinander und schreibt etwas auf den Block. Dann sieht sie auf und lächelt mich an. Sheree hatte recht, sie wirkt nett. Und das ist schon mal die halbe Miete.

»Miss Green, es freut mich, dass Sie hier sind. Haben Sie gut hergefunden?«

Was? Das ist das erste, das sie mich fragt?

»Ähm, ja, das habe ich«, erwidere ich mit schwacher Stimme.

»Wunderbar«, sagt sie. »Zunächst sollten Sie wissen, dass alles, was wir in diesem Raum besprechen, unter uns bleibt. Ich habe eine Schweigepflicht und Sie können sich sicher sein, dass nichts diesen Raum verlässt.«

»Okay.«

»Dann starten wir doch ganz unverfänglich. Erzählen Sie mir von sich, wer Sie sind, was Sie machen, was auch immer Sie von sich preisgeben möchten«, bittet sie mich.

Ich nicke. Smalltalk war noch nie meine Stärke, aber nun gut. »Ich heiße Elizabeth, bin einundzwanzig Jahre alt und arbeite seit einigen Wochen in der örtlichen Bibliothek. Und ehrlich gesagt, gibt es sonst nicht viel über mich zu erzählen.«

Während ich rede, schreibt sie auf ihrem Block und sieht mich wieder an. »Das ist doch ein guter Anfang, Miss Green. Sie arbeiten in der Bibliothek? Was sind Ihre Aufgaben?«

»Hauptsächlich die ausgeliehenen Medien zurück in die Regale zu stellen, neuerdings sitze ich aber auch an der Theke.«

Sie nickt. »Macht Ihnen die Arbeit Spaß?«

»Meistens«, gebe ich zu.

Sie blickt über den Rand ihrer Brille hinweg. »Und wann nicht?«

Ein Schauer überkommt mich und ich spüre, wie sich bereits eine Grenze in meinem Inneren auftut. Noch nie hat mich jemand so viel über mich selbst befragt und auch hinterfragt. Es fühlt sich seltsam an und doch befreiend.

»Wenn ich an der Theke sitze. Es überfordert mich, es strengt mich an und ich weiß, dass alle nur darauf warten, dass ich einen Fehler begehe«, sprudelt es aus mir heraus.

»Warum glauben Sie das, Miss Green?«

Ich seufze unbewusst auf. »Sie sehen mich an, verurteilen mich, weil sie bemerken, wie dumm und unfähig ich bin«, antworte ich und merke erst danach, dass zwei einsame Tränen über meine Wange laufen.

Dr Jenkins nickt verständnisvoll und reicht mir eine Packung Taschentücher. »Sie dürfen weinen, dafür müssen Sie sich nicht schämen.«

»Jedes Mal, wenn ich weine, komme ich mir so schwach vor.«

»Miss Green, Sie sitzen seit zehn Minuten vor mir und ich kann Ihne versichern, dass Sie nicht schwach sind. Sie kämpfen jeden Tag und versuchen, Ihre Angst zu überwinden. Genau deshalb sind Sie hier, richtig?«

Ich nicke und tupfe mir die Tränen vom Gesicht.

»Sie fürchten also, sich vor anderen Menschen lächerlich, seltsam oder peinlich zu verhalten? Und dabei bewertet und verurteilt zu werden?«

Ihre Worte bringen es auf den Punkt. »Ja.«

»Was fühlen Sie dabei?«

Ich schaue auf meine Hände im Schoß und seltsamerweise kann ich ihr diese Frage beantworten, ohne groß darüber nachzudenken. »Ich bekomme Panik, mir wird schlecht, heiß und kalt zugleich, mein Herz klopft mir bis zum Hals, meine Hände zittern und ich will nur eines. Weg.«

Wieder nickt sie und notiert sich etwas. »Haben Sie eine Vermutung, welchen Ursprung das hat?«

Auch wenn ich wusste, dass ich das gefragt werde und aussprechen muss, was mir am meisten Angst bereitet, schmerzt es mich in der Brust. Ich balle die Hände zu Fäusten und spüre den sanften Schmerz, als sich meine Fingerkuppen in die Handinnenflächen drücken.

»Ich habe keine Vermutung«, setze ich an, »Ich weiß es.« Heiße Tränen füllen meine Augen und ich versuche, die Erinnerungen an das Monster zur Seite zu schieben.

Schätzchen, gleich kommt Daddy und liest dir etwas vor. Zieh dir schon mal den pinken Pyjama an, den Daddy so gernhat, ja? Du bist mein braves Mädchen, das weiß ich, Engel.

»Atmen Sie ruhig ein und wieder aus, Miss Green. Wenn es Sie zu sehr belastet, reden wir das nächste Mal darüber«, meint Dr Jenkins.

»Nein«, erwidere ich harsch. »Wenn ich es ausspreche, weiß ich, dass es wahr ist. Dass es alles wirklich so passiert ist. Ich muss es aussprechen, ich will.« Ich höre auf ihren Rat und atme ein und aus, konzentriere mich auf meinen Atem und dann sage ich es. Es ist wie eine Last, die von mir genommen wird, nur um sie mir ein weiteres Mal vor Gesicht zu zeigen. Aber ich werde nicht zulassen, dass das Monster mich zerfrisst, mich gänzlich zerstört. »Mein Vater. Er hat mich jahrelang vergewaltigt.«

Ich höre, wie Dr Jenkins einatmet und einige Sekunden benötigt, bis sie etwas auf ihrem Block notiert. Sie bemüht sich um Professionalität, aber wie könnte sie das kaltlassen?

»Sie haben es ausgesprochen, Miss Green, das ist gut. Sogar sehr gut. Wir werden an Ihrer Angst arbeiten, damit es nicht mehr Ihr Leben bestimmt und wir werden Ihr Trauma aufarbeiten. Vorausgesetzt, Sie entscheiden sich für eine Therapie bei mir. Das steht Ihnen ganz frei«, sagt sie anschließend.

»Das werde ich«, antworte ich tonlos. »Sonst wird mein Leben an mir vorbeiziehen.«

Fünfundvierzig Minuten später verlasse ich die Praxis und spüre erst, als ich im Bus sitze, wie sehr es mich angestrengt hat. Einer fremden Person das anzuvertrauen, was ich wirklich denke, fühle und mir wiederfahren ist, ist … beängstigend und befreiend zugleich. Dr Jenkins hat das studiert und ich sollte keine Bedenken haben, mit ihr zu reden. Sie hat bereits Sheree geholfen und das wird sie auch mir, das hoffe ich zumindest.

Als ich zwanzig Minuten später zu Hause ankomme, lege ich meine Jacke und die Schuhe ab. Es zu Hause zu nennen, ist seltsam, aber genau das tue ich: mich zu Hause fühlen.

Aus der Küche vernehme ich mehrere Stimmen und als ich in den Raum betrete, stehen Ellen, Callie und Sheree am Herd.

Ich lächle. Mittlerweile haben wir einen Alltag entwickelt. Wir frühstücken und kochen zusammen, schauen uns Filme und Serien an. Am Wochenende besucht uns meist Sheree, da sie unter der Woche zwanzig Kilometer weiter weg im Studentenwohnheim lebt. Sie hat sich bewusst dafür entschieden, weil das Haus sie manchmal zu sehr daran erinnert, was geschehen ist.

Wir reden nicht über Parker, aber ich sehe in ihren Augen, dass sie ihn vermissen. Das tun wir alle. Doch ich will nicht zu viel über ihn nachdenken. Hatte nicht ausgerechnet er zu mir gesagt, ich solle im Hier und Jetzt leben? Manchmal fühlt sich nichts schwieriger an als das. Und genau dann frage ich mich, wo er gerade ist, was er gerade macht und wie es ihm geht. Wenn ich vor einigen Wochen an Parker gedacht habe, habe ich Angst gespürt. Jetzt fühle ich Wut. Wut darüber, dass er abgehauen ist. Dass er so verdammt feige ist. Dass er mich dem Monster überlassen hat und mit seinem Verschwinden zu so einem geworden ist.

Ich hoffe, es geht dir schlecht. Ich hoffe, du leidest. Ich hoffe, du hast ein schlechtes Gewissen, aber das wirst du nicht haben, oder? Nein, Bloody Parker hat das nicht.

Und dann fühle ich mich schlecht, wenn ich solche Gedanken habe. Fick dich, Parker.

Kapitel 7

Am nächsten Tag muss ich nur bis 12 Uhr arbeiten, da die Bibliothek nachmittags geschlossen hat. Danach fahre ich mit dem Bus zum Campus, den ich eigentlich meiden wollte. Ellen habe ich weisgemacht, dass ich in den Drugstore fahre. Sie würde sich nur unnötig Sorgen machen, wenn sie wüsste, wo ich mich aufhalte.

Ich stehe außerhalb des Parkplatzes, habe die Mütze meines Hoodies übergezogen und beobachte die herausfahrenden Autos. Ihre Gesichter würde ich unter tausenden wiedererkennen. Die Gesichter, die mich während des Probearbeitens im Schreibwarengeschäft schikaniert und lächerlich gemacht haben. Die Erinnerung an diesen Tag lässt Tränen in meine Augen schießen, aber ich blinzle sie weg. Ich kann mir jetzt keine Schwäche erlauben.

»Lizzy! Was machst du denn hier?«, reißt mich auf einmal Aubreys Stimme aus den Gedanken. Die Haare hat sie zu einer aufwendigen Flechtfrisur gebunden und auch ansonsten ist sie so auffällig wie immer angezogen.

»Ich, ähm …« Shit, damit hätte ich nicht gerechnet. Da versuche ich schon, mich unauffällig zu verhalten, und werde doch erwischt. Detektivin werde ich in diesem Leben nicht mehr.

»Du kommst nicht zurück, oder?«, fragt Aubrey leise.

Ich schüttele den Kopf. »Du kannst mir aber einen Gefallen tun«, entgegne ich.

»Klar, welchen denn?«

»Du kennst auf dem Campus doch so ziemlich jeden, oder? Auch Parkers Freunde?« Ich spiele an den Fransen meines Hoodies herum und mir entgeht nicht Aubreys Reaktion.

»J-ja, ich kenne sie. Aber Lizzy, was willst du von denen? Die Typen sind gefährlich, genauso wie Parker!«, redet sie auf mich ein.

Ich weiß ihre Sorge und Warnung zu schätzen, doch auch sie kann mich nicht von meinem Plan abbringen. Ich muss es durchziehen.

Ohne auf ihre Worte einzugehen, sage ich zu ihr: »Ich will sie treffen. Jetzt.«

»Was?«, zischt sie. »Bist du völlig wahnsinnig?«

»Kann schon sein.« Ein Grinsen umspielt meine Lippen. »Wenn du es nicht tust …«

»Ist ja schon gut« Sie gestikuliert wild mit den Armen herum. »Aber bitte versprich mir eines: Bring dich nicht in Gefahr, Lizzy.«

»Ich passe auf mich auf.«

Aubrey sieht mich einen Augenblick zu lang an, dann marschiert sie Richtung Parkplatz auf einen schwarzen Pick-up zu. Laute Musik schallt aus dem Wagen, die Gesichter der Typen kann ich aus der Entfernung jedoch nicht erkennen. Aubrey scheint sich mit ihnen zu unterhalten, an ihrer Körperhaltung bemerke ich allerdings, dass sie sich unwohl fühlt. Dann zeigt sie kurz auf mich und wenige Sekunden später setzt sich der Pick-up in Bewegung.

Ich schlucke den Unmut herunter, die Nervosität hingegen steigt, je näher das Auto kommt.

Als es schließlich vor mir hält, wird das Fenster auf der Fahrerseite heruntergelassen. Dann sehe ich ihre Gesichter, auf denen ein finsterer Ausdruck liegt. Ihre Augen mustern mich auf unangenehme Weise. Der Typ am Lenkrad hat braune Haare und ist genau wie Parker muskulös und tätowiert. Sein Beifahrer wiederum hat dunkelblonde Haare, einen gepflegten Bart und natürlich auch Tattoos sowie gedehnte Ohrlöcher. Zusammen mit Parker geben sie ein Trio ab, vor dem man nur Angst haben kann.

»Ich brauche eure Hilfe«, sage ich schließlich.

Der Fahrer schnippt seine Zigarette aus dem Fenster und ich muss zur Seite springen, damit der Stummel nicht auf meinen Schuhen landet.

»Hast du das gehört?«, fragt er und beide brechen in schallendes Gelächter aus.

Dass Parkers Kumpels nicht weniger gefährlich und respektlos als er sind, war mir klar. Dennoch macht mich ihr Verhalten wütend und bevor ich mich versehe, packe ich einen der Typen am Kragen seines T-Shirts.

Er starrt mich mit zusammengezogenen Augenbrauen an. Damit hat er nicht gerechnet. Doch das, was als nächstes passiert, habe ich ebenso wenig erwartet.

Der Typ stößt die Autotür auf, sodass ich mit aller Kraft auf den Boden geschleudert werde. Ich lande in einer Regenpfütze und spüre, wie mein Pulli immer nasser wird. Meine Hände sind aufgeschürft und ich ringe nach Luft.

Diese verdammten Hurensöhne. Ich werde nicht weinen. Ich werde nicht davonlaufen. Ich werde etwas ganz anderes tun.

Ich rapple mich auf, das Gelächter der beiden lässt meinen Zorn ins Unermessliche steigen und dann ziehe ich das Messer aus meiner Gesäßtasche. Parkers Freunde machen den Fehler, mich zu unterschätzen, denn im nächsten Moment stürze ich mich auf den braunhaarigen Typen. Ich halte ihm die Klinge an die Kehle und greife in sein Haar, sodass er mich ansehen muss.

»Sehe ich aus, als würde ich Witze machen?«, zische ich und fahre mit der Klinge über die tätowierten Arme. Als ich zu fest zudrücke, läuft ein kleiner roter Faden über seinen Unterarm. Blut.

»Du meinst es ernst, was?«

Ich nicke. »Nicht nur ihr habt Waffen, ich auch.«

»Nimm dein scheiß Messer weg«, blafft er mich an.

Langsam gehe ich von ihm runter und streiche mir die Klamotten glatt, als mir klar wird, was zum Teufel ich hier gerade tue. Scheiße, wüsste ich es nicht besser, würde ich sagen, ich bin verrückt.

Mein Atem geht schnell und unkontrollierbar, meine Hände sind blutig und zittern. Aber das ist es mir wert. Das Adrenalin ist es mir verdammt nochmal wert. Keine Angst, sondern Adrenalin.

»Was willst du von uns?«, fragt der Typ mit den gedehnten Ohrlöchern.

»Bringt mir bei, mit einer Pistole umzugehen«, fordere ich von ihnen.

»Warum ausgerechnet wir, Prinzessin?« Der andere zieht eine Augenbraue nach oben.

»Ihr seid meine einzige Chance«, antworte ich.

Sie starren mich an, sprechen nichts, aber scheinen wortlos miteinander zu kommunizieren.

»Morgen 22 Uhr am Nordeingang des Hide Forests. Bring nichts und niemanden mit.«

Dann fahren sie mit heulendem Motor davon. Sie haben mich weder nach meinem Namen noch Parker gefragt. Ihre Namen haben sie mir auch nicht verraten. Ob Parker mich ihnen gegenüber überhaupt jemals erwähnt hat? Ob sie überhaupt etwas von Parker wissen? Zwar scheinen sie seine Freunde zu sein, aber Parker ist niemand, der viel von sich preisgibt.

Bring nichts und niemanden mit.

Die Ansage ist eindeutig. Aber ich brauche sie, um mich vor Mike zu schützen und den Monstern, die mir auflauern.

*

»Hast du noch was vor oder warum stehst du seit einer geschlagenen Stunde vor dem Spiegel?« Callie steht im Türrahmen, einen Arm in die Hüfte gestemmt.

Stehe ich tatsächlich schon so lange vor dem Spiegel? Ein Blick auf die Uhr bestätigt es mir. In weniger als einer Stunde bin ich mit Parkers Kumpels verabredet und mir geht jetzt schon der Arsch auf Grundeis. Als ich in den Spiegel sehe, bemerke ich, dass ich kein Stück anders aussehe als sonst. Schwarze, zerrissene Jeans, schwarzer Hoodie und abgenutzte Stiefel. Google hat mir leider keine nützlichen Ratschläge ausgespuckt, wie man sich kleidet, wenn man sich mit zwielichtigen Kerlen trifft.

»Ich bin mit Aubrey verabredet«, flunkere ich und weich ihrem Blick aus.

»Lizzy«, setzt sie an.

»Was?« Grob bürste ich mir durch mein blondes Haar, das auch schon bessere Tage gesehen hat. Vielleicht wird es Zeit für eine Veränderung, einen neuen Schnitt oder eine neue Farbe. Ja, vielleicht.

»Was hast du wirklich vor?« Sie zieht die Tür langsam hinter sich zu, als würde das irgendetwas nützen.

»Es ist besser, wenn du das nicht weißt.« Mit den Fingerspitzen wische ich die Reste des Kajals unter meinen Augen ab.

»Das macht mich nur noch besorgter«, entgegnet Callie. »Lizzy, du bist wie eine Schwester für mich, bitte pass auf dich auf. Ich weiß, die Sache mit Parker setzt uns allen zu und das mit deinem Dad …«

Ob sich Parker so gefühlt hat, wenn ihm die Sicherungen durchgebrannt sind?

Parker. Dad.

Mit einer ruckartigen Bewegung knalle ich die Tür des Kleiderschrankes zu, sodass das Glas einen Sprung bekommt. Gleichzeitig füllen sich meine Augen mit Tränen und es fühlt sich an, als würde man mir eine Faust in die Magengrube rammen.

Einmal. Zweimal. Dreimal.

Dann legt Callie ihre Arme um mich und zieht mich an sich. Tränen tropfen von meiner Wange auf ihr T-Shirt. Als sie von mir ablässt, sehe ich in ihren Augen den gleichen besorgten Blick wie in denen ihrer Mom.

»Nichts ist schlimmer als das, was dein Bruder nachts treibt.« Dann lege ich die Hand auf den Türknauf, sprinte die Treppe herunter und erwische gerade so den Bus, der zu dieser Uhrzeit vollkommen leer ist.

Ich nehme ganz hinten Platz, ziehe die Knie an und lege meinen Kopf darauf ab. Was zum Teufel tue ich hier? Ich treffe mich mit zwei Typen, die mich schikaniert und lächerlich gemacht haben und deren Namen ich nicht kenne. Nur damit ich mich vor einem anderen Monster beschützen kann.

Mikes Gesicht flackert vor meinem inneren Auge auf und ein falsches Lächeln umspielt seine Lippen. Wie konnte ich mich so sehr in ihm täuschen? Wie konnte *er* mich so täuschen? Wenn ich mir vorstelle, was er anderen Mädchen angetan hat, nur um seinen Spaß zu bekommen, wird mir übel.

Und dann wird mir klar, warum ich es tue. Warum ich es wirklich tue. Ich fliehe vor meiner Angst, versuche sie zu verdrängen, für einen Augenblick zu vergessen. Dabei ist sie immer da. In meinem Kopf. Wie festgesetzt. Ich weiß, es braucht nur einen kurzen Moment, um zu spüren, dass die Angst allgegenwärtig ist. Sie wird mich einholen, aber jetzt gerade ist da etwas anderes. Das Kribbeln, das durch meinen Körper fährt, die Kälte meiner Hände, der schnelle Herzschlag.

Adrenalin.

Ich hab eine Scheißangst vor den Typen und davor, was mich erwartet, was sie mit mir vorhaben. Aber ich muss es tun. Ich muss es tun, um wieder Beth zu sein.

Um wieder zu leben.

Ich bin meine eigene Rettung

Kapitel 8

Als ich am Nordeingang des Hide Forest stehe, frage ich mich, warum sie mich ausgerechnet hier treffen wollen. Der kleine Parkplatz ist menschenleer, es ist stockdunkel und sogar der Busfahrer hat mich beim Aussteigen kritisch beäugt. Eine junge Frau, die nachts am Wald aussteigt. Unter anderen Umständen würde ich mich selbst für wahnsinnig erklären.

Ein Rascheln lässt mich herumfahren, doch in der Dunkelheit kann ich weder ein Tier noch einen Menschen ausmachen. Ich hätte mal lieber ein Nachtsichtgerät mitnehmen sollen.

Ich ziehe mein Handy aus der Hosentasche und schaue auf die Uhrzeit: 22.02 Uhr. Wenn sie auf Pünktlichkeit bedacht wären, hätten sie mich längst erwartet. Die beiden scheinen mir aber eher Typen zu sein, die gern auf sich warten lassen und den großen Auftritt genießen.

Ein Rascheln, dann ist ein Schuss zu hören. Peng. Und noch einer. Peng.

Ich halte mir die Ohren zu, kneife die Augen zusammen und spüre, wie das Blut an mir herunterläuft.

Die Kugel bohrt sich durch seine Brust, langsam durchtränkt das Blut sein T-Shirt, während sein Blick starr auf mich gerichtet ist. Die Pistole zittert in meinen Händen und als sie auf den Boden fällt, löst sich ein weiterer Schuss. Die Kugel prallt an das Fenster, das Glas zerspringt in tausend Teile. Dann sackt er in sich zusammen.

Ich bin eine Mörderin.

Als ich die Augen wieder öffne und die Erinnerungen sich auflösen, erkenne ich in der Dunkelheit zwei Silhouetten, die langsam auf mich zukommen.

»Na, machst du dir schon in die Hosen, Prinzessin?« Ihr schallendes Gelächter durchbricht die Stille und meine Schockstarre.

Ich balle meine schweißnassen Hände zu Fäusten, halte ihrem Blick stand und dränge das Monster in die hinterste Ecke meines Kopfes.

Als sie schließlich aus der Dunkelheit hervortreten, beide mit einer Pistole in den Händen, komme ich mir vor wie ein Affe im Zirkus. Sie starren mich an, umkreisen mich und kommen bedächtig auf mich zu. Beide tragen schwarze Klamotten, schwere Boots und ihre Körpergröße ist beängstigend.

»Ihr habt mir eure Namen nicht verraten«, sage ich mit schwacher Stimme.

Der braunhaarige Typ zieht eine Augenbraue in die Höhe und lässt die Pistole in seiner Hand in der Luft wirbeln. »Wer behauptet, dass wir vorhaben, dir unsere Namen zu verraten?«

»Soll ich euch stattdessen mit braunhaariger Typ und

Typ mit gedehnten Ohrlöchern ansprechen?«, entgegne ich.

»Du hast Humor«, mischt sich Typ mit gedehnten Ohrlöchern ein, woraufhin sein Kumpel lacht.

»Was ist nun, wann legen wir los?« Scheiße, mir ist das Ganze hier mehr als unangenehm. Möglicherweise sollte ich mich damit abfinden, in einem Waldstück am Arsch der Welt begraben zu werden. Ob sie mir noch einen Grabstein meißeln, wenn ich nett frage?

Der braunhaarige Typ kommt mit geladener Pistole auf mich zu und drückt mir den Lauf gegen den Bauch. Durch den Stoff meines Hoodies spüre ich die Kälte und den Druck. Wenn er jetzt abdrückt – ja, was dann? Dann wars das. Will ich das? Nein, verdammt. Ich will noch so viel erleben. Ich will noch leben. So richtig leben. Nicht nur das tun, was erwartet wird und richtig ist, sondern was glücklich macht.

Von einer Klippe ins eiskalte Wasser herunterspringen, eintauchen und wieder auftauchen, mit klatschnassem Haar, den Klamotten, die am Körper kleben.

Scheiße, was, wenn es jetzt vorbei ist? Vorbei, bevor es überhaupt angefangen hat? Ich will noch so viel sagen und noch viel mehr tun. Der Lauf der Pistole drückt sich immer tiefer in meinen Bauch und ich gehe reflexartig rückwärts, als könnte mich das schützen.

Ich sehe das boshafte Grinsen in seinen Augen und sein Finger spielt am Abzug. Abdrücken – ja oder nein? Doch noch viel mehr erkenne ich das Adrenalin in seinen Augen. Das ist es, was wir alle hier wollen.

»Was ist, traust du dich nicht? Durch die Wälder schießen kannst du, aber mehr nicht?« Ein seltsam fremdes Lachen entkommt meiner Kehle und mein Blick trifft seinen. Wortlos, fast emotionslos, starren wir uns an. Als würden wir beide darauf warten, dass etwas passiert.

Und das tut es in dem Augenblick, in dem der Typ mit den gedehnten Ohrlöchern einen Schuss ablässt. Einen verfickten Schuss, der knapp an meinem Bein vorbeirast. Selbst sein Kumpel scheint für einen kurzen Augenblick überrascht.

Der Schrei, der aus meinem Hals dringt, ist schrill und wird mir erst danach bewusst.

»Denkst du immer noch, das hier ist Bullshit? Nur weil du dir was beweisen willst?«, meint der dunkelblonde Kerl.

»Jetzt ist es zu spät, zu fliehen, Prinzesschen.«

Auf einmal stoße ich mit der Ferse gegen etwas und als ich hinter mich schaue, sehe ich Bahngleise. Das Grinsen auf dem Gesicht des braunhaarigen Typen wird größer.

»Noch ein Schritt.«

Als ich mich nicht rühre, rammt er mir den Lauf der Pistole in den Bauch, sodass ich rückwärts taumle und mit dem Hintern auf den Gleisen lande. Ich rapple mich hoch und scheiße, es ist tatsächlich zu spät, zu entkommen. Der braunhaarige Typ steht vor mir, sein Kumpel hinter mir, ihre Pistolen sind auf mich gerichtet. Und ich stehe auf Bahngleisen, wo jeden Augenblick ein verfickter Zug gefahren kommen kann.

Okay, gut, ich wollte Adrenalin. Aber nicht meinen Tod.

»Waffen her«, fordert der Braunhaarige.

W-was?

»Ich sag es nicht ein weiteres Mal. Der zweite Schuss wird dein Beinchen treffen, deine Entscheidung, Süße.«

»Wir können es auch anders machen, wenn du es so nötig hast«, meint der Dunkelblonde. »Hose runter und dein Höschen gleich mit.«

Ich fahre herum und schleudere ihm meine Faust ins Gesicht, kaum dass ich seine Finger an dem Bund meiner Jeans spüre. Noch bevor ich mich wieder herumdrehen kann, wird mein Gesicht nach vorn gerissen und der Dunkelblonde fasst grob in meine Haare.

»Du legst es echt drauf an, oder?«, zischt er und lässt meinen Kopf unbedacht los, woraufhin ich wie ein nasser Sack herumtaumle.

Mein Körper schwankt und ein stechender Schmerz zieht durch meinen Schädel. Doch noch beängstigender ist das leichte Vibrieren, das ich unter meinen Füßen wahrnehme.

Der Braunhaarige schaut auf die Armbanduhr an seinem Handgelenk. »In zwei Minuten wird der Zug hier vorbeifahren. Zwei Minuten.«

Sie meinen es ernst. Aber ich bin noch nicht bereit, zu sterben. Meine Angst hingegen ist es. Ich spüre sie in jedem Millimeter meines Körpers, wie sie mich lähmt, wie sie über mein Herz bestimmt und mir Dinge einredet.

Sie beobachten dich. Sie urteilen über dich.

Sie sagen, du seist merkwürdig.

Wie deine Hände zittern, deine Stimme immer leiser wird, dein Hals trockener, dein Herzschlag schneller.

Sie tuscheln. Sie lachen. Sie kichern.

Schwach, so schwach.

Die Angst redet mir Dinge ein, die nur in meinem Kopf sind.

In einer ungeschickten Bewegung ziehe ich den Dolch mit dem blutroten Griff und die Pistole hervor, die ich zwischen meinen Stiefeln und meiner Jeans versteckt habe. Achtlos werfe ich sie neben mich auf die Gleise. Die Geräusche des heranfahrenden Zuges werden mit einem Mal so ohrenbetäubend laut und plötzlich sehe ich in die grell leuchtenden Lichter des Zuges. Sie kommen immer näher und näher.

Bis mein Körper nach hinten gerissen wird und ich auf etwas Weichem lande. Dem Typen mit den gedehnten Ohrlöchern.

*

Einen Moment zu lang bleibe ich auf ihm liegen, bevor ich begreife, was hier passiert und eben fast passiert wäre.

Ich rapple mich auf, klopfe mir den Dreck von den Klamotten und starre in die ausdruckslosen Gesichter der zwei Typen, die immer noch am Boden liegen.

»Das war knapp«, sagt schließlich der Kerl mit den gedehnten Ohrlöchern, als er steht.

»Das war knapp?«, schreie ich ihm seine eigenen Worte in einer Lautstärke entgegen, die für mich mehr als untypisch ist. »Ihr hättet mich fast umgebracht, ihr Psychopathen!«

»Meine Fresse, du hast ja doch Temperament«, mischt sich sein Kumpel ein, auf dessen Gesicht sich schon wieder ein dämliches Grinsen geschlichen hat.

»Das nennt man wohl eher Lebensmüdigkeit«, erwidere ich trocken.

»Ist das nicht Voraussetzung, wenn man mit Typen wie Parker abhängt?«

Als ich in sein Gesicht blicke, erkenne ich darin denselben eisigen Ausdruck wie in Parkers. Also wissen sie von mir und dass Parker und ich … ja, was, abgehangen haben?

»Ihr wisst genau, wer ich bin«, sage ich.

Sie nicken. »Hattest du angenommen, wir vereinbaren einfach so ein Treffen mit einem wildfremden Mädchen, das von uns lernen will, mit einer Waffe umzugehen?«

»Ganz sicher nicht«, antwortet sein Kumpel überflüssigerweise. »Elizabeth.«

»Oder sollen wir dich lieber Beth nennen? Oder doch Lizzy?«, stichelt der andere weiter.

Die Art, wie sie meinen Namen aussprechen, jagt mir einen Schauer über den Rücken. Sie wissen mehr über mich, als sie zugeben. Was hat Parker ihnen erzählt? Was wissen sie über mich? Hat Parker ihnen mein … Geheimnis verraten? Und was wissen sie über Parker? Kennen sie seine Lebensgeschichte oder nur die Maske, die er ihnen zeigt?

Diese Ungewissheit treibt mich in den Wahnsinn. In nur einem bin ich mir sicher: Sie werden das, was sie von mir wissen, gegen mich ausspielen.

»Woher hast du Parkers Dolch und Waffe, Elizabeth?«, holt die Stimme des Dunkelblonden mich aus meinen Gedanken zurück. Mit seiner Pistole in der Hand zeigt er auf den Dolch und die Waffe, die überraschenderweise noch ganz sind, und abseits der Gleise liegen.

»Aus seinem Zimmer.«

Ein verächtliches Schnauben entkommt ihm. »Und was hast du in seinem Zimmer zu suchen?«

»Ich wohne dort … sozusagen.«

Er zieht fragend eine Augenbraue in die Höhe.

»Ich bin euch keine Rechenschaft schuldig«, zische ich.

»Nein, das bist du nicht. Dennoch hast du uns gütigerweise Auskunft gegeben.«

Idioten.

Ich sammle den Dolch und die Pistole ein, doch bevor ich gehen kann, werde ich am Arm festgehalten. Finger krallen sich in mein Fleisch und wiedermal bin ich mir nicht sicher, welcher Schmerz unerträglicher ist. Der körperliche, der sichtbare Schmerz, der einen blauen Fleck auf meiner Haut hinterlassen wird. Oder der innerliche Schmerz, den niemand sieht und nur ich spüre. Seine kalten Finger legen sich um meinen Arm, ziehen mich an seinen Körper und seine rauen Lippen finden meinen Mund. *Spätzchen.* Meine Kehle schnürt sich zu, die Luft ist wie verschollen.

»Wohin des Weges?«

Ich reiße mich von ihm los, blicke in seine dunklen Augen. »Nach Hause, ihr Vollspacken. Mir reichts.«

»Langsam kapiere ich, was Parker an dir gefunden hat«, entgegnet der Dunkelblonde. »Du hast zwei Gesichter.«

»Haben wir das nicht alle?«, erwidere ich. »Manche sogar mehrere.«

Auf einmal verwandelt sich das Grinsen der Beiden zu einem zaghaften Lächeln und sie wechseln einen Blick. Ist das der Moment, in dem sie beschließen, mich doch nicht umzubringen?

»Wir treffen uns nur nachts zum Schießen, ist das klar? Du brauchst weder Freundinnen noch andere Typen mitzubringen. Und sei dir sicher, wir sind dir immer überlegen, also versuch nicht, uns reinzulegen.«

Nun bin ich diejenige, die die Augenbrauen zusammenzieht. »Und … was sollte das hier alles? Ihr lasst mich fast von einem Zug überfahren-«

»Fast, Süße, fast. Wir mussten doch erst sicher gehen, dass du es auch ernst meinst. Was denkst du, wie viele Mädchen glauben, es mit uns aufnehmen zu können? Was denkst du, wie viele daran schon gescheitert sind? Sie wollen Spaß, einmal, vielleicht zweimal, auf der Hüpfburg hüpfen, aber das hier ist kein Spielplatz. Das hier ist die Wirklichkeit.«

»Eine Hüpfburg, ist das dein Ernst? Was denkt ihr denn, warum ich lernen will, mit einer Pistole umzugehen? Weil ich noch nie eine in der Hand gehabt habe? Weil ich glaube, dass es lustig ist?« Ichschüttle den Kopf. »Ich habe eine Pistole in der Hand gehalten und ich habe auch einen Schuss losgelassen, genauer gesagt zwei. Das ist der Grund. Zwei Schüsse und seitdem bin ich wie gelähmt. Gelähmt, mich zu wehren, wenn ich es wirklich muss und mich in Gefahr befinde.«

Die Stille ist ohrenbetäubend. Die Dunkelheit bedrückend. Ihre Blicke liegen auf mir, als würden sie versuchen wollen, aus mir schlau zu werden.

»Gefahr ist so viel realer als Angst. Die Angst sitzt in deinem Kopf, aber die Gefahr lauert überall.«

Mit diesen letzten Worten drehen sie sich um und werden eins mit der Dunkelheit. Zurück bleiben ein Häufchen Angst, ein Häufchen Mut, ein viel größerer Haufen Ungewissheit und ich. Meine Fin- gerspitzen fahren über die glänzende Klinge des Dolches, dessen blutroter Griff bereits abgenutzt ist.

Blutrot. Bloody Parker.

Kapitel 9

Am nächsten Tag fühle ich mich ausgelaugt. Möglicherweise liegt es an meinem nächtlichen Ausflug oder der Angst und Unsicherheit, die sich wie ein tonnenschwerer Mantel um mich legen. Heute fühlt es sich schlimmer an als gestern und ich höre die leise Stimme der Angst, die mir zuflüstert …

Du bist schlecht. Du kannst das nicht.

Ha, siehst du, schon wieder machst du was falsch. Deine Hände, sie zittern. Warum schwitzt du so?

Siehst du, wie er dich anschaut? Was mag er nur von dir denken?

Hörst du, wie sie flüstern? Sie reden über dich. darüber, wie du nicht mal im Stande bist, die Bücher richtig einzusortieren.

Die Angst steht dir förmlich ins Gesicht geschrieben.

Ja, Scheiße, meine Hände zittern und mir ist so furchtbar warm. So warm, dass mir der Schweiß auf der Stirn steht.

Verlegen wische ich ihn mit dem Handrücken weg, sehe mich um. Gerade mal drei Menschen befinden sich in der Bibliothek und doch kommt es mir vor, als würden sie alle mich anstarren. Als würden sich ihre Gespräche nur um mich drehen. Dabei tun sie nichts davon. Sie starren mich weder an noch tuscheln sie über mich.

Doch, das tun sie. Schau nur, wie sie dich anstarren. siehst du es?

Und dann sehe ich es. Ein Mann starrt mich tatsächlich an. Viel zu spät wende ich mich ab, denn nun liegt sein Blick tausendfach schwerer auf mir.

Schnell greife ich nach einem Buch auf dem Bücherwagen und fahre im nächsten Moment erschrocken herum.

»Entschuldigung.«

Vor mir steht ein Mann, schätzungsweise Anfang dreißig, dessen Gesicht mir bekannt vorkommt. Wenn ich nur wüsste, woher. Es wäre ja nicht so, dass ich außerordentlich vielen Menschen begegne.

»Wir haben uns schon mal gesehen, als ich einen Termin bei Mrs Edwards hatte«, meint er.

Da dämmert es mir. Das war der Tag, an dem außer ihm noch weitere Kunden an der Theke standen, und es mich in Panik versetzt hat.

»Ja, stimmt«, antworte ich lahm.

Wir stehen einfach so da, er lächelnd vor mir, ich schweißnass nervös und vollkommen ahnungslos, was zum Teufel er von mir will.

»Nun, dann darf ich mich Ihnen als baldigen Arbeitskollegen vorstellen.« Er hält mir die Hand entgegen. »Mace Stevenson.«

Zögern nehme ich sie entgegen. »Elizabeth.«

»Freut mich.«

»W-wann ist denn Ihr erster Arbeitstag?«

»In zwei Wochen. Dann bin ich für die Buchhaltung, Rechnungen und Neuanschaffungen zuständig.«

Demnach ist er wohl eher der logische Typ und liebt Zahlen, also kein Mann, der beim Sonnenuntergang auf der Veranda Tolstoy liest.

»Klingt furchtbar langweilig, oder?«, meint er, als könnte er meine Gedanken lesen.

»Etwas«, gebe ich verlegen zu.

»Wenigstens kann ich mir ab und zu ein Buch ausleihen.« Er lacht kurz auf.

»Oh, Sie lesen?«, rutscht es mir heraus und ich klatsche mir imaginär mit der Hand gegen die Stirn. Das klang jetzt viel zu sehr danach, als würde das Lesen nicht zu ihm passen. Zwischenmenschliche Kommunikation ist nicht wirklich mein Steckenpferd.

»Hauptsächlich Krimis und Thriller«, antwortet er. »Und Sie?«

»Ähm.« Das hat mich schon sehr lange niemand mehr gefragt und wenn ich ehrlich bin, habe ich schon viel zu lange kein Buch mehr in der Hand gehabt. Als Kind hat mir mein Dad immer vorgelesen und auch als Jugendliche habe ich mich in literarische Welten geflüchtet. Bis alles zu viel wurde. Bis die Angst sich dermaßen in meinen Kopf eingenistet hat, mir die Freude an allem genommen hat und ich nicht einmal mehr beim Lesen abschalten konnte.

Auf einmal komme ich mir unfassbar dämlich vor. Wie konnte es so weit kommen, dass die Angst mir alles genommen hat? Die Freude, das Lachen, den Mut und vor allem mich selbst. Ich habe mich selbst verloren. Wie eine Leinwand, die immer mehr an Farbe verliert, bis sie vollkommen verblasst ist.

Eine Durchsage, die aus den Lautsprechern in der Bibliothek schallt, lässt mich zusammenzucken.

»Liebe Leserinnen und Leser, die Bibliothek schließt in zehn Minuten. Wir wünschen Ihnen einen schönen Tag«, vernehme ich Ellens glockenklare Stimme.

Ich blicke in das Gesicht von Mr Stevenson, der immer noch auf eine Antwort meinerseits wartet.

»Dann werde ich mich auf den Heimweg machen«, meint er. »Es war nett, Sie kennenzulernen. Bis in zwei Wochen.« Mit einem Buch in der Hand verschwindet er winkend zwischen den Regalen.

Geräuschvoll atme ich aus und bemerke erst jetzt, dass ich die ganze Zeit über die Luft angehalten habe. Ich rücke die letzten Bücher zurecht und schließe die Fenster.

Werde ich jemals fähig sein, mit anderen Menschen zu sprechen, ohne einen Nervenzusammenbruch zu erleiden?

Als ich den leeren Bücherwagen zurück in das Büro fahre, kommt mir Sheree entgegen. Sie strahlt und unwillkürlich lächle ich auch. Es ist schön, sie so fröhlich zu sehen, wo sie meist mit leeren, matten Augen und gebückter Haltung herumläuft. So wie ich.

»Sheree, was machst du denn hier?«, frage ich sie.

Sie umarmt mich kurz und ich weiß nicht, ob sie das tut, weil es ihr unangenehm ist oder mir. Als im nächsten Moment ein junger Mann neben ihr auftaucht und sie seine Hand nimmt, beantwortet das meine Frage.

»Ich hole dich und Mom ab, Callie hat zu Hause das Abendessen vorbereitet«, sagt sie. »Das ist Brandon. Brandon, das ist Lizzy, meine Sozusagen-Schwester.«

Brandon hebt die Hand zum Gruß und lächelt mir schüchtern zu. »Hey.«

»Hey«, erwidere ich monoton.

Und dann beginnt das Gedankenkarussell. Hat Sheree ihm erzählt, dass ich total bescheuert bin? Dass ich anderen nicht mal in die Augen schauen, geschweige denn mich mit ihnen unterhalten kann? Dass ich so am Arsch bin, weil mein Dad ein Monster ist? Weiß er über all das Bescheid oder warum sieht er mich so an, als wüsste er genau das? Warum gibt er mir nicht wie anderen Menschen die Hand? Hat Sheree ihm erzählt, dass ich Berührungen nicht zulassen kann?

Die Gedanken zerreißen mich innerlich. Sie machen mich müde. Müde vom vielen Nachdenken, müde vom tagtäglichen Überleben. Fühlt sich leben so anstrengend an? Doch da ist noch etwas anderes, das mich innehalten lässt.

Sheree hat ganz offensichtlich einen Freund. Sie, die das gleiche Schicksal wie ich teilt. Sie, die genau versteht, wie es ist, wenn man bei jeder Berührung die Klauen des Monsters auf einem spürt. Und doch legt sie ihre Hand wie selbstverständlich in die von Brandon. Sie lächelt ihn an, steht so nahe bei ihm, dass sich ihre Arme berühren.

Wie kann sie das zulassen, ohne davonlaufen zu wollen? Wie kann sie jemanden so sehr vertrauen und in die Augen schauen, als gäbe es nichts Schöneres auf der Welt?

Tränen sammeln sich in meinen Augen und noch ganz andere Bilder in meinem Kopf. Wann habe ich zuletzt ansatzweise so etwas gespürt wie Sheree?

Die Antwort ist einfach, aber sie auszusprechen unmöglich. Ich kann nicht einmal an seinen Namen denken, ohne mich schlagartig traurig und wütend und einsam zu fühlen. Wie kann einem ein Mensch in so kurzer Zeit so viel geben? Seine warmen Hände, an denen so viel Blut klebt, die sich aber so schön auf meiner Haut angefühlt haben. Seine

Bartstoppel, die meine Wange streiften. Und dann seine Lippen, die so viel sanfter und weicher waren als seine Worte jemals, und sich auf meine gelegt haben. In diesem Augenblick fühlte sich alles richtig an. Als könnte ich wirklich Beth sein und er Parker, nur wir zwei.

Aber die Dämonen scheren sich einen Dreck darum. Sie zerstören den Moment, ohne mit der Wimper zu zucken.

*

Als wir nach der gefühlt endloslangen Autofahrt zu Hause ankommen – oder vielmehr in dem Haus, das vorübergehend mein Zuhause ist – flüchte ich in mein Zimmer. Oder das Zimmer von …

An der Tür klopft es.

»Komm rein, Sheree«, sage ich und blicke in ihr Gesicht, als sie die Tür öffnet.

»Woher wusstest du, dass ich es bin?«, fragt sie und setzt sich auf das Bett.

Ich zucke mit den Schultern. »Ist doch egal.«

»Lizzy, was ist los?«

Kaum drehe ich mich zu ihr um, laufen die Tränen über mein Gesicht. All die Tränen, die ich seit Wochen, vielleicht sogar Monaten, zurückgehalten habe.

Sheree sagt nichts, sondern nimmt mich einfach in ihre Arme und noch nie hat sich eine Umarmung besser angefühlt. Noch nie habe ich eine Umarmung so dringend gebraucht.

»Ist es … ist es wegen Brandon? Ich kann ihn wieder wegschicken, er versteht das«, meint sie schließlich.

Ich ringe mich zu einem müden Lächeln durch. »Nein, das will ich nicht.«

»Etwas bedrückt dich, ich sehe es dir an.«

»Wie schaffst du das? Wie schaffst du es, seine Berührungen und seine Nähe zuzulassen, ohne … an das erinnert zu werden, was war? Ohne in Tränen auszubrechen?«, sprudelt es aus mir heraus. »Ich könnte das nicht. Nie.«

»Lizzy, sag das nicht. Du hast schließlich schon mal Nähe zugelassen, oder? Parkers Nähe?«, erwidert sie.

Und da ist es wieder, ein Name, tausend Gefühle, tausend Gedanken. Ich wische mit dem Handrücken die Tränen von meinen Wangen und fühle mich plötzlich erschöpft.

»Seine Nähe zuzulassen war, als müsste ich all meine Kraft dafür aufwenden und doch war es nie genug.«

»Wer sagt, dass es nie genug war? Mein Bruder?«

»Nein, er hat nie …«

Sheree legt ihre Hand auf meine Hände. »Aber du glaubst, dass es für ihn nie genug war, stimmts? Du hast gedacht, er will mehr als das, was du ihm geben kannst.«

Ich nicke und starre sie ausdruckslos an.

»Mir ging es damals mit Brandon nicht anders. Wir kennen uns inzwischen zwei Jahre. Was glaubst du, wie lange es gedauert hat, bis ich mich getraut habe, ihn von mir aus zu küssen? Ein Jahr, ein verdammtes Jahr. Ich hatte solch eine Angst, dass er mich verlässt, weil es ihm nicht schnell genug geht. Bis vor wenigen Jahren habe ich nicht mal daran gedacht, einen festen Freund zu haben. Denn mir ging es genau wie dir. Ich war gelähmt, voller Angst und Erinnerungen an das, was mein Dad mir angetan hat. Aber ich habe gegen die Erinnerungen angekämpft und wollte nicht mehr, dass sie das sind, was mich ausmacht.« Sie sucht meinen Blick. »Deine Vergangenheit prägt dich, aber sie sollte nie deine Zukunft bestimmen. Du bist mehr als deine Vergangenheit, Lizzy. Du bist mehr, als dir die Angst einredet.«

Ihre Worte treffen mich voller Wucht. Doch sie schmerzen nicht, sie füllen ein Stück meiner Hilflosigkeit.

»Er fehlt mir«, gestehe ich mit leiser Stimme. »Ich hasse es, dass er so oft in meinen Gedanken ist. Manchmal bereue ich es, mich auf ihn eingelassen zu haben, aber dann … dann glaube ich, nie etwas Schöneres gefühlt zu haben. Ich hasse ihn dafür, dass er abgehauen ist, dass er mich allein gelassen hat. Und doch sehne ich mich so sehr nach ihm und danach, seine Wärme zu spüren. Ist das nicht … verrückt?«

Als ich in Sherees Gesicht schaue, lächelt sie. Sie lächelt wie ein gottverdammtes Honigkuchenpferd. »Nein, das ist es ganz und gar nicht. Das ist so, wenn jemanden mag.«

Wenn man jemanden mag. Ich seufze. Parker und ich. Wir waren so viel und doch wieder nichts und dann wieder zu viel.

»Hast du von ihm gehört?«, frage ich mit tränenerstickter Stimme.

Sie schüttelt den Kopf. »Er ist schon öfter abgehauen. Aber diesmal ist es anders … denn er hat dich zurückgelassen, Lizzy. Er hat dir so viel von sich gegeben und ich weiß, dass es dir genauso geht.«

Mit jedem ihrer Worte trifft Sheree ins Schwarze und lässt das dumpfe Gefühl in meiner Magengegend schmerzhaft in meine Brust ziehen. Ich fahre mir mit den Händen über das Gesicht, als würde so der Schmerz verschwinden. Doch er bleibt und füllt meinen ganzen Körper aus. Man könnte mir ein Messer in den Arm rammen oder mir ins Knie schießen, nichts fühlt sich schlimmer an als dieser Schmerz. Der Schmerz, der irgendwo tief in deinem Herzen sitzt. Der Schmerz, den du nur selten an die Oberfläche kommen lässt. Der Schmerz, der sich in deinen matten, leeren Augen widerspiegelt.

So fühlt es sich also an, wenn man jemanden mag, wirklich mag, und man enttäuscht wird. So fühlt sich Schmerz an.

»Ich habe nicht die leiseste Ahnung, was ich machen werde, wenn er wieder auftaucht«, sage ich.

»Du wirst es in dem Augenblick wissen, in dem du ihm gegenüberstehst.«

Die Möglichkeiten schwanken zwischen mein Messer ziehen und es ihm in die Brust rammen oder aber rennen. Ganz schnell rennen, in der Hoffnung, dass alles nur ein scheiß inszeniertes Theaterstück ist.

Wahrscheinlich wurde ich versehentlich als Hauptrolle gecastet, obwohl ich ein Baum sein sollte. Das ist die einzig richtige Erklärung.

Kapitel 10

Der restliche Abend verlief ruhig. Gemeinsam saßen wir am Tisch und verspeisten Spaghetti Bolognese, zum Nachtisch hat Sheree selbstgemachten Schokopudding mitgebracht.

Die ganze Zeit über konnte ich den Blick nicht von ihr und Brandon abwenden. Die kleinen, flüchtigen Berührungen, die Art, wie sie sich Blicke zuwarfen und das schüchterne Lächeln, es war nicht zu übersehen. Und doch fühle ich mich schlecht, weil ich eine gewisse Eifersucht verspüre. Sheree hat das geschafft, was ich mir sehnlichst wünsche. Sie wirkt glücklich und entspannt und möglicherweise könnte ich das auch sein. Nicht nur möglicherweise, sondern ganz bestimmt. Wenn ich gegen die Angst und meine inneren Dämonen ankämpfe, wenn ich es tue, obwohl ich Angst habe.

Wenn ich mutig bin.

*

In der Nacht schlafe ich unruhig. Das vertraute Rauschen der Stille streift durch meinen Kopf und ich ziehe die Decke über meine Arme, als könnte es mich vor den Dämonen schützen, die mich immer noch jede Nacht heimsuchen.

So wie auch diese Nacht, als ich die Augen schließe und eine Welt betrete, die die Hölle für mich bedeutet. Zuerst sehe ich sein knochiges Gesicht, seine grau-melierten Haare und dann sein Lächeln. Sein falsches Lächeln, das Übelkeit in mir hervorruft.

Hallo, mein Engel. Ich bin immer noch hier, näher als sonst. Ich werde dich nie verlassen, das verspreche ich dir.

Das Blut durchtränkt sein Hemd immer mehr, aber er steht einfach da und lächelt. Dann kommt er auf mich zu und ich warte darauf, dass das austretende Blut ihm die Kraft nimmt, doch schließlich legt sich seine Hand auf meine.

Kalt. Eiskalt. So furchtbar kalt.

Ich schlage sie weg, aber als sich sein massiger Körper sich auf mich drückt, bin ich chancenlos. Meine Kehle schnürt sich zu und ich bekomme keine Luft mehr. Dann spüre ich seine Hände überall auf mir.

Ich liebe dich. Das weißt du, oder?

Niemals werde ich deine Liebe verstehen, Daddy, will ich antworten. Die Worte jedoch stecken in meinem Mund fest.

Seine rauen Lippen legen sich auf meine Stirn und in diesem Moment passiert etwas Eigenartiges. Eine andere Erinnerung durchbricht diese schreckliche Erinnerung.

Die Erinnerung, als ich in Parkers Bett lag und ich ihn so sehr küssen wollte, wie ich noch nie jemanden küssen wollte. Parkers Lippen fühlten sich so weich und warm an.

Wie kann Nähe sich so gegensätzlich anfühlen? So furchteinflößend, so ekelerregend. So schön, so kostbar.

Warum, Dad, hast du mir das genommen?

Die Worte haben meinen Mund verlassen, ehe ich darüber nachdenken kann. Seine Gestalt wird farbloser, sein schockierter, verzerrter Gesichtsausdruck brennt sich in meine Augen. Dann ist er verschwunden. Für diese Nacht.

*

Am kommenden Vormittag stehe ich an der Haltestelle, die Hände in die Taschen meiner Jeansjacke geschoben, und warte auf den Bus, der mich zu Dr Jenkins bringt.

Mit einer minimalen Verspätung von zwei Minuten fährt der Bus um die Ecke und als er mit laufendem Motorengeräusch hält, werfe ich einen Blick in das Innere. Die Plätze scheinen alle belegt zu sein, denn es steht bereits eine Traube Menschen in den Gängen. Hinzu kommen zwei Kinderwägen, ein Rollator und ein Fahrrad, die ziemlich viel Platz einnehmen.

Mit einer Heftigkeit, die ich nicht erwartet hatte, schlägt mir das Herz plötzlich bis zum Hals und der Schweiß läuft mir den Rücken hinunter.

Ich kann nicht in den Bus einsteigen. Niemals. So viele Menschen. Zu viele.

Ich trete einen Schritt zurück, ziehe mein Handy aus der Hosentasche und starre auf die Uhrzeit. In zehn Minuten kommt der nächste Bus und selbst dann komme ich immer noch pünktlich bei Dr Jenkins an.

Ich beobachte das Drängeln im Inneren des Busses, was mich zum einen noch panischer macht und doch spüre ich Erleichterung. Erleichterung darüber, dass ich mich nicht ebenfalls reindrängeln muss und mich keiner der Fahrgäste auf unangenehme Art und Weise mustert.

»Was ist nun, Mädchen, fährst du mit oder nicht?«, ruft mir der rundliche Fahrer sichtlich genervt zu und zieht die Augenbrauen zusammen.

»Äh«, stottere ich hilflos herum. »Nein.«

Dann murmelt er etwas Unverständliches, die Türen schließen sich quietschend und der Bus fährt rauschend davon.

Die Erleichterung erlischt mit einer Plötzlichkeit, die mich tiefer in das schwarze Loch der Angst drängt, als ich reagieren kann.

So feige, Lizzy, so feige, hallt eine Stimme durch meinen Kopf. *Du wirst immer und ewig Lizzy bleiben, deren Seele erfüllt ist von Feigheit.*

Die Stimme. Sie ist nicht, wie vermutet, von einem der Monster. Sie ist nicht von Parker oder ihm. Sondern meine.

Es ist meine Stimme, die mir die Worte zuflüstert.

Feige.

Feige.

Feige.

Ein hysterisches Lachen erfüllt meine Ohren.

Ich werde nie Mut haben, wenn ich weiterhin Lizzy bin. Mein Spitzname steht für alles, was ich nicht mehr sein will, was mir Angst macht, was ich verdrängen will. Den Weg aus der Finsternis zu finden, bedeutet, Beth zu sein. Beth bedeutet mutig sein, ich sein, mehr sein. Goodbye, Lizzy.

*

Zwanzig Minuten später sitze ich Dr Jenkins gegenüber, die ihr dunkelblondes Haar wie gewohnt offen trägt. Es ist bereits die dritte Sitzung und langsam schenke ich ihren Worten Glauben. Dass nichts, was ich sage, den Raum verlässt, dass ich ihr vertrauen kann. Sie vermittelt mir den Eindruck, dass ich nicht vollkommen wahnsinnig bin, sondern nur einen kleinen Knacks in meinem Herzen habe. Ein

Knacks, mit dem ich trotzdem eines Tages wieder leben und lieben kann.

»Wie ist Ihre Woche verlaufen, Lizzy?«

Bei der zweiten Sitzung habe ich sie gebeten, mich bei meinem Rufnamen anzusprechen. Doch diesmal fühlt es sich wie ein Peitschenhieb an. Wie ein Peitschenhieb auf bereits verwundeter Haut.

»Ich hatte letzte Nacht einen Albtraum.«

Sie nickt. »Möchten Sie davon erzählen?«

Ich schaue auf die Hände in meinem Schoß und seufze auf. »Ich habe mich wieder schwach und hilflos gefühlt. So feige. Als könnte ich dem Teufelskreis nie entkommen.«

»Sie werden ihm entkommen«, entgegnet sie und schreibt etwas auf den Notizblock, den sie auf ihren Beinen gebettet hat. »Sie haben schon Fortschritte gemacht, Lizzy.«

Das zischende Geräusch der Peitsche fährt durch meinen Kopf und löst etwas in mir aus. Ein Gefühl, das ich nicht steuern kann und noch nie in diesem Ausmaß vernommen habe.

»Hören Sie auf, mich so zu nennen!«, bricht die Wut mit einem Mal aus mir heraus. »Ich … ich will das nicht. Ich will nicht mehr die ängstliche, kleine, traumatisierte Lizzy sein, die immer kuscht und wegrennt. Ich bin das nicht mehr!« Tränen rinnen über meine Wangen, vermischen sich mit dem Zorn und dem Wunsch, meinen eigenen Worten zu glauben. Ich bin das nicht mehr.

Dr Jenkins reicht mir eine Packung Taschentücher und scheint gefasst zu sein. Natürlich, sie erlebt das wahrscheinlich tagtäglich.

»Wer wollen Sie stattdessen sein?«, fragt sie, als ich mir die Tränen abgetupft habe.

Noch nie habe ich eine Frage leichter beantworten können. »Beth, ich will Beth sein.«

»Was bedeutet der Name für Sie?«

»Mut. Leben. Alles, was ich bisher nie hatte«, antworte ich.

»Wenn Lizzy Sie so sehr belastet, verabschieden Sie sich von ihr. Und teilen Sie Ihren Mitmenschen mit, dass Sie so nicht mehr genannt werden möchten«, rät sie mir.

»Und wenn sie nachfragen? Was soll ich dann sagen?«, erwidere ich mit einer gewissen Panik in der Stimme.

»Sie sind niemandem Rechenschaft schuldig, Beth.« Als sie meinen neuen Namen ausspricht, lächelt sie und ich tue es ihr gleich.

Mit Beth angesprochen zu werden, fühlt sich anders an, besser und befreiender. Als sei ich jemand anderes und doch endlich ich selbst.

Sie hat recht. Ich muss niemanden etwas erklären. Es ist einzig und allein meine Entscheidung. Ab heute ist Lizzy Vergangenheit und Beth die Gegenwart und Zukunft.

Als ich fünfzig Minuten später aus der Tür trete, schaue ich gen den Himmel. Graue Wolken ziehen vorüber, vereinzelt finden Sonnenstrahlen ihren Weg hindurch und ich blinzle ihnen entgegen. Ich werde die Wolkendecke durchbrechen und den Nebel durchdringen, der mir schon so lange die Sicht auf das glitzernde Licht der Sonne nimmt. Eines Tages werde ich die Sonne wieder auf meiner Haut spüren. Viel zu lange winde ich mich bereits in einem Käfig aus Finsternis, Kälte und grollendem Donner hin und her.

Aber ich werde ausbrechen. Es wird mich Kraft, Tränen, Blut und Schweiß kosten, aber ich werde gewinnen, was ich einst verloren habe: mich.

Kapitel 11

In der Nacht finde ich mich in dem Käfig wieder. Der Schweiß klebt auf meiner Haut und eine knochige Hand legt sich auf meinen Mund, die es mir unmöglich macht, zu schreien.

Was hast du dir dabei nur gedacht, mein Engel? Denkst du, du kannst Lizzy einfach wegwerfen wie Müll?

Heiseres Lachen dröhnt in meinen Ohren und lässt meinen Kopf augenblicklich platzen.

Ich bin immer noch hier, Schätzchen, nur für dich. Lass mich dir ein Buch vorlesen. Wie wäre es mit Tom Sawyer?

Ich schlage um mich, doch sein Gewicht drückt mich mit aller Kraft zurück auf das Bett. Er ist mir zu nahe, viel zu nahe. Seine Haut auf meiner fühlt sich ekelerregend an, die aufkommende Hilflosigkeit vermischt sich mit Wut und dann beiße ich. Ich beiße in seine Handfläche, die er fluchend von meinem Mund nimmt. Im nächsten Moment trifft mich genau diese Hand auf der Wange und sein Blut klebt an mir wie ein glühendes Eisen.

Beth wird auch sterben, das kannst du mir glauben.

*

Am darauffolgenden Tag bin ich froh, als Becky über die Lautsprecher mitteilt, dass die Bibliothek in zehn Minuten schließt. Heute teile ich die Schicht nicht wie gewöhnlich mit Ellen, da sie einen Termin bei der Stadtverwaltung hat.

Ich schlurfe seit zehn Uhr morgens wie ein Zombie durch die Gänge und musste auch zweimal an der Theke aushelfen, was für mich in einem Fiasko endete. Die Kundin ist umgezogen und ich wollte lediglich im Programm die Adresse ändern, als ich die ganze Kartei gelöscht habe. Am liebsten wäre ich im Erdboden versunken und nie mehr aufgetaucht. Jeder, sogar die Kundin selbst, hat darüber gelacht – außer ich. Ich war einem Heulanfall nahe und konnte der Frau kaum mehr in die Augen sehen.

»Lizzy, was läufst du wie ein begossener Pudel herum? Bald ist Feierabend!«, ruft mir Becky freudig zu und balanciert einen Stapel Bücher vor sich her. »Oder ist es wegen Mr Johnson? Ach, dann muss er seine Zeitungen eben ausnahmsweise am Kiosk kaufen und nicht hier lesen!«

Das hatte ich bisher erfolgreich verdrängt. Mr Johnson kommt einmal die Woche in die Bibliothek, um Zeitungen zu lesen. Er sitzt geschlagene vier Stunden am Tisch, liest Zeitungen und schlürft dabei schwarzen Kaffee, danach verschwindet er wortlos. Heute Morgen bin ich mit dem Bücherwagen versehentlich gegen den Tisch gestoßen und habe dabei den Kaffee auf die Zeitungen gekippt. Er hat mich wie der Teufel höchstpersönlich angeschaut und ist abgezischt. Becky fand das ganze zum Schießen, ich eher weniger. Wahrscheinlich hasst er mich nun auf ewig.

»Ich schließe jetzt ab, dann können wir Feierabend machen«, verkündet Becky.

Ich lasse meinen Blick durch die Regale wandern und rücke die letzten Bücher zurecht, dann verlasse ich gemeinsam mit Becky die Bibliothek. Wir verabschieden uns und kurz darauf flitzt sie in ihrem Smart davon. Sie wohnt zwanzig Minuten entfernt und trifft sich gleich noch mit ihrem Freund zum Geburtstagsessen.

Gerade will ich zur Haltestelle laufen, die um diese Uhrzeit ziemlich verlassen ist, als eine Gestalt aus dem Schatten tritt. Erst im Lichte des Mondes erkenne ich, wer vor mir steht und mir bleibt buchstäblich die Spucke weg.

Ihre blonden Haare wehen im Wind, die Schminke sitzt, einzig der schuldige Blick in ihrem Gesicht verrät, dass sie nicht so engelsgleich ist wie es scheint.

»Lizzy, können wir reden?«, fragt sie und spielt nervös an den Fransen ihrer Tasche herum.

»Du traust dich was, hier aufzutauchen, Arya«, entgegne ich tonlos.

»Das schlechte Gewissen plagt mich seit Wochen-«

»Gut.«

Und dann fängt sie an zu weinen. Sie. Sie, die dem Monster meiner Vergangenheit Zutritt zu meiner Gegenwart gegeben hat. Sie, die zugelassen hat, dass das ganze beschissene Kartenhaus in sich zusammenfällt.

Sie, die mir die Hölle auf Erden beschert hat, als ich angenommen hatte, sie wäre längst zugefroren.

»Du kannst nichts sagen, was die Situation besser machen würde«, fahre ich ungerührt fort. »Nichts kann all das hier besser machen. Oder willst du mir mitteilen, dass das nur ein scheiß Kinofilm ist, der für die Goldene Himbeere nominiert ist? Denn das wäre die einzige Erklärung.«

»Bitte, Lizzy …«

Den Klang meines alten Namens zu hören schürt meine Wut. »Hast du auch so bei Parker gebettelt, als er dich gefickt hat?« Meine Stimme überschlägt sich fast und Arya schluchzt laut auf, als ich auf sie zukomme. »Und dann warst du so neidisch auf mich, weil er immer öfter in meiner Nähe war. Wie passend, dass mein Dad auf dich stieß und auf der Suche nach mir war. Da dachtest du, du rammst mir einfach das Messer in den Rücken, oder? Du konntest es nicht aushalten, nicht mehr die Nummer Eins von Parker zu sein, stimmts?«

Sie wischt sich mit dem Handrücken die verschmierte Wimperntusche vom Gesicht. »Er erzählte mir, dass du psychisch krank seist und seine Hilfe bräuchtest. Ich wollte nur …«

»Nur was? Helfen?«, spucke ich ihr die Worte entgegen und bin verwundert über die Kraft meiner Stimme. »Du hast nicht die leiseste Ahnung, was du mir damit angetan hast! Aber genau das wolltest du doch.«

Arya setzt zu einem weiteren Satz an, als schallendes Gelächter und Klatschen ertönen. Okay, bin ich jetzt in einem Remake von Batman gefangen und Joker kommt gleich um die Ecke oder was soll das bedeuten?

»Wen hast du mitgebracht?«, fahre ich Arya an, die jedoch panisch den Kopf schüttelt.

»Niemanden, wirklich!«, beteuert sie.

Ich seufze. Als könnte ich irgendein Wort glauben, das aus ihrem Mund kommt.

Schließlich höre ich Schritte und eine große, bullige Gestalt tritt aus der Dunkelheit. Ich lüge nicht, wenn ich sage, dass mir Joker lieber wäre. Lieber als Mike.

Ich sehe in sein Gesicht und frage mich, wie ich jemals den selbstgefälligen, widerwärtigen Ausdruck darin übersehen konnte. Der Mensch hat so viele Masken, dass er manchmal selbst nicht weiß, welche er trägt. Doch gerade hat Mike jede seiner Masken abgenommen und zeigt uns sein wahres, unverfälschtes Gesicht.

»Wen haben wir denn da?« Seine Stimme fährt mir durch Mark und Bein. »Ich bin ja schon ein wenig enttäuscht, dass mich keiner von euch eingeladen hat. Es ist doch schon viel zu lange her, dass wir uns gesehen haben, nicht wahr?« Das falsche Grinsen und die Art, wie er uns mit seinem Blick taxiert, ekeln mich an.

»Sorry, wir hatten nicht die Adresse vom Gefängnis.« Die Worte haben meinen Mund verlassen, ehe ich kapiere, dass ich diejenige bin, die das gesagt hat. Ich befürchte, mir gerade mein eigenes Grab zu schaufeln. Wäre jedenfalls nicht das erste Mal in letzter Zeit.

Arya hat die Arme um ihren Körper geschlungen und schluchzt unaufhörlich, was Mikes Rachgier nur noch mehr anheizt.

»Ich habe nicht die Absicht, hinter Gitter zu versauern, Süße.« Er schlendert auf uns zu und scheint zu genießen, wie die Angst immer mehr Besitz von uns ergereift. »Fehlt aber nicht noch jemand? Ach ja, mein Bruderherz Parker.«

Er dreht uns den Rücken zu und das ist der Moment, in dem ich den Dolch aus meiner Gesäßtasche ziehe. Der blutrote Griff liegt schwer in meiner Hand.

Mike dreht sich um und lacht los, kaum dass er den Dolch erblickt. »Oh, Süße, ich bin euch beiden auch ohne

Waffe überlegen. Also, wo ist er, der berühmt berüchtigte Bloody Parker? Hm?«

»Die einzigen, gegen die du gewinnst, sind Mädchen. Ist das nicht traurig?«, erwidere ich scharf.

Aus dem Augenwinkel sehe ich, wie Arya mich anstarrt. Wahrscheinlich ist sie genauso schockiert darüber, dass ich Mike die Stirn biete. Vielleicht wird das kein gutes Ende nehmen oder gar meinen Tod bedeuten. Aber dann habe ich wenigstens für mich eingestanden und nicht aufgegeben, ohne überhaupt gekämpft zu haben.

»Ihr seid leichte Opfer. Deswegen hat Parker erst dich«, er zeigt auf Arya, »und dann dich verlassen. Ist das nicht traurig, Lizzy? Nun ist keiner mehr da, der dich beschützen kann.« Dann lacht er los und zieht im nächsten Augenblick eine Waffe aus seinem Hoodie hervor, die er auf mich richtet. »Schlecht für dich, gut für mich.«

Gottverdammte Scheiße, ein Albtraum nach dem nächsten wird wahr. Batman oder Commissioner Gordon werden nicht erscheinen, um mich vor dem bösesten aller Schurken zu beschützen.

»Wo ist er? Dein Held in glänzender Rüstung?« Schritt für Schritt kommt er auf mich zu, die Finger am Abzug, bereit dazu, eine Kugel in meinen Körper zu schießen. »Sagst du es mir oder muss ich ihn selbst aufspüren, um ihn eigenhändig umzubringen?«

Als er vor mich steht, spüre ich seinen Atem und seine Finger auf meiner Haut, die mir eine Haarsträhne hinters Ohr streifen. Der bittere Geschmack von Magensäure sammelt sich in meinem Mund. Noch schlimmer sind die Erinnerungen, die sich in meinem Kopf anbahnen, die Gänsehaut, die sich auf meinen Armen bildet, das Gefühl, vollkommen gelähmt zu sein.

Kein Schrei entkommt meiner Kehle, kein Wimmern, kein Flüstern. Nichts. Bis …

»Woher hast du den Dolch?«

Ich öffne die Augen und schaue in Mikes ausdrucksloses Gesicht. Sein Blick ist auf den Dolch in meiner Hand gerichtet, die Waffe weiterhin auf mich.

»Woher du den Dolch hast, hab ich dich gefragt!«, herrscht er mich plötzlich an und drängt mich einige Schritte zurück.

»V-von Parker«, lüge ich.

Mike lacht verächtlich aus. »Du hast keine Ahnung, wer ihm den Dolch geschenkt hat, oder? Wenn du wüsstest, welches Blut an ihm klebt, würdest du ihn nicht mit dir herumführen.« Mit einer ruckartigen Bewegung schlägt er ihn mir aus der Hand und der Dolch wird von der Dunkelheit verschluckt. »Von seinem Vater. Dem Menschen, der seine Kinder geschlagen hat. Das hat er dir nicht erzählt, was?«

Jahrelang bewahrt Parker diesen Dolch als letztes Erinnerungsstück an seinen Dad in der Schublade auf. Auf einmal fühle ich mich schlecht, weil ich in seinen Sachen herumgewühlt und ihm etwas genommen habe, das für ihn von großer Bedeutung war. Gut, er hat den Dolch hiergelassen, aber wäre er ihm nicht wichtig, hätte er ihn längst entsorgt.

»Nettes Geschenk von Parker. Du solltest ihm danken«, fährt Mike tonlos fort.

Dann packt er mich grob an den Haaren und zerrt mich auf eine nahegelegene Parkbank. Ich höre das Reißen von Stoff und ein leises Klick, das mir verrät, dass Mike mich jederzeit abknallen kann. So oft wie in den letzten Wochen war ich dem Tod noch nie nahe.

»Mike, lass sie in Ruhe!«, durchbricht auf einmal Aryas hysterisch klingende Stimme die Stille.

Er bricht in gellendes Gelächter aus und wirbelt mit der Pistole in der Luft herum. »Die arme, kleine, unschuldige Lizzy«, höhnt er.

Ich warte den passenden Moment ab und stürze mich mit meinem ganzen Gewicht auf ihn. Er torkelt und die Pistole ist meinem Gesicht gefährlich nahe, als er mich plötzlich von sich reißt. Die Pistole fällt zu Boden und löst einen Schuss ab. Mit dem Rücken werde ich gegen eine kalte Wand geschleudert und Mikes Hände legen sich um meinen Hals. Immer fester, immer enger, bis ich keine Luft mehr bekomme.

Ich trete um mich, versuche mich aus seinem Griff zu befreien. Doch Mike ist stärker. Meine Arme und Beine werden immer kraftloser.

Grelle Lichter erscheinen in meinem Blickfeld und ich nehme bereits an, ohnmächtig zu werden, als Mike urplötzlich von mir ablässt. Schließlich geben meine Beine unter mir nach und ich ringe nach Luft.

»Geht's wieder?«

Ich hebe den Kopf und starre in ein – nein, sogar zwei bekannte Gesichter. Parkers namenlose Freunde. Was zum Teufel machen sie hier? Wie haben sie mich gefunden?

»Was-«, setze ich an, werde jedoch unterbrochen.

»Verschwinde von hier, wir werden mit ihm fertig. Oder besser gesagt die Cops.«

»Aber-«

»Lauf!«

Und dann renne ich. Ich renne, ohne mich nochmal umzusehen. Ich gebe einen Scheiß darauf, was mit Arya passiert. Ich hoffe nur, Mike wird in der Hölle schmoren.

Erst zwanzig Minuten später bleibe ich stehen, wische mir den Schweiß von der Stirn und binde die Haare zu einem Pferdeschwanz. Mein Herz klopft, meine Hände zittern und der blutrote Griff des Dolches wiegt nun noch schwerer in meiner Hand.

Ein kleines Grinsen schleicht sich auf mein Gesicht. Dagens und Kyes Auftritt hat Mike für einen kurzen, aber bedeutsamen Moment unachtsam werden lassen, sodass ich den Dolch an mich reißen konnte.

Für Parker ist er eine Erinnerung an seinen Dad. Für mich eine Erinnerung an ihn, an die Zeit, in der ich gelernt habe, furchtlos zu sein. Wenn auch nur für einen Augenblick.

Willkommen, Beth, denke ich und klopfe mir innerlich auf die Schulter. Man selbst sein zu können, ist ein Gefühl, das man mit keinem Wort beschreiben kann.

Kapitel 12

Am nächsten Morgen spüre ich die Stellen, an denen Mikes Hände waren, wie Brandmarken auf meiner Haut. Das Piepsen meines Handys lässt mich zusammenzucken und ich schaue aufs Display. Fünf Nachrichten und zwei entgangene Anrufe von Aubrey.

Lizzy, stimmt das, was gerade auf dem Campus erzählt wird? War es wirklich M? Geht es dir gut? Melde dich bitte!

Ich mache mir Sorgen! Bist du verletzt? Sag mir, wo du bist, und ich komme sofort.

Die Polizei hat M wohl gefasst. Sie sagen was von zwei anonymen Anrufern?! Bitte melde dich.

Okay, Lizzy, ich verstehe, wenn du nicht mit mir reden willst. Aber gib mir ein kurzes Zeichen, wenn du wohlauf bist.

Parkers Kumpels haben mir gesagt, dass es dir gut geht. Anscheinend hast du nun einen anderen Freundeskreis, okay. Ich hoffe, dir geht es wirklich gut.

Ich schmeiße mein Handy achtlos aufs Bett und ziehe mir ein neues T-Shirt über, bevor ich ins Bad gehe. Als ich meinem Spiegelbild gegenüberstehe, weiß ich nicht mehr, wann ich mich selbst das letzte Mal betrachtet habe. Mein Gesicht wirkt weniger eingefallen als in den letzten Jahren, die Wangen voller, die haselnussbraunen Augen nicht mehr so müde und leblos. Tatsächlich erkenne ich auch ein paar Sommersprossen, die sich über den Nasenrücken und die Wangen verteilen.

»Ausgeschlafen?«

Callies Stimme reißt mich aus meinen Gedanken und sie bedenkt mich mit einem nachdenklichen Blick. Es ist ihr nicht zu verübeln. Schließlich habe ich sie gestern Abend gebeten, mich an der Haltestelle abzuholen.

»Wirst du mir erzählen, was gestern los war?«, fragt sie.

Ich bürste mir durch das Haar und drehe mich dann zu ihr um. Sie hat die Arme vor der Brust verschränkt und knabbert auf ihrer Unterlippe herum.

»Es war Mike. Er hat mich nach Feierabend vor der Bibliothek abgefangen.«

»Was?«, stößt sie aus. »Sollte er nicht längst im Gefängnis sitzen?«

Ich zucke mit den Schultern. »Ich wusste, dass an der Sache was faul ist.«

»Hast du die Polizei angerufen? Hat er dir etwas angetan? Bist du verletzt?«

»Verletzt? Wer?« Ellen, die gerade an uns vorbeilaufen will, hält inne.

»Niemand«, erkläre ich wahrheitsgemäß. »Es geht mir gut. So weit. Ich hatte gewissermaßen Retter.«

»Retter?«, fragen beide gleichzeitig.

Ich nicke. »Parkers Freunde.«

»Okay«, sagt Callie, wobei es sich eher wie eine Frage anhört. »Heute Morgen hat übrigens jemand für dich angerufen. Sie klang ganz aufgeregt und wollte wissen, wie es dir geht.«

»Das war wohl Aubrey. Ich habe mir mit ihr auf dem College ein Zimmer geteilt.«

»Du solltest sie zurückrufen, sie klang wirklich besorgt.«

Bevor ich darauf etwas erwidern kann, schaltet sich Ellen ein. »Ich kann dir gar nicht sagen, wie leid mir das tut, Lizzy! Da habe ich einmal einen Termin und kann nicht mit dir die Schicht teilen. Ich werde sofort mit Becky und Angela sprechen, so was darf nicht noch mal passieren.«

»Ellen, bitte, du trägst keine Schuld daran«, versuche ich sie zu beruhigen. »Es geht mir gut, wirklich.«

Zwar weiß ich nicht, wen ich versuche, damit zu überzeugen, aber irgendwie glaube ich es mir selbst. Zumindest ein bisschen.

Wenig später sitze ich am Küchentisch und höre, wie Ellen am Telefon hängt. Sie bespricht alle Schichten, um sicherzugehen, dass ich nicht ein weiteres Mal allein nach Hause fahren muss. Sie macht sich nur Sorgen, aber trotzdem komme ich mir vor wie ein Kind, das nicht ohne Babysitter auskommen kann.

Nachdem ich die Müslischüssel in die Spülmaschine gestellt und einen letzten Schluck Orangensaft genommen habe, gehe ich auf mein Zimmer. Besser gesagt das Zimmer, das vorübergehend meines ist. Ob ich den Gedanken jemals aus meinem Kopf kriegen werde? Ich bezweifle es.

Ich nehme das Handy vom Bett und kaum haben meine Finger die Nummer gewählt, frage ich mich, ob das eine gute Idee war. Lange darüber nachdenken kann ich jedoch nicht, da Aubrey nach dem zweiten Tuten den Anruf entgegennimmt.

»Lizzy!« Aubreys schrille Stimme lässt meine Ohren klingeln.

»Hey«, sage ich lahm.

»Geht es dir gut? Bist du zu Hause?«

»Ja, mir geht es gut und ja, ich bin zu Hause. Tut mir leid, dass ich nicht auf deine Nachrichten und Anrufe reagiert habe. Ich hatte dringend Schlaf nötig«, antworte ich.

»Okay, dann bin ich beruhigt«, entgegnet sie zögerlich.

»Was ist los?«

Sie räuspert sich. »Wollen wir uns treffen? Cocktails trinken, quatschen, einfach Spaß haben?«

Gerade so kann ich mir ein Lachen verkneifen. »Ich weiß zwar nicht, wie das abläuft, Spaß zu haben, aber wieso nicht.«

»Das wird uns beiden guttun, versprochen«, meint Aubrey.

Immerhin hat sie mir damals Lektion 1 einer Freundschaft gelehrt, möglicherweise gehört das zur zweiten. Spaß haben klingt auf einmal nicht mehr so übel. Es verursacht zwar immer noch eine gewisse Nervosität und kalte Hände, aber keine Übelkeit. Ich bin noch nicht da, wo ich hinwill, doch auch nicht mehr dort, wo ich vor Monaten war.

Die Gedanken bremsen mein Leben nicht mehr.

*

Am späten Abend betrete ich die Havana Bar, die nahe dem College liegt. Wie erwartet ist es brechend voll und ich will bereits umkehren, als mein Name gerufen wird, mein alter Name. Es handelt sich unverkennbar um Aubreys Stimme.

Sie sitzt inmitten der Menschen und winkt mir freudestrahlend zu.

Ich dränge mich durch die Menge und meine Versuche, möglichst wenige Menschen anzurempeln und zu streifen, bleiben erfolglos. Die kleine Tanzfläche vor der Live-Band ist überfüllt, die Lautstärke ohrenbetäubend und die Wärme, die den Raum ausfüllt, unerträglich.

Als ich bei Aubrey ankomme, zieht sie mich in eine Umarmung. Ihre Haare sind kürzer, stehen wirr von ihrem Kopf ab und auch ihr Outfit schreit ganz nach der Fashionista, die ich kennengelernt habe. Sie trägt einen Minirock mit Tigerprint und den dazu passenden Blazer, darunter ein schwarzes Top.

»Ich hab leider keinen Tisch mehr in der Ecke bekommen, sorry.« Sie zieht eine Grimasse.

»Schon okay, das nennt man wohl Konfrontationstherapie.« Ich setze mich ihr gegenüber, schlage die Beine übereinander und nehme mir die Getränkekarte. Ich lasse den Blick über Cocktails, Longdrinks und Softdrinks gleiten. Doch die durcheinanderrufenden Stimmen, die Klänge der Instrumente und das Klirren von Geschirr lenken mich zu sehr ab.

»Was darf ich Ihnen bringen?«

Auf einmal steht die Bedienung vor mir und ich starre sie völlig entgeistert an. Warum gibt es keine Ohrstöpsel, eine

Lautlos-Funktion oder ein Loch im Erdboden, in dem ich versinken kann?

»Bringen Sie noch zwei von denen, bitte«, geht Aubrey dazwischen und deutet auf das leere Cocktailglas vor sich.

Die Bedienung nickt, kritzelt etwas auf ihren Notizblock und eilt davon.

»Danke«, murmele ich.

»Sollen wir lieber woanders hingehen? Ich hatte nicht bedacht, dass heute Abend Live-Musik ist. Da ist immer die Hölle los.«

Am liebsten würde ich laut Ja rufen und mich auf der Stelle aus dem Staub machen. Doch irgendetwas in mir zwingt mich dazu, nicht wieder aufzugeben und das zu tun, was die Angst möchte. Vielleicht bedeutet mutig zu sein nicht, keine Angst zu haben. Sondern es zu tun, obwohl man Angst hat.

Sei mutig. Sei Beth.

Ich schlucke das fett gedruckte, immer lauter werdende Ja herunter und recke den imaginären Mittelfinger.

Als endlich unsere Cocktails kommen, stoßen Aubrey und ich an und ein fruchtig-süßlicher Geschmack legt sich auf meine Zunge. Keine schlechte Wahl.

»Schmeckt er dir? Es ist nur ein wenig Wodka drin«, meint Aubrey.

»Das letzte Mal habe ich einen Cocktail getrunken, als wir alle hier zusammensaßen«, platzt es aus mir heraus.

»Stimmt.« Sie spielt mit dem Strohhalm und scheint genauso sehr an die Erinnerung an diesen Abend zu denken wie ich. »Weshalb hast du das College verlassen? Wegen mir?«

»Das denkst du?«, entgegne ich überrascht. »Nach dem Zusammenstoß von Mike und Parker ist etwas passiert, … das mich dazu veranlasst hat.«

»Darf ich fragen was?«

Obwohl die Geräuschkulisse so laut ist, habe ich den Eindruck, sie gerade kaum mehr wahrzunehmen. Der Tisch links von uns ist mittlerweile frei und auch die Tanzfläche leerer.

Ich nippe am Cocktail, um mir die Antwort genau zu überlegen. »Ich bin auf meinen Dad getroffen.«

»Hattest du nicht gesagt, deine Eltern seien tot?« Aubrey runzelt die Stirn und zieht am Strohhalm.

»Meine Mom ist früh gestorben, ich habe keinerlei Erinnerungen mehr an sie«, erkläre ich. »Aber mein Dad … er ist schon lange tot für mich. Ich bin vor ihm geflüchtet und hatte allen Grund dazu.«

Als ich den Blick hebe, starrt sie mich an. »Lizzy …«

»Es hat alte Wunden aufgerissen und mir klar gemacht, dass ich mich … um mich kümmern muss.«

»Das tut mir so schrecklich leid. Ich wusste ja nicht, dass …«

»Schon gut.« Ich lasse den Strohhalm in der Flüssigkeit kreisen, als sich ihre Hand auf meine legt.

»Ich hätte dir eine bessere Freundin sein und dich nicht so hintergehen sollen. Ich weiß nicht, was ich mir dabei gedacht habe, Mike zu decken. Nur wegen guter Noten … Ich bereue es so sehr«, sagt sie. »Ich habe es meinem Dad gestanden.«

»Wie hat er reagiert?«

Sie seufzt. »Er war natürlich sauer und enttäuscht und hat vier Wochen lang nicht mit mir gesprochen. Glaub mir, das war hart genug. Mit den Dozenten habe ich geklärt, dass ich die Kurse wiederhole. Ich kann vom Glück reden, dass sie mich nicht vom College schmeißen.«

Ich nicke und es fällt mir schwer, zu leugnen, dass es mir nicht leidtut. Aubrey hat es verdient, eine gerechte Strafe zu bekommen, genauso wie Mike und Arya.

»Ich habe zwar keine Ahnung, was auf dem Campus über Mike erzählt wird«, setze ich an, »aber er hat mich gestern nach dem Feierabend abgefangen. Er hatte eine Knarre bei sich.«

Aubrey schnappt hörbar nach Luft. »Verdammte Scheiße.«

»Er wollte wissen, wo Parker sich herumtreibt, um ihn umzubringen. Und natürlich mich.«

»So ein kranker Bastard«, murmelt sie und hält dann inne. »Ist Parker etwa nicht im Verbindungshaus? Da hält er sich doch immer auf. Warum hat er ihn nicht da gesucht?«

Erst jetzt wird mir bewusst, dass Aubrey kaum erfahren hat, was in den letzten Wochen bei mir los war und wie viele Details ich ihr vorenthalten habe. Bis vor wenigen Monaten haben wir jeden Tag miteinander verbracht und sie wusste als Erste von meinen Problemen, dem Aufeinandertreffen mit Parker und … dass irgendetwas zwischen uns läuft. Oder lief. Oder wie auch immer.

»Er ist fort«, sage ich schließlich.

»Fort?«

Ich zucke mit den Schultern, als könnte ich so das Gedankenkarussell davon abhalten, sich immer schneller zu drehen. Aber es dreht sich und dreht sich unaufhaltsam. Bis mir schlecht wird und ich drohe, an dem Schwall der Gedanken zu ersticken.

Er ist nicht fort. Er hat dich zurückgelassen.

Als hättest du irgendeine beschissene Bedeutung für ihn gehabt. Die Berührungen, die Worte, die Küsse. Sie bedeu- ten nichts.

»Lizzy?«

»Was?« Ich zucke zusammen und merke erst, als ich das Glas loslasse, wie fest ich es umklammert habe.

Mit einem Mal prasseln die Musik der Live-Band, die Stimmen der umhersitzenden Menschen und das Klappern von Geschirr auf mich nieder wie Platzregen. Jemand hustet, ein anderer lacht schallend, ein Messer fällt klirrend auf den Boden und irgendwo wird Happy Birthday gesungen.

Die Geräusche füllen meinen Kopf aus und es scheint, als würde darin ein Feuerwerk stattfinden. Ein Kälteschauer legt sich auf meinen Körper, dann durchströmt mich Hitze und noch schlimmer das vertraute Gefühl von Hilflosigkeit sowie Gefangenheit.

Ich verliere die Kontrolle darüber, was mein Kopf denkt und fühlt, was die Angst mir zuflüstert und was die Wirklichkeit ist.

Als mein Kopf zum Ausgang schwenkt, befürchte ich, im nächsten Augenblick ein Messer in meiner Brust zu haben. Denn so fühlt es sich an, als ich ihn sehe. Er sieht unverändert aus. Dunkle Kleidung, schwere Boots, kinnlange Haare und dann dieser Blick. Dieser hasserfüllte, bösartige Blick, der mir verrät, dass er meine Angst spürt. Dass sie greifbar für ihn ist und er es genießt, wie ich leide.

Doch dann verändert sich seine Gestalt. Es ist nicht Parker.

Es ist … das Monster. Mein Dad. Er steht im Türrahmen und lächelt mich an.

Und mit einem Mal ist es um mich geschehen. Ohne auf meine Umgebung oder die Menschen zu achten, erhebe ich mich und dränge mich mit ausgefahrenen Ellbogen durch die Leute. Fast habe ich meinen Dad erreicht, als er durch die Tür läuft. Gottverdammte Scheiße, so einfach wird er mir nicht davonkommen. Diesmal nicht. Ich habe ihm eindeutig mitgeteilt, dass er sich von mir fernhalten soll.

Ich stoße die Tür auf und die kalte Luft schlägt mir peitschend entgegen. Panisch sehe ich mich um, aber er ist nirgends zu sehen. Er ist fort und läuft irgendwo freiherum. Dabei sollte er in der Hölle schmoren. Ein weiteres Mal habe ich gegen ihn verloren und lebe nun in dem Wissen, dass er mich aufsuchen und finden wird.

Plötzlich legen sich Arme um mich und ich schlage wild um mich.

»Ich bin's nur, Lizzy«, vernehme ich Aubreys leise Stimme, die mir ein Taschentuch anbietet.

Erst jetzt bemerke ich, wie sehr ich außer Atem bin. Mit zittrigen Händen wische ich den Schweiß und die Tränen von meinem Gesicht.

»Hast du ihn gesehen?«, frage ich atemlos.

Sie runzelt die Stirn. »Wen?«

Tja, wen? Meinen Dad, Parker? Ich weiß es ja selbst nicht, da mir mein Kopf oder meine Augen anscheinend einen Streich gespielt haben. Einen ziemlich unlustigen.

»Ich hole unsere Taschen, ich bin gleich wieder da«, lässt mich Aubrey wissen und verschwindet daraufhin wieder in der Bar.

Mein Blick sucht weiterhin die beleuchtete Straße ab. Gerade huscht eine Gruppe Jugendlicher über die Fahrbahn, um den anfahrenden Bus zu erwischen, da vernehme ich ein immer lauter werdendes Geräusch. Ein sehr vertrautes Geräusch. Das unüberhörbare Aufheulen eines Motors.

Der Bus öffnet die Türen, lässt die Jugendlichen einsteigen und in diesem Augenblick schießt ein schwarzer Wagen daran vorbei. Durch die schwarz getönten Scheiben erkenne ich den Fahrer nicht, doch in einer Kleinstadt wie dieser fährt nicht jeder zweite einen Dodger mit einem solch markanten Motor.

Diesmal spielen mir weder meine Augen noch mein Kopf einen Streich. Ich weiß, dass er es ist.

Parker ist in der Stadt und wer weiß, wie lange schon.

*

Gegen Mitternacht komme ich nach Hause und unerwarteterweise brennt noch Licht im Wohnzimmer. Mit Aubrey habe ich mich in wenigen Wochen wieder verabredet. Ihrem Engelsblick konnte ihr Dad nicht widerstehen, sodass sie in ihrem Elternhaus eine Geburtstagsparty schmeißen darf. Zwar versicherte sie mir, dass nicht viele eingeladen seien, doch Aubreys und meine Vorstellungen gehen da weit auseinander. Vielleicht können mich Callie oder Sheree begleiten.

Als ich mir die Schuhe abgestreift und die Jacke ausgezogen habe, betrete ich das Wohnzimmer und finde eine lesende Callie vor. Sie schaut über den Rand des Buches hinweg und ihre Mine hellt sich auf, als sie mich erblickt.

»War's schön?«, fragt sie und deutet auf den Platz neben sich.

Ich setze mich im Schneidersitz neben sie. »Ganz okay«, gebe ich widerwillig zu.

»Ist was passiert?« Natürlich entgeht ihr nicht meine Stimmung.

»Nur die vielen Leute.« Dass das nur die halbe Wahrheit ist, weiß sie genauso gut wie ich. Sie merkt, dass mich noch etwas anderes bedrückt. So wie mich das Gefühl bedrückt, mit der Sprache rauszurücken und nicht wie üblich alles in mich hineinzufressen. »Du hast nicht zufällig etwas von … deinem Bruder gehört?« Seinen Namen umgehen kann ich, die Gedanken an ihn leider nicht.

Callies nachdenklicher Blick ruht auf mir. »Nein … Du etwa?« Ihre weiten sich vor Schreck und schauen mich panisch an.

»Ähm, nicht wirklich«, weiche ich aus.

»Nicht wirklich? Hat er dir eine Nachricht hinterlassen?« Sie klappt ihr Buch zu und legt es neben sich.

Ich schüttle den Kopf und schaue auf meine im Schoß liegenden Hände. Auf einmal komme ich mir unsagbar dumm vor, meine Gedanken zu äußern. Einerseits bin ich mir sicher, ihn gesehen zu haben, andererseits hatte ich eine

Panikattacke und Halluzinationen dabei sind nicht so unüblich.

»Ich glaube, ihn vorhin gesehen zu haben.«

»Du glaubst es?«, hakt Callie nach.

»Ich hatte in der Bar eine Panikattacke und als ich rausgerannt bin, hab ich seinen Wagen gehört. Und gesehen. Nur ihn nicht.«

Callies Gesicht scheint gerade alle erdenklichen Gefühlslagen durchzugehen. Erfreut, schockiert, wütend, traurig. »Ich glaube dir, Lizzy«, antwortet sie dann langsam.

»Nicht einmal ich tue das«, erwidere ich trocken.

»Parkers Wagen ist auffallend. Du würdest ihn, genauso wie ich, unter tausend anderen wiedererkennen, hab ich recht?« Sie sieht mich an und kennt meine Antwort, ohne dass ich etwas sage.

Parkers Auto, der ohrenbetäubende Motor, das matte Schwarz – ihn zu übersehen ist eine unlösbare Aufgabe. Sein Wagen fällt auf, so wie er.

Ein lautstarkes Klopfen an der Haustür reißt uns aus der Starre. Wir blicken uns an.

»Wer zum Teufel klopft an eine Haustür, wenn es eine Klingel gibt?«, fragt Callie flüsternd, als könnte uns jemand belauschen.

Die Erkenntnis trifft mich wie ein Faustschlag in die Magengrube und mir wird übel. »Callie«, stottere ich. »Was glaubst du wohl, wer das ist? Das kann nur …« Bei den letzten Worten überschlägt sich meine Stimme fast, woraufhin Callie mir ein Kissen an den Kopf wirft.

»Ich bringe ihn um!«, wettert sie, läuft forschen Schrittes aus dem Zimmer und reißt die Tür auf.

Nichts geschieht.

Was soll ich ihm sagen? Was wird *er* sagen? Hey, schön, wieder hier zu sein?

Fuck, er wird zweimal an diesem Abend sterben. Erst durch Callie, dann durch mich.

Ich fahre mir durch die Haare und halte mir schützend das Kissen vors Gesicht. Als würde da irgendetwas nützen, denke ich abschätzig.

»Da ist Post für dich, Lizzy.«

Das Kissen fällt mir aus den Händen. »Was?«

Mit einem Umschlag in der Hand kommt Callie zurück und wir setzten uns wieder. Ich reiße das Kuvert auf und lese die nachfolgenden Zeilen:

Prinzesschen, es wird Zeit für deinen ersten richtigen Schuss. Morgen Mitternacht, gleicher Treffpunkt wie letztes Mal.
Und vergiss nicht: Nur du, sonst nichts oder niemand. Andernfalls wirst du wissen, wie es ist, wenn eine Kugel dein Fleisch durchbohrt.
K. und D.

»Oh«, rutscht es mir heraus.

»Nun sag schon, was ist das? Ist es von …«

»Nein«, unterbreche ich sie.

»Okay.« Sie zieht eine Augenbraue hoch.

Wie soll ich Callie erklären, dass ich mich mit den seltsamen Kumpels ihres Bruders zum Schießen treffe? Genau, am besten gar nicht.

»Das ist sozusagen Konfrontationstherapie«, versuche ich sie abzuwimmeln.

»Das Wort *sozusagen* beruhigt mich nicht sonderlich.« Ihre Augenbraue wandert noch ein Stück in die Höhe.

»Dann streich es.«

Nun verschränkt sie die Arme vor der Brust. Dass meine Antwort nicht zufriedenstellend ist, ist mir bewusst, aber ich will sie nirgends mit hineinziehen. Das ist allein meine Entscheidung und wenn sie sich als Reinfall herausstellt, muss ich mit den Konsequenzen leben.

»Was meintest du vor ein paar Wochen, als du sagtest, dass nichts schlimmer ist als das, was Parker nachts treibt? Machst du das nun auch?« Ihr misstrauischer Blick verursacht mir tatsächlich ein schlechtes Gewissen.

»Nein, Callie«, entgegne ich. »Versprochen.«

Sie nickt und greift nach ihrem Buch. »Schlaf gut.«

Ob sie das sagt, weil sie merkt, dass es mir unangenehm ist oder weil sie enttäuscht ist, weiß ich nicht.

»Kannst du mir einen Gefallen tun?« Ich spreche die Worte schneller aus, als ich sie denken kann.

Sie hebt den Kopf und sieht mich fragend an.

»Nenn mich ab heute nicht mehr Lizzy, sondern Beth.« Das Fragezeichen auf ihrem Gesicht wird größer, doch sie nickt. »Okay. Aber hau mich nicht, wenn ich es mal vergesse.«

Ich lächle, gehe mit dem Umschlag in der Hand auf mein Zimmer, schäle mich aus meinen Klamotten und lege mich sofort ins Bett.

Obwohl mir fast die Augen zufallen, schleichen die Gedanken unaufhörlich in meinem Kopf herum. Welches Monster ist zurück? Das der Vergangenheit oder das der Gegenwart? Welches ist das schlimmere?

So viele Fragen, so viel Unordnung in meinem Kopf und meinem Herzen.

Als ich angenommen habe, vorhin tatsächlich Parker gegenüber zu stehen, hat das so viel in mir ausgelöst. Callies Gesichtsausdruck hat in diesem Augenblick exakt mein inneres Chaos widergespiegelt.

Was, wenn er wirklich vor mir gestanden hätte? Ich hätte ihn am liebsten angeschrien, umarmt, zum Teufel geschert, mich an seine Brust geschmissen, mit dem Dolch auf ihn los gegangen.

Alles. Gleichzeitig.

Und geküsst. Ich hätte ihn so gern geküsst. Mit weniger Angst, weniger Zweifeln, weniger Unsicherheit.

Und vielleicht, ganz vielleicht, hätte ich ihn irgendwann lieben können. Irgendwann. In einer Zeit, die so weit entfernt ist, dass ich sie nicht einmal aus der Nähe erahnen kann.

Aber was weiß ich schon von Liebe? Was weiß ich davon, jemandem nahe zu sein, jemanden so tief in mich blicken zu lassen, dass es keine Scham in mir auslöst?

Ich weiß kein bisschen davon und möglicherweise war Parker meine einzige Möglichkeit, das herauszufinden. Vielleicht war er derjenige, mit dem ich es hätte herausfinden sollen.

Hätte.

Daraus wird nie ein *haben.*

Doch aus dem *hat*, was mein Vater mir angetan hat, wird nie ein *hätte.*

Er **hat** mich zerstört. Er **hat** meine Seele vernichtet.

Der pochende Schmerz in meiner Brust lässt mich irgendwann einschlafen. Kurz vorher höre ich Schritte; auch Callie ist nun schlafen gegangen.

Kapitel 13

Den darauffolgenden Tag bin ich durchgängig nervös. Ich kann mich nicht auf die laienhaften Schauspieler in der Fernsehserie konzentrieren, geschweige denn auf die Nachrichten, die aus dem Radio dudeln. Sogar Ellen musste ich bereits zum dritten Mal fragen, was wir heute Abend kochen. Vermutlich werde ich es bis dahin wieder vergessen haben und ein viertes Mal frage ich sicher nicht nach. Ellen und Callie merken ohnehin, dass ich vollkommen durch den Wind bin.

Auf einmal leuchtet eine neue Nachricht auf meinem Handy auf und ohne auf den Namen des Absenders zu achten, weiß ich, dass sie von Aubrey ist. Wir schreiben schon den ganzen Tag hin und her. Ohne Fragen zu stellen, ist sie auch meinem Wunsch nachgekommen, mich nicht mehr mit

Lizzy anzusprechen. Anscheinend ist es ihr wirklich wichtig, zwischen uns wieder alles gutzumachen.

Ich hab gehört, M. sitzt hinter Gitter. Sein Zimmer auf dem Campus ist auch schon geräumt worden. Wir sind wieder frei, Beth.

Ich seufze. Sind wir das? Sind wir wirklich frei? Wir werden getrieben von Gedanken, Gefühlen, dem Drang, den morgigen Tag zu erleben, die Zukunft zu planen, die Vergangenheit unter den Teppich zu kehren, Makel zu erkennen, wo gar keine sind.
Frei ist, wer sich nicht von Gedanken leiten lässt. Und meine Gedanken geben mir den Weg vor, den ich zu gehen habe, ohne zu fragen, ob es auch mein Weg ist.

Gerade schlendert Callie an meiner Zimmertür vorbei, als ich mich dazu entscheide, den letzten Schritt zu gehen, um vollends Beth zu sein. Ich öffne die Schublade des Nachttischschrankes, der – wie ich vor kurzem herausgefunden habe – nichts von Parkers Sachen beinhaltete. Ich hatte Kondome, Drogen, Feuerzeuge, Waffen oder getragene Höschen erwartet. Ein weiteres Indiz dafür, dass Parker tatsächlich wenig Zeit in seinem Kinderzimmer verbracht hat, seitdem er am College ist.

»Callie?«

»Was gibt's, Beth?« Sie steht gerade vor dem Spiegel im Bad und trägt Wimperntusche auf.

Manchmal glaube ich, dass sie mich absichtlich öfter mit meinem neuen Rufnamen anspricht. Ob sie sich damit nur daran gewöhnen oder mich aufziehen will, weiß ich nicht. Kaum halte ich ihr die Packung Haarfarbe vors Gesicht, quietscht sie erfreut auf.

»Liz- ich meine, Beth, wann hast du die denn gekauft? Ohne meine Beratung?« Sie wirkt ernsthaft enttäuscht, beginnt aber wieder zu kichern, kaum dass sie die Packung in den Händen hält.

»Ich habe mir noch nie die Haare gefärbt …«

»Sheree und ich haben uns schon so oft die Haare gefärbt, das kann ich nicht mal mehr an zwei Händen abzählen. Du bist bei mir also in besten Händen, Beth«, meint sie und weist mich an, auf dem Toilettensitz Platz zu nehmen.

Callie liest sich nicht einmal die Anwendungshinweise durch, sondern zieht sich Handschuhe über und rührt die Farbe um. Dann legt sie ein Handtuch um meine Schultern und kurze Zeit später verteilt sie die Farbe auf meinem Haar. Sie scheint genauestens zu wissen, was sie macht und ich habe überhaupt keine Sorge, dass es schrecklich aussehen könnte. Das Dunkelblond ist so unscheinbar und nichtssagend. Das Braun hingegen strahlt eine Stärke aus, die ich brauche. Ich hoffe nur, dass es mich nicht blasser erscheinen lässt, als ich ohnehin bin.

Die Farbe lasse ich eine Stunde auf dem Kopf einwirken, danach wasche ich sie mit warmem Wasser aus und föhne die Haare. Als sie schließlich trocken sind, bürste ich sie durch und schaue in den Spiegel. Der Anblick ist ungewohnt und doch schleicht sich ein kleines Lächeln auf mein Gesicht. Ein satter Braunton umhüllt meine Haare und lässt die Spitzen im Licht rötlich schimmern.

»Wow«, raunt Callie. »Jetzt siehst du wirklich aus wie …«

»Beth«, vervollständige ich ihren Satz.

*

In schwarzen, zerrissenen Jeans, schwarzem Hoodie und Vans stehe ich um Mitternacht im Hide Forest. Trotz des Spätsommers ist es kühl und der Wind lässt mich frösteln. Mit viel Glück konnte ich mich um 23 Uhr aus dem Haus schleichen, ohne Callie oder Ellen zu wecken. Wüssten sie von meinen nächtlichen … Aktivitäten, würden sie mich nicht mehr aus den Augen lassen. Nicht mal mehr auf der Toilette.

Aber ich muss es tun. Ich muss das Schloss knacken, das sich innerlich um mich legt, sobald ich eine Waffe in der Hand halte. Ich muss lernen, mich selbst zu beschützen.

Zumindest weiß ich mittlerweile die Anfangsbuchstaben von Parkers sonderbaren Freunden, die mir beim ersten Aufeinandertreffen die Autotür in den Bauch rammten, mich beim zweiten Mal fast von einem Zug umfahren ließen und mich beim dritten Mal retteten. Vor Mike.

Ein lautes Motorengeräusch lässt mich zusammenfahren. Wenige Augenblicke später blinzle ich strahlend hellen Scheinwerfern entgegen, die gefährlich knapp vor mir zum Halten kommen. Tatsächlich habe ich für einen kurzen Moment geglaubt, es wäre … nun ja, er.

Die Musik im Inneren des Pick-ups schallt mir bereits jetzt schon in einer Lautstärke entgegen, die meine Ohren klingeln lässt. Als sie schließlich die Türen öffnen, kann ich Chop Suey von System Of A Down in voller Lautstärke vernehmen.

K. und D., da sind sie also.

»Du bist gekommen.« Es ist der braunhaarige Typ, der das Wort ergreift. Das Messer in seiner Hand, dessen Klinge bedrohlich glänzt, lässt er mehrmals kunstvoll in der Luft hin und her schwingen.

»Ich hab ja sonst nichts um diese Uhrzeit zu tun«, entgegne ich überraschend gefasst.

Beide lachen und seltsamerweise hört es sich nicht verachtend an, sondern echt. Als hätte ich den Witz des Jahrhunderts gerissen. Dabei ist es nur die Aufregung, die aus mir spricht. Und möglicherweise Angst.

»Zeig deine Waffen.«

Mit einem Mal schwenkt die Stimmung von ausgelassen zu angespannt um. Ich mache den Fehler, sie beide anzuschauen. Denn nun bin ich gefangen in ihren Blicken, die eindeutig keine Widerworte zulassen. Sie haben mir bereits deutlich gezeigt, was passiert, wenn ich mich ihnen widersetze. Und ich bin überzeugt davon, dass sie diesmal nicht zögern werden, mich wirklich zu verletzen.

Ich streiche eine Strähne meines frisch gefärbten Haares hinter das Ohr und schürze die Lippen. »Ihr scheint euch sicher zu sein, dass ich welche bei mir trage.«

Wieder ein Lachen. »Süße, das ist genauso, wie wenn ein Weib mir erklären will, dass sie noch Jungfrau ist.« Der Dunkelblonde zieht eine Zigarettenschachtel aus seiner Gesäßtasche und zündet sich in aller Seelenruhe eine Kippe an. »Ich merke es«, beendet er seinen Satz. »Und weißt du, was ich mit Schlampen anstelle, die mich anlügen? Die meinen, mich verarschen zu können?«

Ein Schauer zieht über meinen Körper. »Nein. Sag es mir.«

Sein Mundwinkel zieht sich nach oben, als sei das genau die Antwort, die er erwartet hatte. Ein weiteres Mal zieht er an der Zigarette und pustet den Rauch in meine Richtung.

»Ich packe sie an den Haaren, bis ihre Kopfhaut schmerzt, drücke ihnen meinen Schwanz in den Rachen. Und stoße zu. Immer wieder. Ich höre nicht mal auf, wenn ihnen der Rotz und die Tränen über das Gesicht laufen, wenn sie betteln wie die letzte Hure. Doch bis sie verstehen, dass mich das erst recht anmacht, habe ich sie umgedreht und ficke sie in ihren Arsch, der allemal jungfräulich ist. Zumindest bis zu diesem Zeitpunkt.«

Meine Fingernägel graben sich wie spitze Dolche in meine Handinnenflächen, während ich mich um Fassung bemühe. Um ihm nicht die Kehle aufzuschlitzen, mir die Seele aus dem Leib zu kotzen oder abzuhauen wie eine scheiß Versagerin. Die Erinnerungen überfluten meine Gedanken schneller als jede Welle im Atlantik. Das Wasser verschluckt mich, reißt mich mit sich in die Tiefe.

Hilfe, höre ich meine kindliche Stimme rufen, Hilfe.

»Daddy hat dich so lieb, das weißt du, oder Lizzy? Wir werden für immer zusammenbleiben«, flüstert er mir ins Ohr und sein Atem fühlt sich auf meiner Haut wie unsichtbares Gift an.

Seine Hand gleitet unter die fliederfarbene Bettdecke und in einer geschmeidigen Bewegung zieht er mir das Pyjamaoberteil über den Kopf.

Dann fühle ich Hände auf mir und ich schaue an mir herab. Aber es sind keine knochigen Hände, sondern tätowierte. Ich zucke zusammen, blinzle durch den Tränenschleier hindurch und lande schließlich auf dem Boden. Auf einem verdächtig weichen Boden, der, wie sich herausstellt, K. ist. Oder D., oder wer zum Teufel auch immer.

Seine Arme legen sich um meinen Oberkörper wie ein Seil, das sich immer enger zuzieht. Mit einer Plötzlichkeit werde ich nach vorn gerissen und stolpere, kann mich jedoch fangen.

»Was habt ihr für ein scheiß Problem?«, schreit meine Stimme wie von selbst. »Fickt ihr gern Mädchen gegen ihren Willen, fasst sie an und nehmt euch, was euch gefällt?«

Aus dem Augenwinkel nehme ich wahr, wie einer der beiden etwas aus seiner Hosentasche zieht. Ein Klicken verrät mir, dass es eine Knarre ist. Wie sollte es auch anders sein. Genau wie ich gehen sie nie ohne Bewaffnung aus dem Haus.

»Beruhig dich, Prinzessin, wir wollen nur sichergehen«, sagt einer der beiden, der auf einmal eine weitere Knarre aus seinem Hoodie zieht und auf mich richtet.

»Sichergehen?«, wiederhole ich seine Worte. »Sichergehen, dass ich mich nicht wehren kann, wenn du mich wie ein Stück Dreck behandelst?« Ich lache schrill auf und blicke dem Dunkelblonden direkt in seine Augen. »Fick dich. Ich hab schon mehr Erfahrung darin als du. Ich weiß, wann du von mir verlangst, mich nicht zu bewegen oder etwas zu sagen, wenn es dich aufgeilt.«

Sie sagen nichts. Stattdessen höre ich nur das Zirpen der Grillen und den lauen Wind, der durch die Bäume zischt.

»Du bist wahnsinnig, Elizabeth«, sagt schließlich der Braunhaarige.

»Genau wie wir«, fügt sein Freund hinzu und drückt mir den Lauf der Pistole gegen die Brust. »Waffen raus oder willst du wissen, wie es ist, wenn ich gnadenlos deine Löcher benutze?«

»Die Waffen gegen eure Namen«, fordere ich.

Er nickt, ohne die Pistole von mir zu nehmen.

Eine Sekunde lang halte ich seinem Blick stand, ehe ich meine Jeans am Knöchel hochschiebe und ihm drei Dolche vor die Füße werfe.

»Braves Mädchen.«

Sie sammeln die Dolche auf, entladen die Pistolen und mit einem Mal ist die Anspannung wie verschwunden. Verwirrt schaue ich mich um, als beide sich eine Zigarette anzünden.

»Ihr müsst eure Forderung noch erfüllen.«

Ihre Blicke treffen mich im gleichen Augenblick und wiedermal scheinen sie wortlos miteinander zu kommunizieren. Es macht mich nervös.

»Ich bin Dagen«, sagt der Dunkelblonde und fährt sich mit der Hand durch den gepflegten Bart.

»Und ich Kye.« Er mustert mich von oben bis unten und zieht dann an der Zigarette. »Auch eine?«

Ich schüttle den Kopf. »Weshalb habt ihr mich letztens vor Mike gerettet? Habt ihr mir aufgelauert? Ist das ein Befehl von … ihm? Will er, dass ihr auf mich acht gebt, nachdem er sich verpisst hat?« Die Verachtung in meiner Stimme ist nicht zu überhören und ich gebe mir auch keine Mühe, sie zu vergeben.

»Mike gehört in den Knast«, ist alles, was Dagen sagt.

»Ihr wisst, wo er ist.« Auch ohne seinen Namen auszusprechen, wissen Kye und Dagen, von wem ich rede.

Kye schnippt seine Zigarette auf den Boden. »Süße, ich hab keine Ahnung, wo er sich rumtreibt. Und selbst wenn, würde ich es dir für kein Geld der Welt sagen. Es war seine Entscheidung, zu gehen und die respektieren wir.«

Ich seufze. »Das nennt man wohl Freundschaft.«

»Loyalität, Prinzessin. Etwas, das du in deinem Leben noch nicht oft erfahren hast, oder?«, entgegnet Dagen.

»Fragt doch euren heuchlerischen Kumpel«, gebe ich zur Antwort und ernte ein Raunen, das mich innehalten lässt.

»Auf den ersten Blick bist du schüchtern, ängstlich, fast unnahbar. Ich hab nie verstanden, was er von dir will. Einen schnellen Fick, eine Herausforderung oder vielleicht doch etwas ganz anderes. Ich weiß es immer noch nicht, aber eins weiß ich ganz sicher: Du bist wahrlich eine Raubkatze. Du greifst an, wenn man es am wenigsten erwartet.«

Inzwi- schen steht Dagen vor mir, streicht mir eine Haarsträhne hinters Ohr und vor Scham schlage ich die Augen nieder.

»So ehrfürchtig, gefährlich, mehr als ein süßes Kätzchen.«

»Nimm deine Pfoten von mir«, zische ich.

Tatsächlich geht er einige Schritte rückwärts und Kye lacht. »Sie zeigt die Krallen, Dagen.«

»Halt die Fresse, Kye.«

»In einer Angelegenheit bist du wie er, Elizabeth«, meint Kye in einer verdächtig ruhigen Tonlage. »So wie er bekommst du es nicht hin, seinen Namen auszusprechen.«

Viel zu lange schaue ich ihn an, als könnte er mir eine Antwort auf all meine tausend Fragen liefern. Er schafft es nicht, meinen Namen auszusprechen, was bedeutet, dass er über mich redet. Er spricht von mir.

Vielleicht will er von Kye und Dagen wissen, wie es mir geht. Ob ich mich von den Bestien einschüchtern, von der Angst lähmen und in die Finsternis reißen lasse.

Ich wende den Blick ab, schaue in die glitzernde Dunkelheit am Himmel. Scheiße, Parker, ich kann nicht mal behaupten, dass ich dich hasse. Hass ist ein großes Wort. Vielmehr sind es Verachtung und Sehnsucht, die mein Herz zusammenziehen lassen. Doch wenn du vor mir stehst, gnade dir Gott.

»Ich habe eine Bedingung«, sage ich schließlich und beide horchen auf. »Nennt mich Beth.«

Als wäre es keine große Sache, murmeln sie etwas Zustimmendes und Kye marschiert geradewegs in den Wald hinein. Dort stellt er mehrere leere Blechdosen auf Baumstumpfe sowie einen Handscheinwerfer davor auf.

Als Dagen an mir vorbeiläuft, flüstert er mir zu: »Hübsche Haarfarbe, Beth.«

Ein zartes Grinsen schleicht sich auf mein Gesicht und ich folge ihm in den Wald, bereit meine Lektion zu lernen. Seltsamerweise vertraue ich ihnen. Ich habe nichts zu verlieren, nicht einmal mich selbst, das habe ich nämlich vor langer Zeit. Ich muss mich wiederfinden, denn eine schwarze Seele ohne Seele ist nur dunkel. Ohne Herzschlag, ohne schneller werdenden Atem, ohne zitternde Hände.

»Das ist deine Pistole für heute Nacht, nicht länger, nicht kürzer«, erklärt Kye und reicht mir eine Pistole, deren Griff mahagonifarben ist. »Deine Angst liegt nicht darin, keine Waffe bedienen zu können. Deine Angst ist in deinem Kopf.«

Manchmal tut die Wahrheit weh, aber manchmal tut sie auch gut. Die Nacht wird hart, sie ist eine Bewährungsprobe und bald folgt die nächste: Aubreys Geburtstagsparty.

Kapitel 14

Erneut schaue ich in den Spiegel und das erste Mal habe ich das Gefühl, darin die Person zu sehen, die tatsächlich ich bin. Anders als erwartet, lässt mich die braune Haarfarbe nicht noch blasser erscheinen, sondern schmeichelt meiner Blässe. Vielleich trägt die gestrige Nacht zu meiner Blässe bei. Immerhin habe ich … geschossen. Zwar auf Blechdosen, aber ich habe der Angst in den Arsch getreten.

Dazu trage ich weinroten Lippenstift, der aus dem schüchternen Mädchen ein weniger schüchternes macht, hinter dessen Fassade man mehr erahnt.

Mit den Fingerspitzen fahre ich über die perfekt geformten Augenbrauen, die meinem Gesicht einen Ausdruck verleihen, der mir bisher fremd war.

»Bist du so weit?«, reißt mich Callies Stimme aus den Gedanken. »Oder willst du dich noch weitere zwei Stunden im Spiegel betrachten? Wobei Aubrey bestimmt Verständnis dafür hat, wenn wir wegen unserer Outfits zu spät auf ihrer Geburtstagsparty auftauchen.« Sie lacht.

»Nein, nein, ich …«

»Keine Sorge, du sieht rattenscharf aus. Die Jeans mit den Rissen sieht heiß, aber nicht zu heiß aus und hey, immerhin ist sie mal nicht schwarz.«

Ich schaue an mir herab und zupfe an dem schwarzen T-Shirt herum, das meiner Ansicht nach schon sehr figurbetont ist. Es hat einen V-Ausschnitt und ich habe bereits fünfmal überprüft, ob man nicht doch etwas sehen kann.

»Weißt du, ich würde dir ja High Heels empfehlen, aber ich weiß, dass das nicht dein Ding ist, also …«, unterbricht Callie meine Gedankengänge.

Schuhe mit Absatz wären etwas zu viel des Guten, weshalb ich mich für Chucks entschieden habe. Callie trägt ein dunkelgrünes Kleid mit Trägern, das einfach atemberaubend an ihr aussieht. Ihre Haare sind gelockt und ihr Make-up dezent.

»Lass uns gehen, bevor ich es mir anders überlege«, murmele ich.

Wenige Minuten später sitzen wir im Auto, das uns dankbarerweise Ellen überlassen hat.

»Hast du Aubreys Adresse?«, fragt mich Callie, als sie den Schlüssel ins Zündschloss steckt.

Ich hole mein Handy aus meiner Hosentasche heraus und Callie gibt die Adresse, die ich ihr vorlese, in das Navigationssystem ein. In wohl fünfzehn Minuten sollen wir bei Aubreys Elternhaus ankommen, in dem ihre Party stattfindet. Auf ihre Definition von *wenige Leute* bin ich wirk- lich gespannt. Ich bereite mich einfach auf das Äußerste vor, dann kann es nicht noch schlimmer kommen.

Als wir irgendwann in eine Häusersiedlung mit gepflegten Vorgärten einbiegen, macht sich Aufregung bemerkbar. Mein Hals schnürt sich zu und ich versuche, die aufkommende Angst herunterzuschlucken. Die verschwitzten Hände verkrampfen sich zu Fäusten und am liebsten will ich die Autotür aufreißen, meinen Kopf rausstrecken und mir die Angst aus dem Leib kotzen. Wenn es denn so einfach wäre.

»Bist du dir sicher, dass wir das …«

»Ja.«

»Wir können auch zurückfahren.«

»Scheiße, nein.«

»Ich mache mir nur-«

»Sorgen, schon klar«, unterbreche ich sie diesmal. »Ich will nur einmal ein normales Mädchen sein, verstehst du? Ich will feiern, mich betrinken, einen bedeutungslosen Typen küssen und … leben, einfach leben«, sprudelt es aus mir heraus. Ich blicke auf die beleuchteten Straßenlaternen.

»Die Angst vergessen, die ganze Scheiße, die in meinem Leben passiert ist, Callie.«

»Ich weiß«, sagt sie leise.

Dann sehen wir uns einen Moment lang an, kommunizieren wortlos miteinander, steigen aus und schließen das Auto hinter uns ab.

Die Umgebung muss bei Tageslicht noch friedlicher, schöner und einladender aussehen. Unwillkürlich muss ich an das Haus denken, in dem ich die längste Zeit meines Lebens verbracht habe. Genauso sah es dort aus. Als könnte sich hinter keiner Haustür ein liebender Vater verbergen, der seiner Tochter jeden Tag das Leben aus der Seele raubt. Jahrelang, ohne dass es jemand bemerkt, ohne dass sie fliehen kann. Bis der Tag gekommen ist.

»Kommst du?«, ruft mir Callie zu und deutet auf ein mit Lichterketten beleuchtetes Haus, aus dem laute Musik dringt. »Ich glaube, da müssen wir lang.«

Ich werfe ihr ein unechtes Lächeln zu, das sie nur kritisch beäugt. Sie nimmt mich bei der Hand. »Zwei Stunden, okay? Mehr nicht.«

Das war unsere Abmachung und ehrlich gesagt auch das Einzige, das mich anspornt, es durchzuziehen. Ich will nicht wieder die Angst siegen lassen, nicht schon wieder, das hat sie oft genug.

Ich nicke und dann betreten wir die reichlich geschmückte Veranda, auf der bereits einige Leute mit Bechern in den Händen herumstehen und quatschen.

»Sollten wir nicht klingeln?«, frage ich, als Callie schon die Tür geöffnet hat und eintritt.

Sie dreht den Kopf zu mir um. »Beth, auf Partys wird nie geklingelt, das solltest du dir merken.«

»Okay«, erwidere ich, was sich eher wie eine Frage anhört.

Im Inneren des Hauses ist die Hölle los. Musik brummt aus Lautsprechern, die so ziemlich überall stehen, es riecht nach jeder Menge Alkohol, Essen, den verschiedensten Parfüms, Aftershaves und Deos. Hätte ich mir mal besser eine Wäscheklammer mitgenommen. Jedenfalls bestätigt sich, dass sich Aubreys und meine Definition von *wenige Leute* bedeutend unterscheiden.

Menschen drängen sich durch die Räume, die allesamt dekoriert sind, tanzen zur Musik, unterhalten sich und sitzen sogar knutschend auf den Möbeln. Als ich an einer Kommode vorbeilaufe, steht dort eine Schüssel mit der Aufschrift *Kondome schützen, sei kein Vollidiot!* und ich kann mir ein Grinsen nicht verkneifen.

»Ihr seid wirklich gekommen!«

Aubrey kommt auf uns zugehüpft und zieht uns beide gleichzeitig in eine Umarmung. Auch sie hat mindestens einen Liter Parfüm aufgesprüht, fünf Kilo Make-Up aufgelegt und war zuvor ordentlich shoppen. Sie trägt einen mehrfarbigen Einteiler, der nicht knapper sein könnte und Schuhe, die man besser nicht trägt, wenn man Höhenangst hat. Ihre langen Beine glänzen und sie stiehlt in dem Outfit jedem die Show.

»Happy Birthday«, sagen Callie und ich und drücken ihr unser Geschenk in die Hand.

Sofort reißt sie das Geschenkpapier ab und schreit in einer Stimmlage auf, die meine Ohren klingeln lässt. »Es. Ist. So. Cool! Ihr seid die Besten, danke!«

Auf der verzweifelten Suche nach einem Geburtstagsgeschenk für Aubrey kam mir die Idee, als ich bei der Arbeit Bücher eingestellt habe. Eine Art Enzyklopädie über Mode, Modeschöpfer und alles, was damit zu tun hat. Es hat sage und schreibe fünfzig Dollar gekostet, aber das war es uns wert.

»Wollt ihr was trinken? Bei Joaquim gibt es alles, was ihr euch wünscht!«, meint Aubrey und zieht uns an eine Bar.

Hat sie ernsthaft einen Barkeeper engagiert?

»Habe ich«, bestätigt Aubrey meine Annahme und ich halte inne. Seit wann machen sich meine Gedanken selbstständig? Dabei habe ich nicht mal Alkohol getrunken.

»Ich bin Joaquim«, stellt sich der gut gebaute Typ hinter der Bar vor. »Alkohol oder alkoholfrei, was wollt ihr lieber?«

»Zur Einstimmung erst mal Alkohol«, antwortet Callie. »Oder was sagst du, Beth?«

»Äh, ja, Alkohol, klar.«

»Süß, fruchtig oder herb?« Joaquim sieht uns erwartungsvoll an und krempelt sich die Arme des Hemdes hoch.

»Fruchtig«, antwortet wieder Callie und ich nicke zustimmend.

Dann macht sich Joaquim an die Arbeit, öffnet Flaschen, gießt die Flüssigkeit in das Gefäß, schließt sie wieder, nimmt andere, schneidet Obst auf, schüttelt und stellt dann zwei Gläser vor uns.

»Gibt's bei Cocktails nicht eigentlich solche kleinen Sonnenschirme dazu?«

Callies Kopf schnellt zu mir herum, bis ich begreife, dass ich diejenige war, die das gefragt hat. Okay, irgendetwas stimmt hier ganz gewaltig nicht.

Joaquim lacht auf und entblößt dabei strahlend weiße Zähne. »Zwei kleine Sonnenschirme für die zwei Ladies. Lasst es euch schmecken.«

»Danke«, murmele ich, nehme das Glas in die Hand und gehe davon.

»Beth«, meint Callie, als sie mich schließlich eingeholt hat und auf den Schock zunächst einen Schluck vom Cocktail nehmen muss. »Was war das denn?«

Ich ziehe an dem Strohhalm und weiche ihrem forschenden Blick aus. »Keine Ahnung.«

»Du hast ja schon fast geflirtet«, stellt sie kichernd fest.

»Ja klar.« Ich verdrehe die Augen.

»Du machst Fortschritte, das ist gut«, meint sie dann wieder ernster. »Darauf sollten wir anstoßen.«

Unsere Gläser stoßen klirrend aneinander. Das Gefühl von Scham überkommt mich und zunächst kann ich nicht erklären, weshalb. Callie hat recht, ich mache Fortschritte und seltsamerweise verunsichern sie mich. Sie locken mich aus der Hölle hinaus, die seither die einzige Konstante in meinem Leben ist. Meine Seele, mein Herz, sie wurden gequält, bis nichts mehr von ihnen übrig war. Bis ich ein Mensch war, dessen Beständigkeit die Qual und der innere Schmerz waren. Getränkt in das dunkelste Schwarz, das existierte, überlebte ich Tag für Tag. Und die Zeit läuft davon, mein Leben läuft davon.

Jetzt aber stehe ich hier, inmitten von Menschen und Lärm und rede und amüsiere mich. Zumindest ein wenig.

»Callie, was suchst du denn hier?« Ein Typ, schätzungsweise in meinem Alter, mit kurzen, blonden Haaren kommt auf uns zu. Er und Callie umarmen sich freundschaftlich.

»Meine Freundin Beth«, sie deutet auf mich und ich hebe zum Gruß die Hand, »kennt Aubrey und ich bin ihre Begleitung.«

»Wir haben uns ja schon Ewigkeiten nicht mehr gesehen.« Er lacht auf.

»Seit dem Abschlussball der Highschool nicht mehr, Eric«, merkt Callie lachend an.

Während die beiden sich unterhalten, nippe ich an meinem Cocktail und schaue mich um. Die Party ist in vollem Gange und das Haus fällt vermutlich auseinander, sollten noch mehr Leute kommen. Die Räume sind über und über mit Girlanden dekoriert, Luftballons in allen möglichen knallbunten Farben fliegen herum und auch Lichterketten sind an jedem Möbelstück angebracht. Die Party ist wie Aubrey selbst – schillernd, leuchtend, glänzend, auffallend. Kein Einziger steht nichts tuend in der Gegend herum, alles und jeder ist in Bewegung – außer mir. Doch das ändert sich schlagartig, als plötzlich Aubrey vor mir steht.

»Spielst du Flaschendrehen mit? Bitte, das hab ich seit der Highschool nicht mehr gespielt!« Sie schiebt die Unterlippe vor und setzt einen Blick auf, dem ich schlecht widerstehen kann.

Da Callie sowieso im Gespräch ist und ich die Stimmung nicht vermiesen will, indem ich wie eine Spaßbremse danebenstehe, folge ich Aubrey in das Wohnzimmer. Dort sitzen bereits sieben andere im Kreis zusammen, eine Flasche in der Mitte.

»O mein Gott, Lizzy, bist du es?«

Mir gegenüber sitzt Lucas, dessen Wangen bereits ziemlich gerötet sind. Er grinst wie ein Honigkuchenpferd und prostet mir zu.

»Oh, hey«, mache ich, was sich weniger begeistert anhört als beabsichtigt.

»Geht's dir gut?«, fragt er über die wummernde Musikhinweg.

»Ja, dir auch?«

»Außer dass am College gerade Klausurphase ist, ja«, antwortet er und zieht ein Mädchen am Arm zu sich, das – wie sich herausstellt – Joyce ist. Auch sie lächelt mich erfreut an, als sie mich erkennt, und setzt sich zu uns.

»Lasst uns loslegen«, meint Aubrey und die ganze Runde trommelt aufgeregt mit den Fingern auf dem Boden.

Der Bass der Musik vibriert unter mir und meine Wangen glühen; der Alkohol wirkt also schon. Der leichte Luftzug, der durch die offene Terassentür dringt, macht es erträglicher.

»Die Spielregeln lauten: Ihr dürft nicht zweimal Wahrheit hintereinander nehmen. Beantwortet ihr eine Frage nicht oder erfüllt die Pflicht nicht, trinkt ihr einen Shot – aus dem Bauchnabel eures linken Nachbarn.«

Lautes Lachen und Grölen ertönt, dann beginnt die erste Runde. Jemand muss in Erdnusscreme getunkte Bratwurst essen, den großen Zeh eines anderen ablecken und Lucas muss dem vierten Kontakt seiner Kontaktliste auf dem Handy ein Bild seines nackten Hinterteils senden.

Schließlich ist Joyce dran und da sie Pflicht gewählt hat, soll sie ihren Slip in Ketchup tunken und wieder anziehen.

»Das ist ja so was von eklig! Wie kommst du auf so einen Einfall?«, entgegnet sie, halb lachend, halb ekelnd.

»Willst du lieber einen anderen Saft in deinem Höschen haben?« Colten, der die Aufgabe gestellt hat, lacht verschwörerisch auf.

Daraufhin zeigt Joyce ihm den Mittelfinger. »Sorry, da musst du dir eine andere suchen. Ich nehm den Shot.«

Einige jubeln, andere wiederum buhen und als mir klar wird, was das bedeutet, bleibt mir die Luft weg. Joyce muss einen Shot aus dem Bauchnabel ihres linken Nachbarn trinken und der – verdammte Scheiße – bin ich. Und auf einmal bereue ich es, überhaupt auf diese Party gegangen zu sein und an diesem bescheuerten Spiel teilgenommen zu haben. Als würde mich die Angst verhöhnen und mir den Mittelfinger zeigen, dröhnt Marilyn Mansons *Sweet Dreams (Are Made Of This)* aus den Lautsprechern.

Süße Träume,
bestehend aus der stetig wachsenden Angst,
sie umarmt deinen vernarbten Körper,
hüllt dich ein.
Wohlig warm,
düster schwarz.
Süße Träume,
sie katapultieren dich zurück in die Hölle.

*

Mit dem Rücken liege ich auf dem kratzigen Teppichboden, starre an die weiße, makellose Decke und ziehe das T-Shirt ein Stück hoch. Kalte Flüssigkeit tropft in meinen Bauchnabel.

Die mich lähmende Stille wird übertönt von Marilyn Mansons Stimme und die Angst scheint sich an meinem erbärmlichen Anblick zu ergötzen. Den Blick starr gen Decke gerichtet, höre ich nicht weit entferntes Lachen, Kichern, klimpernde Gläser und angeregte Gespräche. Aubrey sagt etwas, woraufhin Lucas irgendetwas Unverständliches antwortet. Ihre Stimmen scheinen so nah und rauschen doch an mir vorbei.

Es ist ein ganz normales Partyspiel, rede ich mir ein, alle machen das und diesmal wirst du auch dazu gehören.

Kaum legt Joyce ihre Lippen auf meinen Nabel und schlürft den Alkohol, ist der Vorsatz wie weggeblasen. Die Berührung auf meiner Haut lässt mich erschaudern und ich muss mich zusammenreißen, um nicht auf der Stelle abzuhauen. Eine Träne fließt über meine Wange und hinterlässt einen glühend heißen Abdruck.

Als Joyce' Mund von meinem Bauchnabel ablässt, bin ich zunächst wie erstarrt. Gedanken, Angst, Ekel und die durcheinander sprechenden Stimmen der anderen rauschen unaufhaltsam durch meinen Kopf.

Ich ziehe mein Oberteil wieder runter, setze mich auf und schaue in die Runde. Ich versuche, meinen Blick auf einen Punkt an der Wand zu fokussieren, aber die aufgeheizte Stimmung erschwert es mir. Mit eiskalten Händen fahre ich über mein verschwitztes Gesicht.

Ich bin so sehr von allem überfordert, dass ich nicht einmal mitbekommen habe, dass die Flasche auf mich zeigt. Das Einzige, was ich wahrnehme, ist die Stimme, die mir sagt: »Küsse die zweite Person links von dir.«

Mein Kopf schwenkt nach links, alles scheint wie verschwommen. Plötzlich legt sich eine Hand an meine Wange, reißt mich nach vorn und ich spüre warme, weiche Lippen auf meinen.

Der Kuss schmeckt nach Minze und fühlt sich nach so viel mehr an. Sanft, fast schüchtern, dann wieder stürmisch. Als könnte der Augenblick zu kurz sein, als könnte uns die Gegenwart schneller zurückholen als erwartet.

Bis derjenige von mir ablässt und ich in das Hier und Jetzt zurückgerissen werde. Bevor ich die Augen öffne, höre ich, wie die Musik ohrenbetäubend laut aus der Anlage schallt, alle wirr durcheinanderreden und ein leises Donnern von draußen ein Unwetter voraussagt. Langsam gewöhnen sich meine Augen wieder an das gedämmte Licht. Als ich die Person erkenne, die mich geküsst hat, verstehe ich mit einem Mal, was es bedeutet, den Boden unter den Füßen zu verlieren.

Wobei ich es besser wissen müsste. Das Leben hat mir bereits ein anderes Mal eine Ohrfeige verpasst, die es in sich hatte. Die mir gezeigt hat, dass das Leben in seiner schlimmsten Facette zuschlägt, während du lebst, atmest, lachst, weinst und gerade Luft holen willst.

Alles steht in Flammen. Alles wird umgeben von Kälte. Und ich mittendrin, überrannt von jeglichen Emotionen, nichtwissend, was ich fühlen soll.

Dann hole ich aus und ramme die Faust in sein Gesicht. In Parkers Gesicht.

Ich stehe auf, trete auf Hände, Füße und leere Glasflaschen und renne. Renne davon.

Er ist zurück.

Ich renne durch die gepflegten Vorgärten, an leuchtenden Straßenlaternen und teuer aussehenden Autos vorbei, bis die Lungen mir den letzten Atemzug genommen hat. Mit dem Handrücken wische ich mir über das schweißnasse Gesicht und lausche meinem eigenen rasselnden Atem.

Die Umgebung dreht sich, genau wie mein Gedankenkarussell. Ich falle auf die Knie, spüre den Schmerz, als ich sie mir aufschürfe und doch spüre ich gar nichts.

Er

ist

zurück.

Ich will schreien, aber meine Kehle ist so trocken und staubig, dass mir kein Ton entkommt.

Dann höre ich Schritte und ich muss mich nicht umdrehen, um zu wissen, wer hinter mir steht. Ich rapple mich auf, drehe mich um und sehe ihn.

Er hat sich kein Stück verändert. Das kantige Gesicht, die dunklen Haare, die er unachtsam zusammengebunden hat, die schwarze Kleidung, die Tattoos, die ihn wie einen Umhang ummanteln, der tiefdunkle Blick. Einzig der Bart, der mehr einem Drei-Wochen-Bart gleicht, lässt ihn noch draufgängerischer wirken als ohnehin.

So oft ich mir diesen Moment herbeigesehnt habe, so sehr habe ich mich vor ihm gefürchtet.

Wenn er jetzt etwas sagt, wird meine ganze Fassade zusammenfallen, das weiß ich. Ich betrachte ihn in der Dunkelheit, nur der Lichteinfall trifft seine tätowierten Handrücken und seine Augen.

Und dann lache ich. Ich lache wie eine Wahnsinnige.

»Jetzt bekommst du kein Sterbenswörtchen mehr heraus, wo du mir gegenüberstehst. Aber vorhin hast du meine Wehrlosigkeit ausgenutzt.« Mit langsamen Schritten gehe ich auf ihn zu, sein Blick bleibt unverändert. Er ist ganz der Alte. Unnahbar, kalt, abweisend. »Erst verschwindest du wie ein Feigling und dann«, fahre ich fort und spüre, wie die aufgestaute Wut schreiend aus mir herausbricht, »dann nimmst du dir die Frechheit heraus, mich zu küssen! Einfach so, als hättest du mich nicht dem Monster zum Fraß vorgeworfen, du elendiger Hurensohn!«

Das ist der Augenblick, in dem sich seine Miene verändert. Eine dunkle Nuance legt sich über seine Augen und seine Augenbrauen ziehen sich zusammen. Als müsste er sich zusammenreißen, mir nicht sofort eine reinzuhauen. Dabei würde er das bei anderen tun, ohne mit der Wimper zu zucken. Er scheint doch Skrupel zu haben.

»Du bist vorgegangen wie mein Dad, weißt du das?«, spucke ich ihm die Worte entgegen. »Du bist aufgetaucht, als ich dabei war, mich zu fangen und der Dunkelheit zu entkommen. Hast du mich etwa nicht genug gequält?«

Wut und Schmerz, die sich wie ein Messer in meine Brust rammen, durchfahren mich. Ich bin es leid, sie zurückzuhalten. Zu lange habe ich das getan und Parker verdient es, die Zielscheibe dessen zu sein. Ich will ihn leiden sehen, diesmal ist er dran, nicht ich.

Sein Schweigen macht mich verrückt und ich kann nicht abschätzen, was schlimmer ist. Dass er nichts sagt oder seine Stimme wieder zu hören, sobald er den Mund öffnet. Doch noch schlimmer als seine Stimme ist seine Nähe.

Mit langsamen Schritten kommt er auf mich zu und der vertraute, herbe Duft steigt in meine Nase. Wie oft habe ich in seinem Bett gelegen, mich an sein T-Shirt geklammert, als sei es die einzige Erinnerung an ihn. Als sei er der einzige Grund, nicht unterzugehen. Aber nun weiß ich es besser. Der einzige Grund, nicht unterzugehen, bin ich.

Er riecht nach Moschus und Sandelholz. Als er näher kommt, nehme ich Minze wahr und auch den Geruch von Zigaretten, was ich nie abstoßend fand.

Doch kaum blicke ich in seine stumpf wirkenden Augen, sehe ich die Einsamkeit und Qualen, die er durchleidet. Er ist allein, er ist von Wut zerfressen.

Ich gehe einen Schritt rückwärts, bis ich mit dem Rücken gegen ein Auto pralle. Parker steht genau vor mir und sein starrer Blick verängstigt mich. Sein Körper drückt sich gegen meinen, nimmt mir die Luft und noch mehr die Fä- higkeit, mich zu bewegen.

Dann legt er seine Hand an meine Wange, die sich so vertraut warm und zugleich fremd anfühlt. Sein Gesicht nähert sich meinem an und sein Bart reibt an meiner Wange. Die Haare, die sich aus seinem Bun befreit haben, kitzeln an meiner Nase.

»Denkst du etwa, ich bin wegen dir zurückgekommen, Kätzchen?« Die raue, tiefe Stimme ist nichts als ein Flüstern und doch treffen sie mich wie ein Messer in die Brust. Dann dreht er es erneut in meiner Brust herum. »Ein Tipp: Überlass das Denken lieber anderen.«

Meine erste Reaktion ist nicht wie üblich die, wie ein scheues Reh wegzulaufen, mich von seinen Worten einschüchtern und in die Flucht schlagen zu lassen. Nein, am liebsten will ich ihm das Messer in die Kehle rammen und ihm demselben Schmerz verursachen wie er mir. Ich will sehen, wie ihm der Zorn und die Selbstsucht aus den Augen weicht.

Da er mich mit seinem vollen Gewicht gegen das Auto drückt, komme ich nicht an die Gesäßtasche, in der das Messer steckt. Aber ich weiß, mich anders zu wehren. Auf eine Art, wie ich sie bisher nur im Fernsehen gesehen habe und schon immer ausprobieren wollte.

Parker erwartet eine Reaktion von mir und das selbstsichere Grinsen verrät mir, dass er glaubt, er hätte meine Seele ein weiteres Mal geschändet. Doch er täuscht sich.

Ich lege meine Hand auf seine, die nach wie vor an meiner Wange ruht, und führe seine Finger an meine Lippen. Bedächtig lasse ich meine Zungenspitze über seine Finger gleiten. Fast will ich auflachen und ihn fragen, wie er sich so leicht ablenken lassen kann.

Als ich ihm das Knie in seinen Schritt ramme und er mit schmerzverzerrtem Gesicht zurücktaumelt, die Hände schützend vor die Weichteile gelegt. Noch nie hat sich Genugtuung so gut angefühlt.

»Beth? Wo bist du?«, ruft plötzlich eine Stimme, die ich als Callies ausmache. »Beth!« Sie kommt auf mich zugerannt und bleibt ruckartig stehen, als sie sieht, dass ich nicht alleine bin. »Was …«, stammelt sie und blickt auf ihren Bruder, der sich gerade aufrappelt.

»Du nennst mich einen Hurensohn«, setzt er an, streicht sich die Haare aus dem Gesicht, »dabei nistest du dich wie ein Parasit in das Haus meiner Mom ein, in mein Zimmer, schläfst in meinem Bett. Glaub nicht, du hast gewonnen. Noch keiner hat gegen mich gewonnen. Treffsicherheit bedeutet gar nichts«, er sieht mich direkt an und spuckt mir das nächste Wort nur so vor die Füße, »Beth.« Dann dreht er sich um und läuft davon, bis er irgendwann von der Dunkelheit verschluckt wird.

Callie zieht scharf die Luft ein und scheint außer sich zu sein. »So hab ich ihn noch nie erlebt. Ich wusste nicht, dass er so … bösartig sein kann. Beth, bitte, sag mir die Wahrheit. Hat er sich oft so gegenüber dir verhalten?«

Öfter, als du dir vorstellen kannst, will ich antworten. Stattdessen nicke ich.

»Scheiße, mein Bruder ist ein gottverdammtes Arschloch«, platzt sie heraus.

Mein Kopf schnellt zu ihr herum. Noch nie habe ich Callie fluchen hören. »Ich war auch nicht immer nett zu ihm. Aber ist auch egal, ich muss aus eurem Haus raus, Callie. Du hast ihn gehört.«

Nun ist sie diejenige, die wie von der Tarantel gestochen, herumfährt. »Einen Scheiß wirst du. Bis auf die paar Mal, die er mit dir in seinem Zimmer war, hat er dort nie Zeit verbracht. Soll er doch wieder ins Verbindungshaus und zu seinen Freunden. Außerdem gehört nicht ihm das Haus, sondern unserer Mom, also hat er nichts zu bestimmen. Lass uns nach Hause fahren, bevor er da auftaucht und meine Mom einen Nervenzusammenbruch bekommt.«

Abwesend nicke ich und Callie nimmt mich an der Hand, zieht sich hinter sich her. Kaum ist Parker zurück, ist alles anders. Und doch ist er noch derselbe. Bösartig wie der Teufel, gewissenlos wie eh und je.

Aber diesmal werde ich der schwarze Engel sein.

*

»Mom!« Callie reißt die Tür auf und stürzt in das Haus hinein, betätigt alle Lichtschalter. »Mom!«

»Großer Gott, Callie, was ist denn los?« Ellen kommt aus dem Wohnzimmer gerannt und sieht uns mit schreckgeweiteten Augen an.

»Ich … ehm, Parker ist wieder da. Er war auf der Party von Aubrey und …«

»Das weiß ich, Schatz. Er wollte euch dort suchen, hat er mir gesagt«, antwortet Ellen seelenruhig.

Callie lacht abschätzig auf und fährt sich durch die gelockten Haare. »Uns suchen, klar! Du hättest sehen müssen, wie er sich gegenüber Liz- äh, Beth verhalten hat! Er war so … bösartig und gemein und …«

»Vielleicht ist er einfach verletzt. So wie ich«, falle ich ihr ins Wort.

Sie starrt mich an, als hätte ich ihr offenbart, dass der Weihnachtsmann nicht existiert. »Du verteidigst ihn, Beth? Ist das dein Ernst?«

»Das tue ich nicht, aber was ich damit sagen will … Parker ist so sehr von Wut zerfressen, von dem, was ihm widerfahren ist, dass er nicht weiß, besser damit umzugehen. Glaub mir, das vorhin war harmlos.« Ich spüre Ellens Blick auf mir, die besser zwischen den Zeilen liest, als mir lieb ist.

»Das glaube ich ja wohl nicht! Parker ist nicht der einzige, der durch die Scheiße gehen musste, wir alle mussten das. Und wir alle haben einen Weg gefunden, damit umzugehen«, entgegnet Callie aufgebracht, was mir einen Stich in der Brust versetzt. Sie meint es nur gut. Sie hat gesehen, wie Parker drauf war und doch weiß sie nicht, zu was er fähig ist. Ich hingegen habe es am eigenen Leib erfahren. Sie ist enttäuscht von ihm und wütend auf ihn, aber ich will sie und ihren Bruder nicht auseinanderbringen.

»Callie«, setze ich an, »nichts entschuldigt sein Verhalten, das weiß ich genauso gut wie du. Aber Parker und ich, wir sind … waren wie ein Feuer, in das immer wieder Öl gegossen wurde. Explosiv, unberechenbar, eine Gefahr. Am meisten für uns selbst.«

Sie fährt sich durch die Haare und knabbert nachdenklich auf ihrer Unterlippe herum. Ellen sitzt im Sessel und scheint mit ihren Gedanken ebenfalls weit weg zu sein. Auf einmal komme ich mir vor, als würde ich nicht hierhergehören. Ich komme mir tatsächlich vor wie ein Parasit, auch wenn weder Callie noch Ellen mich das jemals haben spüren lassen.

Aber ich gehöre nicht in ihre Familie, egal wie sehr ich mich anstrenge und am gemeinsamen Leben beteilige. Durch meine Adern fließt anderes Blut.

»Ich … muss gehen, meine Sachen packen«, stammle ich benommen und setze mich in Bewegung, ehe mich zwei Hände zurückziehen.

Callie und Ellen.

»Du bleibst«, ist alles, was Callie sagt.

»Elizabeth, du gehörst zur Familie, zu uns, hörst du?«, sagt Ellen, die mir sanft über den Scheitel streicht.

Ihre Berührung fühlt sich seltsam schön an, als wäre es genau das, was ich seit Jahren so sehr vermisse. Zuneigung, Wärme.

»Du bist wie eine Schwester für Callie und Sheree und für mich bist du wie eine Tochter, ja, wirklich«, fährt sie fort. »Ich werde dich nicht auf die Straße setzen. Parker hat eine Bleibe, du hingegen nicht. Ich allein entscheide, wer in diesem Haus lebt und niemand sonst.«

Auch wenn meine Nerven immer noch ziemlich blank liegen, beruhigen mich ihre Worte und vor allem die Geste, die darin liegt. Ich gehöre zu ihnen.

Dabei nistest du dich wie ein Parasit in das Haus meiner Mom ein, in mein Zimmer, schläfst in meinem Bett.

Parkers Worte haben mich genau dort getroffen, wo er es wollte. In mir. Mitten in meiner Brust. In der schwarzen Leere, die in mir herrscht.

Wie damals. Wie immer.

Das ist es, was er am besten kann. Andere quälen, ihnen Schmerzen zufügen. Aber nicht mehr mit mir. Das ist vorbei, Bloody Parker. Lange genug hat er die Angst in mir mit dem ausgefüllt, was sie stärkt – mit Zorn, mit Zweifeln, mit Qualen, mit Tränen.

.

Kapitel 15

Am darauffolgenden Tag stehe ich zwischen den meterhohen Regalen der Bibliothek, wo ich mich mittlerweile am wohlsten fühle, und schiebe den prallgefüllten Bücherwagen vor mir her.

»Kann ich dich kurz stören?«

Neben mir steht Mace, der entgegen meiner Erwartungen nicht der stereotypische Buchhalter ist, für den ich ihn gehalten habe. Hin und wieder wechseln wir ein paar Worte, wodurch ich meine Fähigkeiten in der zwischenmenschlichen Kommunikation etwas aufbessern kann. Er ist vor kurzem dreißig geworden und bewohnt ein Appartement am Stadtrand. Wenn er sich nicht die Finger am Taschenrechner wund tippt, schwingt er den Malpinsel. Tatsächlich hat er bereits an der ein oder anderen Ausstellung teilgenommen, wobei er jedoch keine großen Summen an seinen Gemälden verdient.

»Was gibt's?«, frage ich und ringe mich zu einem Lächeln durch, das wohl kaum so freundlich und echt wirkt wie seines.

»Ich brauche für die Buchhaltung zwei Bücher, da wurde vergessen die Rechnungsnummer einzutragen«, erklärt er. »Kannst du die mir raussuchen? Es eilt auch nicht.«

»Klar, kein Problem.« Ich nehme den Zettel entgegen, auf denen er die Titel beider Bücher vermerkt hat und schiebe ihn in die Hosentasche.

»Danke, Lizzy.«

»Beth.«

Verwundert sieht er mich an, nickt dann aber. »Beth, alles klar. Der Name passt zu dir.« Mit den Fingern spielt er an seinem grauen Sakko herum, das zusammen mit dem schwarzen T-Shirt lässig, aber auch leger aussieht. Fast wie der sexy Dozent aus einer College-Lovestory.

Meine Augen weiten sich merkbar, kaum dass mir mein Gedanke klar wird. Zum Glück habe ich das nicht laut gesagt, aus dem Schlamassel wäre ich nicht mehr rausgekommen. Zumindest nicht ohne einen hochroten Kopf.

Trotz meiner Verlegenheit schaffe ich es, das Lächeln aufrechtzuerhalten, was mir langsam etwas unangenehm wird.

Noch unangenehmer aber wird das, was dann folgt, als mein Blick zur Eingangstür schweift. Parker steht im Türrahmen und kaum entdeckt er mich, kommt er geradewegs auf mich zugelaufen.

Fuck. Es bringt nichts, so zu tun, als hätte ich ihn nicht gesehen, denn sein Blick hat sich in meinen gebohrt. Und am liebsten hätte er mich wohl auf der Stelle umgebracht, so zornig wie er dreinschaut. Der dunkle Stoppelbart schmeichelt seinem Gesicht, allerdings ich bezweifle, dass er ihn aus ästhetischen Gründen hat wachsen lassen. Weiß der Teufel, wo auch immer er in den letzten Wochen gehaust hat.

Mace folgt meinem Blick und schaut zwischen Parker und mir hin und her, als er schließlich vor mir steht. Die angespannte Atmosphäre scheint er nicht wahrzunehmen.

»Dein Freund?«

Ich komme nicht mal dazu, aufzulachen oder mit einer sarkastischen Bemerkung zu kontern.

»Das hätte sie wohl gern«, antwortet Parker schmunzelnd und den Blick stets auf mich gerichtet.

»Was willst du?«, zische ich.

Er wendet den Blick ab und mustert Mace auf eine Weise, die mir unter die Haut geht. »Kann sich dein Anstandswauwau mal verpissen? Oder kriegst du deinen Lohn fürs Dummherumstehen?«

Mace zieht eine Augenbraue hoch, macht auf dem Absatz kehrt und dreht sich dann noch mal um. »Dämliche

Frage von mir, sorry, Beth. Mit solch einem Proleten würdest du nicht freiwillig eine Sekunde verbringen.«

Ich bemerke, wie Parkers Hände sich zu Fäusten ballen und sehe mich schon in einer Prügelei zwischen Mace und ihm, als er ihm lediglich den Mittelfinger zeigt. Das muss ihn wohl Selbstbeherrschung gekostet haben.

»Pisser«, murmelt er gedämpft.

Selbsterkenntnis ist der erste Weg zur Besserung, denke ich mir und schlage mir die Hand vor den Mund. Mein Kichern jedoch verhindert es nicht.

»Was?«, fährt Parker mich an und blickt auf mich nieder, was mir verdeutlicht, welch eine große Statur er doch hat. Abgenommen hat er in den letzten Wochen jedenfalls nicht.

»Gedanken kannst du den Leuten nicht aus dem Leib prügeln«, erwidere ich.

Seine Finger schließen sich um mein Handgelenk und ich halte inne. Nach wie vor fühlt sich seine Berührung auf meiner Haut wie glühendes Eisen an. Wie eine Wärme, die durch meinen ganzen Körper fährt und Besitz von mir nimmt. Wie ein Stromschlag, der sich in meinem Herzen festsetzt.

Ich versuche, mich seiner Berührung zu entreißen, aber er ist zu stark. Und ich bin nicht schwach, sondern nur nicht stark genug.

»Lass. Mich. Los, du elendiger«

»Shhh«, macht er und legt mir einen Finger auf die Lippen.

Ich falle. Glaube ich.

Die Berührung ist zu viel und doch immer noch viel zu wenig. Blut rauscht in meinen Adern wie ein Wasserfall die Klippen herunter. Das Wasser begräbt all meinen Widerstand unter sich und macht mich völlig willenlos.

»Immer noch ein Kätzchen. So scheu und doch so biestig, kaum dass sie die Krallen ausfährt«, flüstert er.

Die Wellen des Wassers strömen über meinen Körper und meine Finger graben sich in den Sand und Kies. In einer ruckartigen Bewegung befreie ich mich aus Parkers Griff und stoße ihn von mir, doch er weicht nur wenige Schritte von mir.

»Immer noch ein berechnender Mistkerl, der glaubt, alles nehmen und bekommen zu können«, schieße ich zurück, nachdem ich mich wieder gefangen habe.

Er lacht leise vor sich her, als sich plötzlich der Ausdruck auf seinem Gesicht wieder ändert. Bloody Parker is back.

»Eigentlich bin ich nur hergekommen, um dich auf deine Arbeit aufmerksam zu machen«, meint er gelassen, lehnt sich am Bücherregal an und zieht wahllos ein Buch heraus. Er blättert darin herum.

»Was weißt du schon von ehrlicher Arbeit?«

Ich will ihm das Buch aus der Hand zerren, aber er scheint völlig unbeeindruckt von meinem Versuch.

»An der Theke stehen mindestens vier Leute an und Ellen ist im Büro mit ihrem Vorgesetzten«, erzählt er im Plauderton, während er weiter an dem Buch festhält. »Ein weiterer Tipp: Mach deine Arbeit gefälligst richtig. Was sollen sie denn sonst von dir denken? Dass du ein völliger Nichtsnutz bist?« Die Worte schmerzen, aber noch schmerzt die Ausdruckslosigkeit in seiner Stimme. Seine Augen hingegen triefen vor Verachtung.

Ich will dich nicht leiden sehen. Dabei will ich die Menschen die meiste Zeit leiden sehen. Ich ergötze mich an ihren Tränen, ihrer Angst, ihrer Wut, ihrer Verzweiflung. Nur bei dir zerreißt es mich jedes Mal.

Würde es mich innerlich nicht so sehr zerreißen, zu wissen, dass er das damals zu mir gesagt hat, würde ich darüber lachen. Aber ich kann nicht lachen. Nicht über die willentlich gewählten Worte, von denen er weiß, dass sie mich treffen.

Kein einziger Laut entkommt meinem Mund, ich marschiere geradewegs zur Theke, an der so viele Menschen stehen, dass es mich wundert, dass sich noch keiner beschwert hat.

Ich schlucke die aufkommende Übelkeit herunter, die zitternden und schweißnassen Hände jedoch verraten mich. Ich setze mich an den Computer, öffne das Programm und bediene den ersten Kunden. Eine Ausleihe, sollte easy werden.

»Ihr Ausweis, bitte«, sage ich und bemühe mich um eine laute, verständliche Stimme.

Die Dame reicht mit ihren Nutzerausweis, ich halte ihn unter das Scanngerät und scanne schließlich die Bücher ein, die sie ausleihen möchte.

Das Geraschel und Getuschel der hinter ihr stehenden Leute machen mich nervös. Als ich kurz zur Seite blicke, sehe ich, wie Regen gegen die Fenster peitscht. Dieser unkonzentrierte Augenblick reicht aus, um mich völlig aus dem Konzept zu bringen. Der Barcode des Buches wird vom Gerät nicht erkannt, egal, wie nah ich es ranhalte.

Die Frau starrt unübersehbar auf meine zitternden Hände, die mit jeder Minute schwächer und schwächer werden.

Das Tuscheln wird lauter und ich bin mir sicher, sie beschweren sich über mich, meine Unfähigkeit oder …

»Tipp den Barcode auf dem Buch ab«, sagt plötzlich eine Stimme, deren warmer Atem an meinem Haar streicht.

Ich tippe den auf der Rückseite stehenden Barcode ab und es funktioniert tatsächlich. Schließlich schaue ich auf und in Parkers Gesicht, dessen gleichgültiger Ausdruck nichts verrät. Nicht einmal die kleinste Regung.

Wir sind uns so nah und doch so fern. Wir sind eine hochexplosive Mischung, ein stetiger Tanz auf Messers Schneide.

»Du hättest mir nicht … helfen müssen.«

»Hätte ich nicht, hab ich aber«, lautet seine Antwort und deutet dem nächsten Kunden, die Bücher auf der Theke abzulegen.

Nach fünfzehn Minuten habe ich, immerzu Parkers Schatten und unverkennbar markanten Duft im Rücken, alle Kunden abgearbeitet. Ich komme mir vor wie nach einem Marathon. Mit Biathlon. Und Bergsteigen.

»Parker, Elizabeth.« Ellen, die einen dampfenden Kaffeebecher in der Hand hält, kommt auf uns zu. »Ich habe dich doch gebeten, mich zu rufen, wenn jemand da ist«, tadelt sie ihren Sohn, der eine Unschuldsmine aufgesetzt hat.

»Wir hatten alles im Griff.« Er zuckt mit den Schultern. »Ich hol dich nach Feierabend ab. Bis später.«

In Nullkommanichts ist er verschwunden, ohne dass ich die Möglichkeit gehabt hätte, ihm zu antworten. Und zwar, dass ich nicht vorhabe, mich von ihm abholen zu lassen. Seine verletzenden Worte und widersprüchlichen Handlungen treiben mich in den Wahnsinn. Was zum Teufel bildet er sich eigentlich ein? Ich bin nicht mehr das verängstigte Kätzchen, das sich hin und her schubsen und alles gefallen lässt. Das Kätzchen und Lizzy sind Vergangenheit. Das werde ich Parker spüren lassen. Egal, wie tief ich das Messer in seine Wunde rammen muss. Er wird bluten, leiden und sich wünschen, mich nicht unterschätzt zu haben.

*

»Mach's gut, bis morgen«, verabschiedet sich Mace winkend von mir.

»Bis dann«, rufe ich ihm hinterher, setze mir die Kopfhörer auf und pralle nach wenigen Metern gegen … niemand geringeren als Parker.

Er zieht an der Zigarette und pustet den Rauch nicht wie erwartet in mein Gesicht, sondern zur Seite. »Wohin des Weges?«

»Du konntest es vorhin ja nicht abwarten, abzuhauen und hast somit meine Antwort verpasst«, gebe ich patzig zurück.

»Ich hab dir keine Frage gestellt, also gibt's auch nichts zu beantworten, Elizabeth.« Er schnippt den Stummel der Zigarette auf den Boden und zieht den Autoschlüssel aus der Hosentasche.

»Dann gewöhn es dir mal lieber an, die Menschen zu fragen, ob sie es wollen oder nicht. Du kannst nicht davon ausgehen, dass …«

»Willst du meinen Schwanz im Mund, Elizabeth?«

Völlig fassungslos starre ich ihn an und glaube, mich verhört zu haben. Aber es ist Parker. Er nimmt Wörter in den Mund, die schmutziger sind als meine Schuhsohle.

»Du bist widerlich.«

Ein selbstgefälliges Grinsen umspielt seine Lippen. »Das hast du schon einmal gesagt, erinnerst du dich? Und danach hast du gelacht«, entgegnet er. »Wenn du mich fragst, eines der schönsten Gerausche auf dem gottverdammten Planeten.«

Nun muss ich mich aber definitiv verhört haben. Das sind Wörter, die man niemals aus dem Mund von Bloody Parker hören würde.

»Elizabeth.« So nah seine Stimme mir ist, umso ferner fühle ich mich ihm gerade. Er reißt den Schorf von meiner Wunde, streut Salz hinein und genießt den Anblick des austretenden Blutes.

Ich bin es leid. So verdammt leid.

»Hör auf, meinen Namen so auszusprechen!«, platzt es aus mir heraus.

Er tritt näher an mich heran, unsere Schuhspitzen berühren sich und er legt die Hand unter mein Kinn. »Wie spreche ich denn deinen Namen aus, Elizabeth?« Quälend langsam betont er jede Silbe und seine rauchige, tiefe Stimme bringt mich nicht zum ersten Mal an diesem Tag um den Verstand.

Ich schlage die Augen nieder, um nicht seinem Blick ausgesetzt zu sein, der viel zu tief in mein Innerstes schaut. Mal ist er Bloody Parker, ein andermal Parker und in diesem Moment ist er jemand ganz anderes. Der Parker, der mir nicht das Messer entreißt, sondern sich schützend vor mich stellt, wenn das Monster seine Klauen nach mir ausfährt.

Und ich wünschte, er würde länger bleiben als nur einen Augenblick.

Ein Augenblick ist ein Wimpernschlag, ein Herzschlag, ein schüchterner Kuss auf die Lippen oder aber ein Kuss, der vollkommen außer Kontrolle gerät. Der dich tief in der Seele berührt und dessen Berührung du noch Stunden später auf deinen Lippen spürst.

»Warum tust du das, Parker?«, frage ich in die Stille hinein. »Das Messer in mich rammen, nur um es wieder herausziehen und dann erneut zuzustoßen? Hattest du nicht gesagt …«

»Dass ich dich nicht leiden sehen will? Dass es mich zerreißt?«

Er erinnert sich an seine Worte. Und doch scheißt er auf die Erinnerung und die Bedeutung der Worte für mich.

»Meine inneren Dämonen spielen ein Spiel mit mir, sie folgen mir, wo auch immer ich hingehe. Sie wissen es, mich zu beeinflussen, zu lenken und manchmal bin selbst ich machtlos. Ich, der Typ, der anderen bereitwillig die Fresse poliert, bis sie an ihrem eigenen Blut ersticken«, sagt er.

Noch nie habe ich ehrlichere Worte von ihm gehört. Er gibt zu, auch schwach zu sein und nicht gegen seine inneren Dämonen anzukommen. Ich kann nicht über das Schwarze, Böse und Tiefdunkle in seiner Seele urteilen. Aber ich weiß sehr wohl, welchen inneren Kampf er bestreitet und dass niemand außer einem selbst die Blessuren sieht.

»Du lässt dich von der Wut immer wieder überreden und weißt du, was das Schlimmste ist?« Meine Hand findet seine und er macht keine Anstalten, sie zu entziehen. »Du gibst klein bei, lässt dich von ihr lenken und steuerst auf den Abgrund zu.«

»Du läufst vor deiner Angst davon und weißt du, was das Schlimmste ist?« Seine Finger verschränken sich mit meinen. »Sie holt dich immer wieder ein.«

Ein Wettlauf, den ich nie gewinnen werde, wenn ich mich nicht der Angst gegenüberstelle. Unsere Blicke treffen sich. Jeder von uns weiß, dass der andere recht hat. Dass es die hässliche Wahrheit ist.

»Ist es nicht verrückt?«, sage ich. »Ich spüre die Angst, die Wut, zwei gegensätzliche Gefühle. Und doch stehen wir hier. Zusammen.«

»Aber weißt du, von welchem Gefühl ich mich gern leiten lasse?« Er wartet meine Reaktion ab und nähert sich mir. »Diesem.«

Er legt seine Hand unter mein Kinn und zieht mich zu sich. So nahe, dass ich seinem Atem lauschen kann und der Bart an meiner Wange kitzelt. Allein die Vorstellung, von Parker geküsst zu werden, lässt mir einen wohligen Schauer über den Rücken fahren. Sämtliche Gefühle durchfluten meinen Körper, es ist jedoch das erste Mal, dass nicht die Angst die Oberhand gewinnt. Sie lauert irgendwo in meinem Kopf hinter all den anderen Gefühlen.

Hinter der Sehnsucht nach Geborgenheit.

Der Begierde nach seinen Lippen, die sich weich auf meine legen.

Und dem Kribbeln, das seine Haut auf meiner auslöst.

Diesmal gibt es kein Aber. Diesmal weiß ich, was ich will und was nicht, wovor ich Angst habe und wovor nicht. Ich habe keine Angst vor der Berührung, sondern etwas ganz anderem.

»Stopp.«

Er weicht zurück und für eine Sekunde blitzt Verletzlichkeit in seinen Augen auf. Aber Parker ist zu stolz, zu gefangen in seiner Wut, als dass er sie zulassen würde. Stattdessen versteckt er sie hinter einer ausdruckslosen Mine.

»Ich will das nicht«, sage ich.

Er schiebt eine Hand in die Hosentasche und fast glaube, dass er sich gleich davonstiehlt, als er den Mund öffnet und wieder schließt. Dann fährt er sich über den Bart, den Blick auf den Boden geheftet. Und urplötzlich wird mir klar, dass er weder aufgebracht noch verärgert ist.

Er ist verletzt. Bloody Parker, der sonst niemanden in seine dunkle, verrottete Seele schauen lässt, ist verletzt.

Ich blicke in seine pechschwarzen Augen, die einst so undurchdringlich für mich waren, und die heute mehr offenbaren als jemals zuvor. Vielleicht, nur vielleicht, fühlt er doch etwas, wenn er mich berührt, wenn er mich ansieht, wie ich Bücher in die Regale räume. Vielleicht lasse ich ihn nicht so kalt, wie er vorgibt.

Ich sehe die Hölle in seinen Augen, den Teufel, der die Messerklinge für die nächste Schlacht schärft. Und doch fühle ich mich zu nichts mehr hingezogen.

»Ich will nicht, dass du mich küsst.« Noch nie hat sich Stille lauter angehört als in diesem Moment. »Nicht, nachdem du mich wie ein Stück Dreck behandelt und auf mir herumgetreten bist, nur um deine innere Wut zu sättigen. Um zu sehen, wie die Angst Besitz von mir ergreift. Nein, Parker, das ist vorbei.«

Endlich erwidert er meinen Blick. »Manchmal vermisse ich die süße, kleine, unschuldige Lizzy, aber dann … dann kann ich meine Augen nicht von dir nehmen, sobald du deine Krallen ausfährst und deine inneren Dämonen in die Ecke drängst. Ich sehe den Teufel in deinen engelsgleichen Augen, Elizabeth.«

Unwillkürlich stiehlt sich ein Lächeln auf mein Gesicht. »Also, wo wolltest du mit mir hin?«

Kapitel 16

Zwanzig Minuten später erreichen wir den Hide Forest und ich weiß ganz genau, wo er uns hinbringt. Denn dieser Ort verbirgt so viele gemeinsame Erinnerungen.

Es ist bereits stockduster, der Wind weht durch die Baumkronen, die sich hin und herwiegen, und die Grillen zirpen. Das Rauschen des Wassers wird immer lauter und als wir an der Lichtung ankommen, erstrahlt der Wasserfall in einem satten Türkis. Der Vollmond strahlt vom Himmel hinab auf die Klippen und das Gewässer.

»Setz dich«, weißt Parker mich an, nachdem er eine Decke auf dem Boden ausgebreitet hat.

Im Schneidersitz nehme ich Platz und lasse den Blick schweifen. Es kommt mir vor, als wäre es erst gestern gewesen, dass wir exakt an dieser Stelle zusammensaßen. Und doch hat sich so viel verändert in der Zeit.

»Du hast dir die Haare gefärbt«, bricht er die Stille.

Die Art, wie er mich mustert, macht mich verlegen. Er schaut mich nicht an, als würde er mich herausfordern wollen, in das offene Messer hineinzulaufen.

»Callie war das, ich habe nur die Farbe gekauft«, erwidere ich, den Blick weiterhin in die Ferne gerichtet. »Es war Zeit für Veränderung.«

»Sieh mich an.«

»Warum? Fühlt es sich besser an, wenn ich dich dabei ansehe, wie du Salz in meine Wunde streust?«, fahre ich ihn unwillkürlich an und zucke wegen der Heftigkeit in meiner Stimme zusammen.

Er wendet das Gesicht zur Seite, als könnte er mich bei den nächsten Worten nicht ansehen. »Es … tut mir leid.«

»Was genau? Dass du dich verpisst hast, mich zurückgelassen hast, als ich dich am meisten gebraucht habe? Dass du zurückkommst, als sei nichts passiert und als könnten wir so weitermachen wie zuvor?« Ich rede mich so sehr in Rage, dass heiße Tränen über meine Wangen rinnen. »Du kannst dir nicht vorstellen, wie sehr es mich verletzt hat. Der Schmerz, den du mir zugefügt hast, ist schlimmer als der Schmerz, den mein Dad mir zugefügt hat. Wir zwei … du und ich … vielleicht sollten wir das lassen, alles.« Die Worte fühlen sich wie eine Lüge auf meiner Zunge an.

Parkers Kopf schnellt zu mir herum und seine Hände umschließen meine wie eiserne Ketten. »Beth, ich … was soll ich tun, damit du mir … verzeihst?«

Der flehende Ton in seiner Stimme bringt mich fast um. Doch zu sehen, wie er mit sich selbst, dem inneren Satan und den Tränen kämpft, reißt mir das Herz aus der Brust. Wir waren wie ein Feuer, in das immer wieder Öl gegossen wurde. Explosiv, unberechenbar, eine Gefahr. Am meisten für uns selbst, klingen meine eigenen Worte in mir wider.

»Lass uns nicht allein gegen die Monster in unserem Inneren kämpfen, Parker, lass uns nicht gegeneinander kämpfen. Es nimmt uns mehr Kraft, als es uns je zurückgeben würde«, sage ich.

Ein viel zu langer Moment vergeht, ehe er etwas antwortet. »Klingt nach einem guten Plan, Kätzchen.«

Die Traurigkeit in seiner Stimme spüre ich bei jedem Wort. Sie löst etwas in mir aus, das ich zuletzt vor wenigen Wochen gefühlt habe, als wir auf seinem Bett saßen. Ich will meine Arme um ihn schlingen, an mich drücken und einfach fühlen. Die Wärme und Kraft, die wir uns gegenseitig geben können. Die Zuversicht, dass alles gut wird.

»Parker …« Meine Stimme hört sich merkwürdig fremd an und gleicht eher einem Krächzen.

Sofort schaut er zu mir auf, als könnte er die Gedanken lesen, die gerade durch meinen Kopf schießen.

Mein unkontrollierter Atem nimmt mir die Kraft, die ich gebraucht hätte, um das zu tun, was ich gern getan hätte. Alles um mich herum dreht sich und ich stoße ein hilfloses Wimmern aus.

Kämpf dagegen an, Beth. Verdräng die Angst, lass dich nicht klein kriegen.

Die Umgebung dreht sich langsamer und finde wieder die Kontrolle über meine Gedanken.

Du willst es. Du sehnst dich danach.

Und dann tue ich es. Ich lege die Arme um seinen Nacken und senke meine Lippen auf seine. Wie in meiner Erinnerung sind sie weich, warm und ich will mir nicht vorstellen, wie es ist, sie wo anders … zu … Verdammte Scheiße, was passiert hier?

Mein Körper drängt sich ihm entgegen, mein Mund legt sich immer wieder auf seinen, als würde ich mich nur nach seinen Küssen verzehren.

Durch den Stoff des T-Shirts spüre ich die Wärme seines Oberkörpers und ich kann mich nicht dagegen wehren, mich an ihn zu schmiegen. Mit einer Hand krallt er sich in meine Haare und zieht daran, was mir einen wohligen Schmerz beschert.

Unwillkürlich stöhne ich in seinen Mund und plötzlich reißt er mich von seinem Schoß. Nach Atem ringend liegt er neben mir und reibt sich mit den Händen über das Gesicht.

Beschämt sitze ich daneben, als er sich gleichzeitig lachend und kopfschüttelnd zu mir umdreht.

»Mach das … nie wieder«, sagt er, immer noch leise lachend.

»Hab ich etwas falsch gemacht?«, wispere ich.

Nun wird sein Lachen lauter. »Scheiße, nein. Das war … Fuck, einfach perfekt. Aber wenn du so weiter gemacht hottest …«

»Dann was? Hättest du mich gefickt?«

Er hält inne und bedenkt mich mit einem Blick, den ich nicht deuten kann. »Ich glaube, Elizabeth, du bist dir deiner Wirkung auf mich nicht ganz bewusst.«

»Oh«, mache ich, als es mir dämmert. »Dann hat es dich-

«

»Geil gemacht, ja«, vervollständigt er meinen Satz, ohne zu zögern.

»Es hat mir auch Spaß gemacht«, gebe ich zu und merke, wie die Röte in mein Gesicht schießt.

Ein Lächeln huscht über sein Gesicht. »Woher kam das auf einmal?«

Ich zucke mit den Schultern.

Dann verzieht er kaum merkbar den Mund. »Hattest du andere?«

»Was?« Vor Wut entbrannt spritze ich auf. »Selbst wenn, würde es dich einen Dreck angehen, Parker. Aber nein, ich hab mit niemandem außer dir rumgemacht. Denkst du etwa, nachdem mein Dad mich jahrelang missbraucht hat, werfe ich mich irgendeinem Typen an den Hals?«

»Mace?«

»Mace? Ist das dein Ernst?« Verbittert lache ich auf.

Unbeeindruckt zuckt nun er mit den Schultern und zupft Gras vom Boden. »Verstehst dich offensichtlich gut mit ihm. Und ist ’n netter Kerl.«

»Netter Kerl? Es muss dich ja Überwindung gekostet haben, das auszusprechen«, erwidere ich verächtlich. »Nur weil du mit jeder Schlampe vögelst, die du nett findest, gilt das nicht für andere.«

»Geht mich ja auch nichts an, mit wem du vögelst oder nicht.«

Ich ziehe die Augenbrauen in die Höhe. »Das glaube ich ja wohl nicht.« Ich kann mir das lauthalse Lachen nicht verkneifen. »Bist du etwa eifersüchtig, Parker Baldwin? Auf Mace?«

Anscheinend ist das Gras, das er seit Minuten unaufhörlich aus dem Boden zupft, nicht mehr so interessant. Denn er sieht mich wieder an. »Nicht nur auf Mace. Auf alle Typen, die dir näherkommen als ich.«

»Parker.« Ich trete näher zu ihm heran. »Du bist der Einzige, dem ich jemals so nah kam.«

Er grinst. »Das wollte ich hören, Kätzchen.«

Ich werfe das von ihm herausgezupfte Gras auf ihn und wir lachen los. Wir haben schon einiges zusammen gemacht, aber lachen gehört eher weniger dazu.

»Ich hab noch eine … Verabredung, zu der ich nicht zu spät kommen darf«, meine ich, als wir uns beruhigt haben.

»Eine Verabredung?«

Langsam finde ich Gefallen an dem eifersüchtigen Parker. »Keine Sorge, nicht mit Mace«, ziehe ich ihn auf.

»Um die Uhrzeit? Es ist bald Mitternacht.«

»Sie freuen sich bestimmt, dich zu sehen«, flüstere ich ihm verschwörerisch zu. »Es ist auch nicht weit.«

*

Mit Parkers Dodger sind wir zum Nordeingang des Hide Forest gefahren und ich wundere mich, dass er immer noch keinen blassen Schimmer hat, mit wem ich mich treffe.

»Ich hau dir den Arsch grün und blau, wenn du mich reinlegst, Elizabeth«, meint Parker irgendwann und zündet sich die inzwischen fünfte Zigarette an.

Wie von Sinnen reiße ich ihm die Zigarette aus der Hand, knülle sie zusammen und schmeiße sie in den Wald hinein.

Völlig entgeistert starrt er mich an. »Was soll das für eine Scheiße?«

»Rauchen ist ungesund. Du solltest damit aufhören.«

»Du bist weder meine Mom noch meine Freundin, als dass du mir das verbieten könntest«, gibt er verächtlich zurück.

Ich seufze. »Stimmt.« Gegen das Argument komme ich wohl nicht an. Ich bin nicht seine Freundin.

Ich schiebe mein rechtes Hosenbein etwas hoch und hole mehrere Dolche hervor, die ich mit einem Band an meinem Knöchel befestigt habe.

»Was zur Hölle …«, murmelt Parker, dessen Blick einzig auf mich gerichtet ist.

Dann marschiere ich in den Wald hinein und befreie die von Kye eigens geschnitzte Zielscheibe aus dem Gestrüpp. Ich stelle mich in einigen Metern Abstand zur Zielscheibe und fixiere mit dem Dolch einen Punkt auf der Scheibe. In einer rasenden Geschwindigkeit trifft die Klinge schließlich den angepeilten Punkt.

»Wo in Gottes Namen hast du das gelernt?« Parkers zu Schlitzen verengte Augen beobachten mich.

»Sie hat von den Besten gelernt«, lautet die unverzügliche Antwort, die von niemand geringerem als Kye kommt. »Guter Treffer, Süße.« Er zwinkert mir zu.

Hinter ihm erscheint auch Dagen aus der Finsternis des Waldes und wirft mir ein Lächeln zu. Offenbar haben sie heute den Pick-up stehen gelassen.

»Fang«, höre ich Kye mir zurufen, als bereits die geladene Waffe auf mich zugeflogen kommt.

Gerade so landet die silberfarbene Schusswaffe in meinen Händen und mein Herz schlägt so laut, dass selbst Kye und Dagen es hören müssen.

»Hättest ruhig Bescheid geben können, dass du dich blicken lässt«, brummt Dagen mit einer Zigarette im Mundwinkel.

»Und dann hätte ich 'ne Begrüßungsparty bekommen?«, gibt Parker verächtlich zurück.

Der zweite Dolch trifft gerade sein Ziel, als ich Parkers Blick auf mir spüre. Ich hatte angenommen, das Wiedersehen mit seinen Freunden würde … nun ja, erfreulicher ausfallen. Ich verwette mein letztes Hemd darauf, dass sie ihn mit Informationen versorgt haben. Über mich, die Geschehnisse, da bin ich mir sicher. Und doch wussten sie nicht, dass er wieder auftaucht.

»Gut, das mit dem Dolch beherrschst du inzwischen«, meint Kye, als er die versenkten Dolche von der Zielscheibe nimmt und einen Handscheinwerfer davor abstellt. »Diesmal kommt die Pistole in deinen Händen zum Einsatz, Prinzessin.«

Ich starre auf den silberfarbenen Revolver in meinen Händen, der sich plötzlich viel schwerer anfühlt als letztes Mal.

»Aber heute wirst du nicht auf Blechdosen schießen, sondern …«, Kyle deutet auf die Zielscheibe, vor der sich Dagen platzier hat, »auf die markierten Punkte, ohne natürlich Dagen zu treffen.« Er zwinkert mir zu.

Oh, Scheiße. Ich versuche, die aufkommende Panik zu unterdrücken, indem ich die Position einnehme. Die Knie leicht gebeugt und die Füße in Schulterbreite stehe ich Dagen frontal gegenüber, beide Hände um die Pistole geklammert. Was soll schon passieren?

Ich kann ihn schlimmstenfalls umbringen, gottverdammt. Und dann bricht die Erinnerung der Vergangenheit auf mich herein wie ein Wirbelsturm. Sie reißt mich mit an einen Tag, an dem ich einen Entschluss gefasst habe. An dem ich mich nach Freiheit gesehnt habe wie lange nicht zuvor.

Ich trete aus meinem Zimmer, vernehme den Fernseher und leises Schnarchen. Dann blicke ich unverwandt zur Garderobe, an der sich nicht nur seine Uniform, sondern auch die Dienstwaffe befindet.

Sie ist mein Weg in die Freiheit, auch wenn es bedeutet, dass ich eines Tages an meiner Sünde er-ticken werde. Doch lieber ersticke ich daran, als Tag für Tag Qualen zu erleiden.

Ich wiege die schwere Schusswaffe in meiner Hand hin und her. Dann höre ich ein Quietschen, darauf ein Gähnen und ich weiß, dass er wach ist. Das Monster ist da und ich bin ihm wehrlos aus- geliefert. Schnell schiebe ich die Waffe zurück in den Holster.

Ich werde entkommen.

Ich werde eine Mörderin sein.

Die Erinnerung jagt Tränen in meine Augen. Heiße Tränen voller Wehmut, Zuversicht und der Sehnsucht nach mehr.

Ich atme mehrmals schwer ein und aus, bis ich die Waffe mit dem Abzug am Druckpunkt bewege. Das Rascheln in den Bäumen, das Zirpen der Grillen, nichts davon nehme ich mehr wahr. Ich visiere den ersten Punkt an, vorbei an Dagens Gesicht, in dem ich weder Angst noch Aufregung erkenne. Kurz bevor ich den Abzug drücke, grinst er und weiße Zähne blitzen auf.

Das knallende Geräusch fährt mir durch Mark und Bein. Es hallt im ganzen Wald wider und schreckt Vögel auf.

Scheiße, wie kann sich etwas Verbotenes so verdammt gut anfühlen?

Ein zweites Mal betätige ich den Abzug, als plötzlich irgendein Irrer in die Ziellinie läuft. Die Kugel ist nur noch wenige Zentimeter von ihm entfernt.

Ich wollte dich nicht in Schwierigkeiten bringen, Fehler macht jeder einmal. Und gegen Geld kannst du so ziemlich jeden zum Schweigen bringen.

Die Worte meines Dads schallen in meinem Kopf wider und wiederholen sich etliche Male, bevor ich mich aus dem Dämmerzustand befreien kann.

»Bist du von allen guten Geistern verlassen, du …«, schreie ich Parker entgegen, der den Lauf der Pistole auf einmal mit der Hand umfasst.

»Dasselbe könnte ich dich fragen«, brüllt er in gleicher Lautstärke zurück und streicht sich die Haare aus dem verschwitzten Gesicht. Seine dunklen, geschwungenen Augenbrauen ziehen sich zusammen und er leckt sich über die Lippe. »Du bist doch vollkommen geistesgestört, einfach so mit einer geladenen Waffe rumzuhantieren und zu hoffen, nicht auf den nächsten Typen zu schießen! Denkst du, das macht alles ungeschehen? Ich verrat dir was, kleine süße Beth – das tut es nicht!«

Ich kann meinen Blick nicht von ihm abwenden, egal, wie sehr ich es versuche. Ich schaue ihn einfach nur an und nehme seine Stimme nur gedämpft wahr. Zwei Haarsträhnen kleben an seiner Stirn und Schweißperlen tropfen herunter.

Ich lasse die Waffe sinken, deren Lauf Parker immer noch umfasst hält. Dann stelle ich mich auf die Zehenspitzen und lege den Mund an sein Ohr. Mein heißer Atem trifft auf seine Haut und ich kann hören, wie er rasselnd ein und ausatmet.

»Wenn ich wollen würde, könnte ich den Abzug betätigen und rate mal, welche Stelle die Kugel treffen würde?«, raune ich und lasse den Lauf über seinen Bauch bis zu seiner Mitte gleiten. »Hast du letztens nicht genug gehabt?«

Ich glaube, ihn leise lachen zu hören. Dann streicht er eine Strähne meines Haares zurück und drückt den Lauf der Pistole gegen meinen Bauch. »Dabei hab ich mich schon darauf gefreut, meinen Schwanz in deinen süßen Mund zu schieben. Die Vorstellung, wie deine Lippen ihn umschließen«, flüstert er mir zu.

Mein Mund ist staubtrocken. Nicht weil mich Parkers Vorstellung anekelt, sondern weil ich nicht abgeneigt wäre. Weil ich mir noch nie sehnlicher gewünscht habe, dass die Vorstellung real wird. Und gerade fühlt sich die Realität näher an als jemals zuvor.

»Bald, Parker«, erwidere ich, »ist ein dehnbarer Begriff.« Ich lege meine Hand an sein Kinn und ziehe ihn an mich. »Aber bald hat sich noch nie näher angefühlt.«

Seine Mundwinkel ziehen sich nach oben. Er hat es verstanden. Mir entgeht auch nicht die Begierde, die in seinem Blick steht. Aber … ich kann nicht. Noch nicht. Nicht jetzt. Bevor ich das tue, wovor ich mich seit Jahren fürchte und ekle, muss ich etwas anderes herausfinden.

»Scheiße, ich hab zwar immer noch keine Ahnung, was das zwischen euch ist«, schaltet sich auf einmal Dagen ein, der zwischen uns hin und her blickt. »Aber ihr seid beide absolut gestört. Einer mehr als der andere. Jetzt weiß ich, warum ihr nicht voneinander lassen könnt.«

»Und ihr solltet euch ’n Zimmer nehmen«, kommentiert Kye. »Ich dachte schon, ihr vögelt gleich.«

»Wäre für Parker nicht unüblich. Schließlich kennt er keine Skrupel und viel weniger noch Regeln.« Dagen und

Kye prusten los, nur Parkers Gesichtsausdruck ist wie versteinert.

»Ich hatte euch nur einen verfickten Auftrag gegeben, einen«, poltert Parker mit einer Stimmgewalt los, die mich einen Schritt zurückweichen lässt. »Und ihr habt nichts Besseres zu tun, als ihr beizubringen, mit einer scheiß Knarre umzugehen? Habt ihr überhaupt einen Funken Verstand in euren Spatzenhirnen oder habt ihr euch den rausgevögelt und rausgeprügelt?«

Kye kommt auf Parker zu und packt ihm am Kragen seines T-Shirts, was er jedoch mit einer geschickten Handbewegung abwehrt.

»Das sagst ausgerechnet du?« Kye lacht verbittert auf.

»Du warst derjenige, der Beth verlassen hat und die sich in ihrer Angst an uns gewendet hat. Sie wollte sich selbst beschützen. Beschützen vor Hurensöhnen wie Mike.«

»Und da habt ihr euch gedacht, ihr zeigt ihr einfach wie sie schießt? Das war nicht das, was ich von euch verlangt habe, ihr Schwachköpfe«, wettert Parker unbeeindruckt weiter. »Ihr solltet verdammt noch mal auf sie aufpassen! Nicht mehr, nicht weniger!«

»Fick dich, Parker«, schießt Dagen los. »Wir haben auf deine Kleine aufgepasst, so wie du es uns aufgetragen hast. Wir waren deine scheiß kleinen Spione, während du dich durch den Untergrund geprügelt hast, weil – ich zitiere: Die Kämpfe das Einzige sind, was mich ausfüllen.«

Trotz meiner Vermutung kann ich es nicht fassen. Ich kann es einfach nicht glauben, dass er Kye und Dagen beauftragt hat, ein Auge auf mich zu haben.

»Stopp!« Meine Stimme überschlägt sich fast. »Parker, du … du hast keinen Grund, Kye und Dagen so anzufahren. Sie haben mich gerettet, als Mike … als er nach Feierabend vor der Bibliothek stand. Wenn sie nicht gekommen wären, hätte er mich … Ich weiß nicht.«

»Er hätte dich vergewaltigt, verdammte Scheiße«, meint Dagen und tritt gegen einen abgeholzten Baumstamm. »Er hatte schon dein T-Shirt zerrissen.«

»Außerdem war es mein Wunsch, zu erfahren, wie ich eine Waffe bediene«, fahre ich fort und fange Parkers Blick auf. »Du weißt, dass ich es bis vor kurzem nicht konnte. Nicht, nachdem ich …« Nicht, nachdem ich auf meinen eigenen Dad geschossen hatte.

»Du musst es nicht sagen«, meint Parker.

»Ich weiß«, erwidere ich schwach.

»Was wird hier gespielt? Was verheimlicht ihr uns?« Kye beäugt uns skeptisch und auch Dagen zieht erwartungsvoll die Augenbrauen in die Höhe.

»Ich hab euch nicht die Wahrheit erzählt«, gestehe ich. »Ich hab schon einmal mit einer Waffe auf jemanden gezielt. Und geschossen. Auf meinen Dad.«

Ich habe mit ausnahmslos jeder Reaktion gerechnet, aber nicht mit dieser.

»Nichts, was mich überrascht«, gibt Dagen zu.

Kye stimmt ihm nickend zu. »Dass du schon mal 'ne Knarre in der Hand hattest, war mir klar. Nicht in jeglicher Hinsicht bist du voller Geheimnisse, Beth. Manchmal kann man in dir lesen wie in einem offenen Buch – wenn du es zulässt.«

Nein, solch eine Reaktion habe ich überhaupt nicht erwartet. Sie nehmen mein Geständnis hin, ohne mich mit Fragen zu löchern, schräg anzusehen oder zu verurteilen.

»Das wird mir zu bunt. Ich verpiss mich«, murmelt Parker plötzlich, zieht die Autoschlüssel hervor und läuft zu seinem Dodger.

»Das kannst du ja auch am besten!«, ruft Kye ihm hinterher.

Parker hält inne, dreht sich um und mit einem Mal ist da wieder der vertraute Ausdruck in seinen Augen. Unberechenbar und kalt. Seine Nasenlöcher beben und ich weiß, es braucht nur ein falsches Wort und Bloody Parker ist zurück. Und Bloody Parker hat schon oft genug klar gemacht, dass er im Kampf keine Gnade kennt.

»Willst du ihr nicht verraten, warum du wirklich zurückgekommen bist?«

Hier geht es nicht mehr um mich, hier geht es um Berechnung. Sie wissen mehr als. Sie lassen mich im Dunkeln stehen.

»Nicht Kye und Dagen hast du dein gottverdammtes Leben zu verdanken, Elizabeth«, erwidert Parker schließlich.

Da ist es wieder, die Art, wie er meinen Namen ausspricht. Es lässt eine Gänsehaut auf meinem Körper entstehen und ich könnte ihn Millionen Mal meinen Namen sagen hören, nie würde ich genug davon bekommen. Voller Ehrfurcht und Sehnsucht. So rau, so tief und doch sanft.

»Ich hab ihnen gesteckt, dass Mike um die Uhrzeit auf dich warten würde. Mir hast du es zu verdanken. Oder eher gesagt den Typen, die ich auf ihn angesetzt habe.« Dann steigt er in den Wagen und wie damals fährt er einfach davon.

Die Rauchschwaden und das Aufheulen des Motors sind alles, was er hinterlässt.

»Bring ihn nächstes Mal nicht mehr mit, Beth«, meint Kye.

Ich seufze. Dass ich nicht der Grund für Parkers Rückkehr bin, war mir fast klar. Er ist kein Typ, der für ein Mädchen alles aufgibt und ich bin keine Prinzessin, die von einem holden Ritter gerettet werden muss.

»Er braucht mal wieder 'ne Pussy.«

Werde ich mich jemals dazu überwinden können? Eine Gewisse Nähe kann ich ihm geben, aber diese Art von Nähe?

Ich schaue auf die Pistole in meiner Hand, entlade sie und blicke den Reifenspuren von Parkers Dodger hinterher.

Vielleicht renne ich immer noch vor meiner Angst davon, aber ich spüre, wie sie sich mir nähert und bald werde ich ihr gegenüberstehen. Und dann werde ich kämpfen. Parker hingegen versucht weiterhin seiner Wut zu entkommen, die ihn wie einen Käfig umgibt. Genauso wie ich muss er lernen, dagegen anzukommen.

Kapitel 17

Anchor – Skillet

Es ist kurz vor 18 Uhr, als ich die letzten zurückgegebenen Romane auf den Bücherwagen staple und herzhaft gähne.

»Nicht so gierig. Du bekommst ihn schon noch.«

Ich schrecke zusammen und schaue in Parkers ausdrucksloses Gesicht. Wie kann er so etwas sagen und dabei so ernst dreinblicken?

»Was willst du?«, frage ich.

Ich hatte nicht erwartet, ihn so bald wiederzusehen, nachdem er gestern – mal wieder – abgehauen ist.

»Darf ich etwa nicht die Bibliothek besuchen?« Ein Schmunzeln umspielt seine Lippen und er stützt sich mit den Ellbogen auf der Theke ab.

»Wir schließen gleich.«

»Sei doch nicht so abweisend, Elizabeth.«

»Fick dich, Parker.«

Er lacht heiser auf. »Das würdest du wohl gern sehen.«

Ich ziehe eine angewiderte Grimasse. »Und du würdest wohl gern, dass ich dir dabei zusehe.«

»Eher, dass du mitmachst. Aber damit gebe ich mich auch zufrieden.«

Ein Blick auf der Uhr verrät mir, dass es bereits zwei vor sechs ist und ich noch nicht durch das Mikrofon ausgerufen habe, dass wir bald schließen. Dabei tummeln sich noch einige Leser zwischen den Bücherregalen herum. Ich drücke auf den grünen Knopf, lasse ihn aber wieder sofort los.

»Parker.«

»Ja?« Er beugt sich zu mir herunter und lässt seine Fingerspitzen über meinen Arm gleiten.

»Lass das. Verschwinde jetzt. Ich kann nicht in das Mikrofon sprechen, wenn du mich dabei beobachtest«, sage ich nachdrücklich.

»Doch, das kannst du«, entgegnet er. »Du kannst den Wettlauf nicht gewinnen, schon vergessen?«

Hitze schießt mir ins Gesicht und ich halte das Mikrofon so fest umklammert, dass meine Hand schmerzt.

Seine Finger auf meiner Haut fühlen sich wie Stromschläge an, die mich jedes Mal innerlich zusammenzucken lassen. Parkers Blick lastet weiterhin auf mir, aber ich kann ihn nicht ansehen. Ich bin noch nicht bereit, ihm diesen Teil meiner Seele zu zeigen.

»Kannst du bitte damit aufhören?«, zische ich.

»Wenn du mir sagst, dass es dir nicht gefällt, wenn ich dich berühre. Dass es dich ekelt und du dich unwohl fühlst. Dann höre ich auf.«

Er weiß genau, dass ich das nicht sagen kann. Weil er genauso weiß, dass es mich nicht anekelt. Aber er will es von mir hören. Shit.

»Die Minuten laufen, Elizabeth.« Der drohende Unterton in seiner rauen Stimme hört sich mit einem Mal nicht so bedrohlich an wie beabsichtigt.

Ich lecke mir über die Lippen, streiche mir das Haar aus dem Gesicht und sehe Parker an. Er sieht so siegessicher aus. Als würde er seine Hand dafür ins Feuer legen, dass ich es nicht schaffe, ihn zu bitten, aufzuhören. Aber heute hätte er seine Hand verloren. Denn die Zeit ist vorbei. So was von vorbei. Ich werde die Angst nicht länger über mich herrschen lassen.

»Wann zur Hölle hast du dich das letzte Mal rasiert?« Hab ich das gerade wirklich gesagt?

Parkers verwirrter Gesichtsausdruck gibt mir die Antwort auf meine Frage. »Ich hatte anderes zu tun, als mich zu rasieren«, entgeg- net er ausdruckslos.

Ich nicke. »Kannst du deine Hand von meinem Arm nehmen? Ich … kann mich sonst nicht konzentrieren.«

Und plötzlich grinst er. Oder nein, er lächelt. Er lächelt tatsächlich. Als sei er stolz auf mich.

Dann nimmt er die Hand von meinem Arm und ich will mich am liebsten bei ihm entschuldigen, weil ich den Moment der Vertrautheit zerstört habe. Doch dann wird mir klar, dass diese einfache Berührung für ihn nichts Besonderes ist. Schließlich hat er andere Mädchen schon an ganz anderen, intimeren Stellen angefasst. Er war verdammt noch mal in ihnen und ich … ich weiß nicht, wie es sich anfühlt, wenn man es mit jemanden tut, den man wirklich mag. Es bedeutete jahrelang Zwang und Qual für mich. Was, wenn Parker es zu etwas anderem, etwas Schönerem machen könnte?

Scheiße, was sind das für dämliche Gedanken? Parker wird niemals meine Rettung sein, egal wie sehr ich es hoffe. Es wird immer ein Stück Bloody Parker in ihm bleiben, so wie Lizzy immer irgendwo in mir bleiben wird.

Hoffnung ist der Anfang aller Enttäuschung. Sie fängt dich auf, um dich wieder fallen zu lassen.

Ich wende den Blick von Parker ab, lege den Finger auf den Knopf am Mikrofon und spreche hinein. »Liebe Leserinnen und Leser, in wenigen Minuten schließt die Bibliothek. Ich wünsche Ihnen einen angenehmen Abend.«

Dann lasse ich vom Mikro ab, als sei es ein Hund, der nach mir schnappt, drehe mich um und laufe in Richtung der Büros.

Dabei kommt mir Ellen mit einem raschelnden Schlüsselbund entgegen. »Ich schließe gleich ab.«

»Alles klar.«

Kaum ist sie an mir vorbei, beschleunige ich meine Schritte und reiße die Hintertür auf. Die kalte Luft stößt mir entgegen und ich setze mich auf die Treppenstufen, als ich beginne wie ein kleines Kind zu schluchzen. Ich schlinge die Arme um meinen bebenden Körper und die Tränen laufen unaufhaltsam über meine Wangen.

Ich weiß nicht, was mit mir los ist oder was der Grund für meinen plötzlichen Gefühlsausbruch ist. All der angestaute Schmerz der letzten Monate scheint über mich einzubrechen. Ich fühle mich so kraftlos, als hätte man mir jegliche Kraft aus dem Leib gesaugt.

Zu leben, bedeutet jeden Tag erneut zu kämpfen. Und mit jedem Tag, an dem ich kämpfe, verliere ich an Kraft.

Und dann Parker. Parker, der mich das letzte bisschen Kraft kostet. Dabei wünsche ich mir von ihm, dass er mir Kraft gibt und nicht nimmt. Aber Wünsche sind so wertlos wie Hoffnung.

Auf einmal wird die Tür aufgestoßen und ich weiche zurück. Auch wenn ich ihn durch den Tränenschleier nicht eindeutig erkennen kann, weiß ich, dass Parker vor mir steht.

»Lass mich bitte allein«, wimmere ich und halte abwehrend die Hand vor mich, als er auf mich zugeht.

»Was … hab ich getan?«

Die Frage ist: Was hast du nicht getan? Du hast mich nicht umarmt. Du hast mir nicht beigestanden, als ich dich gebraucht habe. Du hast mir nicht die guten Gefühle gegeben, die ich mir wünsche. Du hast mir nicht aus der Dunkelheit geholfen, die meine Lebenskraft mehr und mehr aussagt.

Und doch hast du mich von meiner Angst weggezogen. Mich herausgefordert, ja, mich gequält. Und nichts davon ist genug. Es ist immer noch zu wenig. Zu wenig für meine geschundene Seele.

»Sprich mit mir.« Die Sanftheit in seiner Stimme treibt nur noch mehr Tränen in meine Augen und ich weiß nicht, ob ich jemals wieder damit aufhören kann.

»Ich kann nicht mehr. Ich … kann das nicht mehr. Alles nicht mehr. Ich will das nicht mehr«, bricht es aus mir heraus.

»Beth, was …«

»Es ist so schwer, zu leben. Zu kämpfen. Es ist zu schwer für mich.«

»Was zum Teufel willst du damit sagen?«, presst er zwischen zusammengebissenen Zähnen vor. »Du wirst nicht von diesem scheiß Planeten verpissen. Du wirst dir nicht die Kugel in den Kopf jagen oder die Pulsadern aufschlitzen. Das werde ich nicht zulassen.«

Ich mich umbringen? Fast hätte ich aufgelacht. Nein, dazu wäre ich nicht fähig. Das Leben ist weiß Gott keine Einhornfarm, aber so einfach werde selbst ich nicht aufgeben.

»Ich will das nicht länger, verstehst du?« Wild fuchtle ich mit den Armen zwischen ihm und mir herum. »Du … nimmst mir das kleine bisschen Kraft, das ich noch habe, um zu überleben. Weil du glaubst, es sei ein Spiel, ein Kampf. Aber das ist das Leben nicht! Und ich bin es leid, zu spielen. Für nichts und wieder nichts. Hier wird keiner von uns gewinnen. Wir werden untergehen, zusammen oder getrennt, aber wir werden es.«

Wortlos steht er mir gegenüber, reibt sich mit den Händen über das Gesicht und dreht sich um. Er kickt einen Stein über den Boden, als könnte er damit seine innere Wut abladen. Aber ich kenne ihn gut genug, um zu wissen, dass in seinem Inneren ein Tornado wütet.

Dann dreht er sich wieder um, den Blick auf den asphaltierten Boden geheftet. »Hast du Angst vor mir?«

»Nein«, antworte ich ehrlich.

»Was spürst du dann, wenn du mich ansiehst?« Er hat weiterhin den Blick von mir abgewendet.

»Wenn ich dich ansehe, sehe ich eine Menge Schmerz. Und Wut, Zerrissenheit, Verzweiflung, Traurigkeit. Ich bin so unendlich wütend auf dich, weil du abgehauen bist. Es hat sich angefühlt, als hättest du mich verlassen und alles, was davor war. Als wäre all das nichts wert gewesen. Und gleichzeitig spüre ich einen Schmerz, der mich zerreißt. Es tut so weh, Parker, und ich weiß nicht, was ich dagegen tun soll.« Ein Wimmern entkommt meiner Kehle. »Ich hab mir so sehr gewünscht, dass … dass jemand kommt, der mir hilft, meine Narben zu schließen. Aber du reißt sie immer wieder auf.«

Endlich sieht er auf. Im Lichteinfall des Mondes sehe ich etwas in seinen Augen schimmern. Tränen.

»Das Leben ist schwer, Elizabeth«, sagt er, nachdem er sich geräuspert hat. »Auch für mich. Die Erinnerungen an die Vergangenheit drängen sich in meinen Kopf, sie entfachen die Wut in mir und ich kann damit nicht umgehen. Ich habe dich damit hineingezogen und weiter in die Dunkelheit. Ich dachte, du bist ohne mich besser dran.« Er fährt sich durch das Haar. »Ja, ich war ein verdammt feiges Arschloch. Ich habe aufgegeben. Mich. Uns. Alles. Und dann komme ich zurück und du bist so stark. So anders. So, wie du immer sein wolltest. Du hast das geschafft, was ich nicht geschafft habe. Die Dämonen bezwungen, gegen sie angekämpft. Du hast den Kampf gewonnen, den ich nie gewinnen werde.«

»Der Kampf ist noch nicht vorbei und das wird er womöglich niemals sein.«

»Siehst du endlich, was für ein schwacher Mensch hinter meiner Maske steckt?«

Und wie er so dasteht, im Licht des Mondes, mit glänzenden Augen und der puren Verzweiflung im Gesicht, sehe ich ihn. Ich sehe den schwachen Parker mit all seinen Narben und Schürfwunden, seinen Tränen, seiner Angst, seinen

Wünschen und Sehnsüchten. Wir beide sehnen uns nach nur einem: Freiheit. Dem Gefängnis der Dämonen entkommen. Ich habe bereits die Gitterstäbe durchbrochen, Parker hingegen sitzt inmitten seines Käfigs und sieht vor lauter Finsternis nicht das Licht.

»Ich bin dein Licht in der Dunkelheit, Parker«, sage ich. »Sieh mich an.«

»Ich kann nicht von dir verlangen, mich zu retten, Kätzchen«, entgegnet er tonlos. »Ich sollte dich retten, denn schließlich habe ich dich mit in die Verdammnis gezogen.«

Ich schüttle den Kopf und wie von selbst bewegen sich meine Füße vorwärts. »Ich war schon davor in der Dunkelheit gefangen, nur mit dir war es erträglicher. Zwar nicht immer, aber vergiss nicht, was wir hatten.«

»Was hatten wir denn?«

Ich stehe vor ihm und es wird immer schwieriger, dem Wunsch zu widerstehen, die Arme um ihn zu schlingen. Sein herber Duft vermischt mit Minze steigt in meine Nase und ich sehe den gebrochenen Menschen, der er ist. Ich gehe auf ihn zu, bis sich unsere Schuhspitzen berühren, und schlinge die Arme um seinen bulligen Körper. Einen Augenblick später spüre ich auch seine Arme um mich und lege den Kopf an seine Brust.

Nähe. Sie fühlt sich so viel schöner als die Nähe in meiner Vergangenheit.

»Ist es wichtig, was zwischen uns war? Kann es nicht einfach schön bleiben?«, murmele ich an seiner Brust.

»Das kann es, Beth, wenn du mir hilfst, dass ich es nicht versaue.«

Die Worte auszusprechen hat ihm viel Mut gekostet, das weiß ich. »Das werde ich. Versprochen.«

Und dann küsst er mich auf den Haaransatz und in diesem Moment scheint mein Innerstes vor Glückseligkeit zu zerbrechen.

»Kannst du mir auch etwas versprechen? Kannst du die … andere Nähe auch in etwas Schönes verwandeln? In etwas, das sich gut anfühlt?«

Ich fühle, wie er schluckt und nach den richtigen Worten zu suchen scheint. »Ich kann es dir nicht versprechen, aber ich kann es versuchen. Für mich war Sex nie mehr als ein Mittel zum Zweck, um die ganze Scheiße aus meinem Kopf zu bekommen.«

»Du hast auch geschafft, dass sich diese Nähe für mich gut anfühlt.«

»Bist du deshalb vorhin abgehauen?«

»Ja«, wispere ich. »Du brauchst den Sex, aber ich kann nicht daran denken, ohne …«

»Ich brauche nicht den Sex«, widerspricht er heftiger, als erwartet. »Ich brauche … dich, um nicht zu scheitern.«

Ich hebe den Kopf, um ihn anzusehen. »Ich glaube, das war das bisher Schönste, was du zu mir gesagt hast«, gebe ich zu und lache leise.

Parker sieht mich mit zusammengezogenen Augenbrauen an. »Ich hab zwar keine Ahnung, wie man Komplimente macht, aber ich weiß, dass Lachen nicht die gängige Reaktion ist.«

Daraufhin muss ich noch mehr lachen. »Es ist so verrückt. Du und ich. Wir sind so verschieden und doch gleich.«

»Nicht alles erkennt man auf den ersten oder zweiten oder auch fünften Blick. Manches erst viel später«, erwidert er und nimmt mein Gesicht in seine Hände.

»Du musst mir helfen«, platzt es plötzlich aus mir heraus. »Wir müssen etwas herausfinden. Im Krankenhaus.«

Er fragt nicht nach, sondern nickt. »Okay.«

*

Für den nächsten Tag habe ich mich wirklich mit Parker verabredet. Ich stehe gerade vor dem Spiegel und bürste mir das Haar ein weiteres Mal durch, als Callie wie aus dem Nichts hinter mir auftaucht.

»Hast du ein Date?«, fragt sie mit einer gewissen Verwunderung.

»Äh, nein«, antworte ich entschieden.

»Und weshalb machst du dich dann so chic?«

»Ich mache mich nicht chic. Ich sehe aus wie immer.« Ich sehe an mir herab. Okay, vielleicht doch nicht. Ich trage heute einen Pulli, einen schwarzen Skaterrock und darunter eine Overknee-Strumpfhose.

»Mir kannst du nichts vormachen.« Sie grinst anzüglich und wendet sich zum Gehen ab, als ich ihr etwas sage, das mir schon seit Tagen auf der Zunge liegt.

»Du solltest dich mit ihm vertragen.«

Sie bleibt stehen und dreht sich zu mir um. »Aha, daher weht also der Wind.«

»Callie, ich-«

Ich werde von der Klingel an der Haustür unterbrochen, zu der Callie schließlich eilt.

»Was machst du denn hier?« Ihre Stimme ist fast ein Schreien und mir wird klar, wer vor der Tür steht.

Warum zum Henker klingelt er an seinem Elternhaus, wo er doch sonst einfach hereinspaziert? Ich lege die Haarbürste zurück und sprinte zur Tür, an der sich Callie und Parker feindselig gegenüberstehen.

»Kein Date, hm?«, macht Callie und verschränkt die Arme vor der Brust.

»Es ist kein-«

»Geht dich einen Dreck an, Schwesterherz«, erwidert Parker und schiebt sich eine Zigarette in den Mundwinkel.

»Bitte, ihr solltet euch vertragen.« Kaum haben die Worte meinen Mund verlassen, merke ich, wie erbärmlich sie sich anhören.

»Vielleicht wenn er nicht mehr so ein Monster ist«, gibt Callie zur Antwort.

Ich ziehe scharf die Luft ein und greife nach Parkers Hand, um ihn an unsere Worte vom gestrigen Abend zu erinnern. Parker reagiert nicht, aber in seinem Blick sehe ich ganz genau, was in ihm vorgeht. Callie hat ihn mit einem einzigen Wort verletzt. Monster. So wie er sich sieht.

»Lass uns gehen«, sage ich und ziehe ihn an der Hand hinaus. »Bis später, Callie.«

Doch sie hat bereits die Tür hinter sich geschlossen und ich sehe ihre zierliche Silhouette dahinter.

Parker hält mir die Autotür auf und das, obwohl ihn die Wut gerade innerlich zerreißt. Als er schließlich den Schlüssel ins Zündschloss steckt, erwarte ich, dass er sofort Gas gibt. Aber er sitzt einfach nur da und starrt durch die Frontscheibe.

»Selbst meine Schwester sieht mich so. Wie ein Monster.«

»Parker, sie hat unser Gespräch nach der Party mitbekommen. Was glaubst du, welchen Eindruck das auf sie gemacht hat?«, erwidere ich ruhig.

»Sie sollte niemals diese Seite von mir sehen.«

»Sie liebt dich, sie wird dir verzeihen.«

Er dreht den Schlüssel herum und tritt auf das Gaspedal. »Wohin geht's?«

»Johnson Hospital.«

Er nickt und dreht dann die Musik auf. Monster von Skillet dröhnt aus der Anlage und für einen kurzen Moment frage ich mich, ob er nicht doch vergisst, worüber wir geredet haben. Ob nicht doch Bloody Parker wieder die Kontrolle übernimmt.

Die ganze Fahrt über sprechen wir nicht, erst als wir auf dem Parkplatz des Krankenhauses halten. Ich steige aus, lege den Kopf in den Nacken und schaue dem hohen Gebäude entgegen.

»Bist du dir sicher, dass er noch hier ist?«

»Woher-«

»Ich war weg, aber ich weiß trotzdem über manches Bescheid.«

»Wir werden herausfinden, ob er hier ist«, beantworte ich seine vorherige Frage.

Dann begeben wir uns Richtung Eingang und ich glaube, mich gleich übergeben zu müssen. Die Erinnerung an den ersten Besuch bei ihm schnürt mir gleichzeitig die Kehle zu.

»Ich kann auch allein rein«, meint Parker.

»Nein, ich muss es mit eigenen Augen sehen«, bringe ich mühsam hervor.

Die Schritte bis zur Informationstheke sind eine einzige Qual. Aber als ich schließlich der Frau mittleren Alters mit rahmenloser Brille entgegenschaue, weiß ich wieder, warum ich es auf mich nehme.

»Hallo«, sage ich mit zittriger Stimme.

»Was kann ich für Sie tun?« Sie lächelt mich an.

Scheiße, warum habe ich mir das nicht vorher überlegt? Ich lege mir jeden Satz zurecht, bevor ich ihn ausspreche, aber ausgerechnet jetzt vergesse ich es. Das war's, ich werde nie wissen, wo sich mein Dad gerade herumtreibt. Ob er immer noch im warmen Bett des Krankenhauses liegt oder irgendwo herumläuft, auf der Suche nach der nächsten Lizzy.

Die nächste Lizzy. Ich hätte es niemals zulassen dürfen, dass er frei herumlaufen darf. Ich bin schuld, wenn er sich am nächsten kleinen Mädchen vergreift. Ich war so dämlich und habe ihn nicht angezeigt. Weil ich schwach war.

»Entschuldigen Sie, Madame, uns hat erst gestern der Anruf erreicht, dass ihr Vater im Krankenhaus liegt. Wir waren beruflich im Ausland und konnten ihn bisher telefonisch nicht erreichen. Falls er noch nicht entlassen wurde, würden wir ihn gern besuchen.«

Ich starre Parker an. Das hat er nicht getan. Doch. Er hat mir geholfen.

»Selbstverständlich«, meint die Dame. »Wie lautet der Name?«

»Green, Arnold Green«, sage ich.

Sie tippt kurz auf ihrer Tastatur herum und sieht dann wieder auf. »Tut mir leid, Miss Green, aber Ihr Vater wurde vor einer Woche entlassen.«

Ich nicke. Er ist also irgendwo da draußen. Dabei müsste er für das, was er mir angetan hat, ewig in der Hölle schmoren.

»Machen Sie sich keine Sorgen, Kindchen, ihr Vater hatte keine schwerwiegenden Verletzungen, lediglich ein paar Rippenbrüche und eine Platzwunde. Das dürfte ich Ihnen eigentlich nicht verraten, Sie machen mir jedoch einen sehr besorgten Eindruck. Ich wette mit Ihnen, ihr Dad sitzt mit einer Tüte Erdnussflips auf dem Sofa und sieht sich das nächste Baseballspiel an.« Sie lächelt mich herzlich an.

»Haben Sie vielen Dank«, murmele ich, bevor ich schnellen Schrittes das Krankenhaus verlasse. Ich laufe und laufe und laufe. Bis mich Parker einholt und mich an sich heranzieht. Seine starken Arme legen sich um mich und das ist alles, was ich in diesem Augenblick fühlen will.

»Parker«, sage ich irgendwann.

Er sieht mich an und in seinem Gesicht erkenne ich die gleiche Müdigkeit und Kraftlosigkeit wie in meinem. Die letzte Zeit hat an uns beiden gezehrt.

»Ich muss ihn anzeigen. Ich darf nicht zulassen, dass er anderen das Gleiche antut, dass er sich das nächste Mädchen sucht … Ich darf das nicht zulassen«, stottere ich.

»Sssh«, macht Parker und legt mir einen Finger auf die Lippen. »Willst du das wirklich, Elizabeth? Kannst du das?«

»Ja, ich würde es mir nie verzeihen.« Ich habe keine andere Wahl, ich muss es tun.

»Wann?«

»Jetzt.«

Seine Augen taxieren mich, als wolle er abschätzen, ob ich wirklich bereit dazu bin. Schließlich nickt er und mit meiner Hand in seiner laufen wir zum Parkplatz. Vielleicht könnte ich mich daran gewöhnen.

»Ich werde mitkommen«, sagt Parker.

»Du musst nicht-«

»Doch. Ich kenne das Polizeirevier wie meine eigene Westentasche.«

*

Eine halbe Stunde später stehen wir vor dem Revier, ab und an gehen Menschen rein und wieder raus, vor dem Gebäude steht ein Cop, der gerade eine Zigarette raucht. Seine Uniform wirkt bedrohlich und beschützend zugleich. Zu gern wüsste ich, welche Gedanken Parker in diesem Moment durch den Kopf schießen. Ob ich jemals mehr über seine Vergangenheit erfahren werde, die für ihn ebenso die Hölle war wie meine?

»Scheiße, das passiert gerade wirklich«, stoße ich hervor und lache hysterisch.

Parkers Augenbrauen ziehen sich skeptisch zusammen, wahrscheinlich ist ihm nicht zu Lachen zumute.

»Sag, wenn du bereit bist.«

»Ich werde nie bereit sein«, erwidere ich. »Aber manchmal muss man das Richtige tun und nicht das, was sich am besten anfühlt. Das Wegrennen fühlt sich nicht mehr gut an.«

»Das Wegrennen raubt einem die Luft.« Er wendet den Blick schneller ab, als ich ihn ansehen kann. Und doch muss ich lächeln, weil ich fühle, wie sich die Nähe zwischen uns verdichtet.

»Ich musste Kye und Dagen fragen. Ich musste mich selbst beschützen, verstehst du?«, bringe ich plötzlich hervor.

Sein Griff um das Lenkrad wird stärker, kaum habe ich das Thema gewechselt. Er presst die Lippen aufeinander, dann atmet er geräuschvoll aus. »Das tue ich. Es ändert nichts an der Tatsache, dass ich es nicht gut finde.«

»Okay, gut, das musst du nicht.« Seine Worte haben mich härter getroffen als erwartet. Diesmal weiche ich seinem Blick aus und starre aus dem Autofenster.

»Es hätte nicht dazu kommen müssen, wenn …«

Mein Kopf schnellt herum. »Wenn was? Wenn du nicht so ein verdammter Feigling gewesen und nicht abgehauen wärst? Was dann? Wärst du dann mein Beschützer? Ich verrat dir was, Parker, man selbst muss sich aus der ganzen Scheiße befreien und niemand anderes. Nicht du kannst mir helfen, auch nicht Kye oder Dagen, nur ich selbst.«

Seine Faust trifft mit einer Heftigkeit auf das Lenkrad, sodass es hupt und ich erschrocken zusammenzucke. »Wie oft willst du mir das noch vorhalten? Sag mir, wie oft noch, Beth? Ich hab dir gesagt, dass ich feige war und es mir leidtut. Was erwartest du noch von mir? Dass ich vor die auf die Knie falle?« Er stößt ein verächtliches Lachen aus. »Du bist nicht die Einzige, dessen Narben immer wieder aufreißen. Wir sind beide Opfer unserer Vergangenheit.«

»Ich bin kein scheiß Opfer«, brülle ich ihm entgegen. »Ich kämpfe, jeden verfickten Tag! Sag mir, tust du das auch? Oder wird deine Vergangenheit immer deine Ausrede sein? Ich bin nicht länger ein Opfer und genau deshalb werde ich gleich da reinlaufen.« Mit der Hand deute ich auf das Polizeirevier und bemerke, wie der Cop mit der Zigarette im Mund uns beobachtet.

Ich atme geräuschvoll aus und steige schließlich aus. »Komm mit oder verpiss dich«, schiebe ich hinterher, bevor ich die Autotür zuknalle.

Als ich den Eingang erreiche, hat Parker mich eingeholt und hält mir die Tür auf. Im Inneren des Reviers ist nicht viel los, lediglich an den Schreibtischen sitzen zwei Cops, die in Akten herumwühlen. Zu wissen, dass auch Parker hier eine vermutlich gut gefüllte Akte hat, ist seltsam.

»Wen haben wir denn da?« Ein dicklicher Cop mit graumelierten Haaren kommt auf uns zu und begrüßt Parker mit einem Handschlag. »Parker Baldwin, du bist ja ein richtiger Mann geworden.«

»Detective Miller.« Ein Lächeln schleicht sich auf Parkers Gesicht.

»Was kann ich für euch tun? Du hast nicht wieder etwas verbrochen, oder?« Obwohl er auflacht, bemerke ich fie Skepsis in seinen Augen. »Dann muss ich wohl eine neue Akte anlegen, die anderen sind schon ziemlich dick.«

»Nein, nein, wir sind wegen etwas anderem hier«, erwidert Parker und fängt meinen Blick auf, um sicherzugehen, dass ich es immer noch will. »Wir, also sie, möchte eine Anzeige aufgeben.«

Sie möchte eine Anzeige aufgeben.

Shit. Shit. Shit. Shit. Ich tue das gerade wirklich und es gibt kein Zurück mehr. Ich muss ihnen jedes Detail erklären, alles, was er getan hat. Ich muss alles noch mal durchstehen.

»Beth?«

Es ist Parkers Stimme, die sich meilenweit entfernt anhört. Als stünde er nicht direkt neben mir, sondern am anderen Ende des Tunnels.

»Ja … ich … ich …«

»Am besten wir setzen uns erst mal. Ein Glas Wasser für deine Freundin?«, meint der Cop einfühlsam.

Ich bekomme nur noch mit, wie Parker mich zu einem Stuhl führt, auf dem ich Platz nehme. Dann drückt er mir ein kaltes Glas Wasser in die Hand, das aber so sehr in meiner Hand zittert, dass es überschwappt.

»Verrätst du mir deinen Namen?« fragt der Cop, als er mir gegenüber an seinem Schreibtisch sitzt.

»Elizabeth.«

»Also gut, Elizabeth, gegen wen möchtest du Anzeige erstatten? Du kannst das auch anonym machen«, erklärt er mir.

Ich seufze. »Er wüsste ohnehin, von wem sie stammt. Ich … es ist mein Vater.«

Genau wie Dr Jenkins, meine Therapeutin, bemüht er sich um Professionalität. Aber wie oft wird schon Anzeige gegen den eigenen Vater gestellt? Selbst wenn es öfter passiert als angenommen, muss es doch jedes Mal unbegreiflich für Außenstehende sein. Die Familie, die eigenen Eltern, sie sollten einen lieben und nicht dafür sorgen, dass man durch die Hölle geht.

»Wie lautet sein Name, Elizabeth?«, fragt er weiter.

»Arnold Green.«

Er nickt, schreibt sich etwas auf und tippt auf der Tastatur herum. »Weswegen möchtest du ihn anzeigen?«

Ich denke jeden Tag daran und doch fällt es mir schwer, es auszusprechen. Es fühlt sich real an, nicht mehr wie ein einziger Albtraum, sondern wie die schreckliche Wirklichkeit.

Ich kann weder den Cop noch Parker anschauen. Es ist nicht nur der Schmerz, der mich ausfüllt, sondern auch Scham und Unverständnis, wie mein eigener Vater mir das antun konnte.

»Er hat mich … «, ich halte inne, »Ich kann das nicht. Nein. Nein. Nein.« Von einem Moment auf den anderen werde ich hysterisch und schlage um mich. Selbst Parkers Griff um mein Handgelenk kann mich nicht beruhigen.

Meine Schreie lassen die anderen anwesenden Cops herumfahren, doch Detective Miller macht eine beschwichtigende Handbewegung.

»Beruhig dich, Beth. Das Licht in meiner Dunkelheit, hast du schon vergessen? Ich kann die Dunkelheit, der schwarze Klecks, in all dem bunten, überströmten Chaos sein, die Konstante«, murmelt Parker an meinem Ohr.

Parker flüstert mir Worte zu, die im kompletten Gegenteil zu den schmutzigen Worten stehen, die er sonst verwendet. Und ich starre ihn einfach nur an, völlig verblüfft und nicht fähig, irgendetwas zu erwidern.

»Wenn du so weit bist«, sagt Detective Miller, dessen braune Augen mich warm anschauen.

Ich nicke und atme tief ein und aus. »Er hat mich vergewaltigt. Jahrelang.«

Nach einer Minute des Schweigens, in der der Detective auf seinem Block herumgekritzelt hat, sieht er mich an. »Wir nehmen solche Anzeigen sehr ernst und ich muss dich weiter dazu befragen. Wir brauchen selbstverständlich Beweise.«

»Okay.«

»Dieses Arschloch rennt irgendwo da draußen herum, ihr müsst ihn finden. So schnell wie möglich«, platzt es aus Parker plötzlich heraus.

»Ich weiß sehr gut, wie ich meine Arbeit zu machen habe, Parker. Hab ich dich damals enttäuscht? Nein, oder?« Er hält inne. »Wenn es dir nicht zu viel wird, Elizabeth, werde ich dich gleich befragen.«

»Ist in Ordnung.«

Parker hat die Arme vor der Brust verschränkt und schaut auf mich herab.

»Rauch 'ne Zigarette. Ich komme zurecht«, sage ich zu ihm.

»Ich warte draußen.«

Erst als die Tür hinter ihm zufällt, schaue ich wieder zu Detective Miller.

»Wir haben Zeit. Fühl dich also nicht unter Druck gesetzt und wenn du eine Pause willst, gib einfach Bescheid.«

Ich nicke. Dann erzähle ich ihm davon, wie mein Dad sich das erste Mal zu mir ins Bett gelegt hat. Und das zweite Mal. Und dritte Mal. Und all die vielen weiteren Male, mit denen er mich immer mehr und mehr zerstört hat, mir die Kindheit geraubt hat, die Jugend und Unbeschwertheit. Wie ich heute gegen die Dämonen ankämpfe, die er damals in mir entfacht hat.

Nie hat sich die Vergangenheit realer angefühlt. Nie habe ich mich mehr danach gesehnt, in der Gegenwart zu leben.

*

»Hey.«

Er hebt den Kopf. »Hey.«

»Ich hab's getan.«

»Du hast recht. Du bist kein Opfer.«

Ich gehe auf ihn zu, lege die Hände an sein Kinn und blicke in seine tieftraurigen Augen. Ich brauch ihn nicht fragen, wie er sich fühlt. Ich kann es sehen. Er fühlt sich schwach, einsam, nicht er selbst.

»Ich weiß, wohin wir fahren. Los.« Ich verschränke meine Finger mit seinen und warte darauf, dass er mir folgt. Doch er steht einfach nur da, die Zigarettenschachtel in der anderen Hand, und starrt auf den Boden.

Er schüttelt den Kopf. »Warum ist die Vergangenheit immer allgegenwärtig? Warum nicht die Gegenwart oder Zukunft?«

»Weil wir die Vergangenheit schon einmal erlebt haben. Wir gehen jedes Erlebnis immer und immer wieder durch, in der Hoffnung, dass es sich ändert. Aber wir können Vergangenes nicht ändern, nur daraus lernen.«

»Wer bist du, Elizabeth Green?«, fragt er und lächelt ein kleines, unscheinbares Lächeln.

Es erinnert mich daran, als ich ihn damals dasselbe gefragt habe. Aber heute habe ich eine Antwort darauf.

»Ich bin, wer ich sein will.«

Er bedenkt mich kurz mit einem Blick, dann zieht die Autoschlüssel aus seiner Hosentasche und wirft er sie mir zu.

»Was-«

»Du fährst. Miller weiß schließlich nicht, dass du keinen Führerschein hast, oder?«

Und dann grinst er so unverschämt, dass ich nicht anders kann, als sein Grinsen zu erwidern und auf der Fahrerseite einzusteigen. Mit dem Unterschied, dass ich diesmal nicht unsere Leben auf dem Gewissen habe.

*

Nach einer halbstündigen Autofahrt und weiteren zehn Minuten Fußmarsch kommen wir am Wasserfall an. Jedes Mal glaube ich, an einem völlig anderen Ort zu sein, so schön wie das Türkis des Wassers glitzert.

Wir setzen uns an das Ufer, die Wellen berühren hin und wieder unsere Schuhspitzen.

»Das Revier hat mich an damals erinnert. Wie oft hab ich meine Mom angebettelt, dass sie ihn anzeigen soll«, bricht Parker die Stille. »Irgendwann hab ich sie nur noch angebrüllt. Aber sie hat es nie getan.«

»Sie hatte Angst.«

»Das weiß ich heute. Und dennoch bin ich immer noch so wütend. Warum wir? Warum mussten wir zweimal durch die Hölle gehen?«, flüstert er. »Eine Zeit lang hab ich die Schuld bei ihr gesehen. Und jedes verdammte Mal hab ich die Schläge auf mich genommen, hab mich vor meine Mom und meine Schwestern gestellt, nur um den nächsten Hieb einzustecken. Bei meinem eigenen Dad und bei … Steve.« Sein Blick gleitet in die Ferne, in eine Zeit, die nur er kennt.

Kapitel 18

Parker

Vergangenheit

Die Sonnenstrahlen fallen durch die Jalousien in mein Zimmer. Auf einmal geht die Tür einen Spaltweit auf und Callie kommt hereingestürmt. Die Zöpfe stehen wild von ihrem Kopf ab.

»Parks, Parks«, wimmert sie und schlüpft zu mir unter die Decke auf dem Bett.

»Was ist los, Callie?«, frage ich sie.

»Daddy, er …«

»Ist er wieder böse zu Mommy?«

Sie nickt und Tränen laufen über ihre kleinen, rosigen Wangen. Ich drücke sie an mich und gebe ihr einen Kuss auf die Stirn, ehe ich aufstehe.

»Du bleibst hier, Callie, egal was du hörst. Hast du mich verstanden?« Ich schiebe die Decke über sie und ziehe mir ein neues T-Shirt über.

Callie nickt und sie hat die Bettdecke so tief in ihr Gesicht gezogen, dass ich nur noch ihre glänzend blauen Augen erkennen kann. Augen, die nicht diese tiefe Traurigkeit in sich tragen sollten, sondern Unbeschwertheit. Doch das hat man uns schon lange zuvor genommen.

Kaum habe ich die Tür hinter mir zugezogen und verschlossen, höre ich die Schreie. Moms Schreie. Dads Brüllen. Und das Geräusch, als seine Hand ihre Wange trifft und sie gegen ein Möbelstück taumelt. Ich stehe am Treppenende, als Mom mich erblickt. Sie schüttelt kaum merkbar den Kopf. Sie will, dass ich zurück zu Callie auf mein Zimmer gehe. Aber ich lasse nicht zu, dass mein Dad sie wieder grün und blau schlägt. Langsam gehen ihr die Ausreden aus, wenn sie Callie zum Ballett bringt und die anderen Mütter ihre schlecht überschminkten Flecken sehen. Und langsam verliere ich die Geduld, ich spüre, wie sich der Zorn auf meinen Dad in mich frisst und ich nichts dagegen tun kann.

Der Boden unter meinen Füßen quietscht, als ich den Raum betrete und Dad gerade zu einem weiteren Schlag in Moms Gesicht ansetzt. Doch ich werfe mich vor sie und seine Faust trifft krachend meines. Ein metallischer Geschmack breitet sich in meinem Mund aus und ich bin mir nicht sicher, ob es von der aufgeplatzten Lippe oder der gebrochenen Nase kommt.

»Parker, nicht!«, ruft mir Mom mit dem letzten bisschen Stimme zu, die sie noch hat.

Ich kann weder in ihr blutüberströmtes Gesicht sehen noch ihre Bitte erfüllen. Dieser Mann ist nicht mein Dad und nicht der Mann, den Mom verdient hat. Er ist ein unberechenbares Monster, das unser aller Leben zur Hölle macht.

»Du Bastard, geh mir aus dem Weg«, herrscht Dad mich an, in dessen Augen ich nicht mehr den Menschen erkenne, der mir vor dem Schlafengehen vorgelesen oder mir Football beigebracht hat. In seinem Blick steht nichts als Brutalität. Gewissenlosigkeit. Vergeltung. Hass.

»Einen Scheiß werde ich«, erwidere ich krächzend und setze zu einem Schlag in seine Magengrube an, der ihn taumelnd zurückfallen lässt.

»Wenigstens den festen Schlag hast du von mir«, meint er, als er sich aufrappelt.

»Ich hab nichts von dir, überhaupt nichts «, schreie ich ihm entgegen. »Du bist ein widerliches Schwein!«

Den nächsten Schlag habe ich nicht kommen sehen und trifft mich erneut im Gesicht. Noch völlig benebelt hole ich aus, ramme meine Faust in sein Gesicht und Dad schwankt. Schließlich stößt er gegen die Lampe auf dem Beistelltisch und fällt rückwärts auf das Sofa. Blut rinnt aus den Nasenlöchern, ein Auge ist angeschwollen und er bewegt sich nicht mehr.

»Ich hab ihn umgebracht«, stottere ich. »Dad … er ist …«

»Nein, ist er nicht«, antwortet Mom, die neben ihm kniet. »Lass ihn uns ins Bett bringen, morgen wird es ihm besser gehen.« Sie fasst unter seine Arme, ist aber zu schwach, um ihn alleine anzuheben.

»Mom.«

»Parker.«

»Du musst ihn anzeigen.«

»Hilf mir jetzt.«

»Wenn du danach zu den Cops gehst. Wir verschwinden, er kommt hinter Gitter, es ist alles ganz einfach«, sage ich und starre weiterhin auf meinen am Boden liegenden und blutüberströmten Dad.

»Es ist nicht alles ganz einfach!«, fährt Mom mich hysterisch an, während sie weiterhin erfolglos versucht, Dad anzuheben.

Es ekelt mich an, wie sie neben ihm niederkniet, seine Haare aus dem blutverschmierten Gesicht streicht und darin den Menschen zu suchen scheint, den sie einst so geliebt hat. Doch ich sehe darin schon lange nicht mehr den Mann, zu dem ich aufgeschaut habe. Genauso wenig wie ich im Gesicht meiner Mom die fröhliche, warmherzige Frau sehe, die sie einmal war. Sie ist ein Schatten ihrer selbst. Ein Schatten dieser Familie, die immer mehr zerbricht.

Kapitel 19

Ich schaue in seine ausdruckslosen Augen und will am liebsten all die Last der Vergangenheit von ihm nehmen. Er lässt mich in seine Seele blicken, offenbart seine Verletzlichkeit und Verwundbarkeit. Parker besteht nicht nur aus Wut und Zorn, sondern auch aus einem Schmerz, den er all die Jahre zurückgehalten hat.

»Hast du dir auch manchmal gewünscht, dass er tot wäre?« Meine Stimme ist ein einziges Flüstern und als Parker nicht reagiert, glaube ich sogar, dass er mich nicht gehört hat.

»Ja. Jeden Tag«, gibt Parker zu, ohne den Blick vom Gewässer abzuwenden.

»Ich dachte, nur so hört er auf. Nur so stirbt das Monster. Auch wenn ich dann allein gewesen wäre; selbst die Einsamkeit wäre besser, als ständig dem Monster ausgesetzt zu sein«, sage ich.

»Der Tod aber ändert nichts an all dem, was geschehen ist. Die Fragen nach dem Warum, Wieso, Weshalb werden nie beantwortet«, entgegnet Parker.

Als sich unsere Blicke treffen, habe ich mit einem Mal den Eindruck, dass sich etwas zwischen uns verändert hat. Ich erinnere mich an das erste Zusammentreffen mit Parker auf dem Campus; bereits damals hatte er diese furchteinflößende Wirkung auf mich. Er genoss meine Angst, die Qualen, denen er mich aussetzte und mich immer wieder herauszufordern. Nur um seinen eigenen Schmerz nicht mehr spüren zu müssen.

Keiner wird uns jemals beantworten können, warum ausgerechnet uns das widerfahren ist. Wer weiß, ob es überhaupt eine exakte Antwort auf diese Frage gibt. Und selbst wenn, was würde es bringen? Es würde mir weder den Schmerz nehmen noch die Zeit zurückgeben, die ich durch die Hölle musste. Dabei will ich nur eines: abschließen und frei sein.

»Hast du immer noch Albträume?«, fragt er nach einer Weile.

»Nicht mehr so oft.«

Er nickt. »Du gehst zu einer Therapeutin, hab ich erfahren.«

»Du hattest wohl wirklich deine Spione. Kye und Dagen haben gute Arbeit geleistet«, entgegne ich trocken und schaue in sein Gesicht, in dem ich keine Regung erkennen kann.

»Tut es dir gut?«

»Ja.«

Wieder nickt er und scheint unentschlossen zu sein, die nächsten Worte auszusprechen. »Ich kann das nicht, mit anderen über die Scheiße quatschen.«

»Das dachte ich anfangs auch, aber mittlerweile gehe ich sogar gern hin. Und das, obwohl ich bei fast jeder Sitzung heule.« Ich lache auf. »Wer weiß, vielleicht habe ich irgendwann meine ganzen Tränen aufgebraucht.«

»Tränen und Blut sind das Einzige, das niemals versiegt«, widerspricht er. »Aber lass es mich wissen, wenn du nur noch Luft weinst.«

Ich boxe ihm gegen die Schulter. »Ich werde nur noch Flammen weinen.«

Ein Lächeln schleicht sich auf sein Gesicht, das jedoch schneller verfliegt, als es dort war. Ich lasse den Blick über den wolkenlosen Himmel gleiten, der lediglich von der späten Mittagssonne geschmückt wird. Das Rauschen des Wasserfalls durchbricht die unbehagliche Stille zwischen uns. Ich lege den Kopf in den Nacken und bestaune das meterhohe Gestein, das zum Ursprung des Wasserfalls führt. Als ich den Blick wieder nach unten gleiten lasse, erkenne ich zwischen den Nadelbäumen einen Trampelpfad, der vermutlich dorthin führt.

»Ich hab eine Idee.« Ich stehe auf, streiche den Rock glatt und nehme Parkers Hand. Doch meine Bemühungen, ihn von der Stelle zu ziehen, sind erfolglos. Sein massiger Körper bewegt sich kein bisschen.

»Los. Du wirst nicht in deinem Selbstmitleid versinken, das ist verschwendete Zeit«, sage ich zu ihm und unternehme einen letzten Versuch, ihn hochzuziehen.

Und dann lacht er. Er lacht mich aus. Sein Körper bebt und sein Gelächter lässt meine Ohren klingeln, als er mich mit einer flinken Bewegung zu sich zieht. Als wäre ich leichter als ein Fliegengewicht, lande ich auf seinem Oberkörper und sehe ihm direkt in die Augen.

»Es gibt immer einen Grund, warum zwei Menschen zusammenbleiben. Sie geben einander etwas, was sonst niemand kann«, flüstere ich.

»Wirst du wieder wegrennen, wenn ich dich jetzt küsse?« Er streicht mir das Haar aus dem Gesicht und ver- harrt mit der Hand an meinem Nacken.

»Nein.«

»Gar nicht mehr?«, wispert er heiser.

»Ich kann dir nur versprechen, dass ich jetzt nicht weglaufen werde.«

»Für den Augenblick ist das Versprechen genug.« Dann finden sich unsere Lippen und er vergäbt seine Hand in meinen Haaren, während der schüchterne Kuss immer stürmischer wird. Als hätten wir beide uns nach nichts anderem verzehrt. Kein Kuss ist genug, keine Berührung zu viel.

Nichts hat sich jemals richtiger und besser angefühlt, als seine Nähe jetzt zuzulassen.

Doch ich halte inne, als ein merkwürdiger Laut meiner Kehle entkommt. Völlig benommen starre ich Parker an, der weniger verwirrt aussieht als ich. Es scheint ihn wohl zu amüsieren, denn er grinst dreckig.

»Mach das noch mal«, sagt er.

Ich schüttele wild den Kopf, meine Haarspitzen kitzeln ihn an der Nase.

»Es braucht dir nicht peinlich sein, Beth, das ist völlig normal.«

Was weiß ich schon davon, was normal ist? Ich hab nicht mal Ahnung davon, wie man miteinander knutscht, rummacht oder Sex hat. Ich weiß nicht, wie man anderen nahe ist. Gibt es ein Richtig und Falsch, ein Gut und Schlecht? Herrgott, ich bin eine verdammte Jungfer.

»Tu es noch mal«, fordert er. »Stöhn noch einmal für mich, Beth.«

Bevor ich überhaupt darauf reagieren kann, hat er wieder die Hand in meinen Haaren vergraben und zieht mich an sich. Kaum hat er seine Lippen auf meine gelegt, kribbelt es in meinem ganzen Körper. Mit einem Mal scheine ich zu vergessen, wie sich Nähe vor ein paar Monaten für mich angefühlt hat. Denn ich glaube, es gibt nichts Schöneres als ehrliche, warme Nähe zu spüren. Seine weichen Lippen auf meinen, seine Finger, die sich in meine Haare krallen und daran ziehen, sobald ich mich von ihm lösen will. Und ich kann es nicht zurückhalten, nicht länger. Ich stöhne in seinen Mund und möchte vor Scham im Erdboden versinken. Weil ich ihm so nahe bin, es mich erregt und ich mehr will. Mehr von dem Gefühl, das durch meinen Körper jagt, wenn er mich berührt.

Als Parker von mir ablässt, kann ich den enttäuschten Ausdruck auf meinem Gesicht nicht verhindern. Wahrscheinlich sehe ich gerade aus wie ein Kind, dessen Kugel Eis auf den Boden gefallen ist.

»Fuck, ich brauch erst mal 'ne Abkühlung«, raunt er, nachdem ich von ihm herabgestiegen bin und beschämt vor ihm stehe.

»War ich … schlecht?«, frage ich mit piepsiger Stimme und will meiner Unsicherheit am liebsten eine in die Fresse hauen.

»Schlecht?« Er lacht. »Denkst du …«

»Denke ich was?« Wahrscheinlich war ich unterirdisch schlecht und er will nicht mal mehr mit mir Sex haben. Wenn es denn so weit kommen sollte. Oder so. Shit.

Er kratzt sich am Hinterkopf. »Denkst du, mein Schwanz wird hart, weil du schlecht warst? Ganz sicher nicht, Kätzchen.«

»Oh«, ist alles, was mir darauf einfällt. Und ein unauffälliger Blick auf die ausgebeulte Stelle seiner Jeans ist gar nicht so abturnend, wie ich dachte. Im Gegenteil.

»Das ist so was wie ein Kompliment.« Er lächelt schief und wirkt tatsächlich auch etwas beschämt.

»Oh, dann … danke?«

Parker lacht. »Immer wieder gern. Und auch immer wieder gern mehr, wenn du bereit dazu bist.«

»Es war ein schönes Gefühl. Ich dachte, ich platze gleich, weil es sich so gut angefühlt hat«, gebe ich zu.

»Ich kann dir nächstes Mal gern mehr davon geben.«

»Mehr?« Ist Mehr ein anderes Wort für Sex?

»Einen Orgasmus«, meint er ungerührt.

»Also … ich … irgendwann schon … aber …«, stammele ich.

»Man muss keinen Sex haben, um einen Orgasmus zu bekommen.«

»Scheiße, ich bin so unerfahren. Ich weiß nicht mal, wie das Sex-Einmaleins geht«, bricht es aus mir heraus und wünsche mir nichts sehnlicher als ein Loch, in dem ich versinken kann.

Parker erhebt sich, kommt auf mich zu und legt einen Finger unter mein Kinn. »Dann sieh es so: Ich bin dein Nachhilfelehrer und du meine Schülerin.«

Ich lache los und Parker scheint nicht zu verstehen, wie seine Worte bei mir angekommen sind. »Und mit Rollenspielen fangen wir an?«

Daraufhin muss auch er lachen. »Du bist ja doch nicht so unwissend.«

»Ich hab ein halbes Jahr in einem Studentenwohnheim mit Aubrey gelebt, das erklärt wohl alles.«

»Was war nun deine Idee?«, fragt er.

Ich räuspere mich und deute auf den Trampelpfad, der rechts am See vorbeiführt. Noch glaube ich nicht, dass ich es tun werde.

*

Ich blicke hinab auf das rauschende Wasser, das satte Blau und die kantigen Steine der Klippe. Dann setzen sich meine Beine wie von selbst in Bewegung, weg von dem plätschernden Gewässer, bis ich plötzlich nach hinten gerissen werde.

Parkers Finger haben meinen Arm umschlossen und hindern mich daran, das zu tun, was die Angst mir befehligt.

»Vor was läufst du davon? Der Angst, die in deinem Kopf sitzt und vor der dir eine Flucht niemals gelingen wird oder der Realität? «, fragt er und zieht mich näher an sich. Ich gehe wenige Schritte vorwärts und das Rauschen des Wassers wird immer lauter, immer realer. Es geht mehrere

Meter abwärts in die Tiefe und nichts und niemand wird mich auffangen. Ich muss mich selbst auffangen.

»Wie gern würde ich dem Drang nachgeben und das tun, was am einfachsten ist: davonrennen. Weit weg von dem, was leben wirklich bedeutet. Kämpfen, frei sein, ich selbst sein.«

Zurück in einen Sog aus Zweifeln, Einsamkeit und Leere.

»Leben ist schwer. Nicht leben aber umso schwerer«, sagt Parker.

Ich atme tief ein und wieder aus, als würde die Luft mir den Mut geben, den ich brauche.

Tu es, Beth.

Stürz dich in den Abgrund. Und rette dich.

Ich ziehe mein T-Shirt über den Kopf und lasse es auf den Boden fallen, Parker tut es mir gleich. Wir sehen uns an, lassen unseren Blick über den Körper des anderen gleiten. Sein Oberkörper, seine Arme, sein Hals sind mit Tattoos bedeckt, allesamt schwarz. Ich versuche, jedes noch so kleine Detail, jedes noch so unscheinbare Motiv zu verinnerlichen.

Dann knöpft Parker seine Jeans auf, ohne den Blick abzuwenden, und schlüpft daraus. Er trägt nur noch eine enganliegende schwarze Boxershorts. Auch seine Beine sind über und über mit Tattoos bedeckt und ich frage mich, ob es noch eine Stelle untätowierter Haut gibt.

Nun bin ich dran. Aber ich bin wie gelähmt und stehe einfach nur da. Parker kommt auf mich zu, legt die Hände auf den Bund meines Rocks.

»Bereit?«

»Bereit.«

In einer raschen Bewegung zieht er den Rock herunter, sodass ich nur in Bustier, Höschen und Strumpfhose vor ihm stehe. Im Gegensatz zu ihm bin ich kalkweiß.

»Der Rock steht dir«, murmelt er, »aber das wird dir gleich noch viel besser stehen.«

Auch wenn ich gerade mehr Panik habe als alles andere, muss ich grinsen. Komplimente zu machen, ist wohl Parkers neues Steckenpferd.

Langsam zieht er die Strumpfhose herunter und ich steige zunächst mit dem linken und danach dem rechten Bein heraus. Ich fühle mich nackter als nackt. Nicht, weil ich mich für die Dehnungsstreifen an meinem Bauch oder die Cellulite an meinen Oberschenkeln schäme, nein. Das hat nahezu jede Frau. Ich schäme mich nicht für meinen Körper, aber noch nie hat mich jemand so gesehen. So nahe, so unbekleidet, so verwundbar.

»Du bist schön, Elizabeth, weißt du das?«

»Ehrlich gesagt, nein. Aber ich glaube dir«, antworte ich.

Er nickt und legt seine Hand in meine, warm vertraut und weich. Als würden sich unsere rabenschwarzen Seelen miteinander verbinden und endlich aufhören, sich zu quälen, provozieren und schinden. Und dann springen wir.

Gemeinsam in den Abgrund.

Ein Schrei dringt aus meinem Mund, der Wind peitscht um mich, lässt meine Haare wild umherfliegen. Es fühlt sich an, als würden wir fliegen.

Bis der Abgrund mich in sich zieht.

Das kalte Wasser umschlingt meinen Körper, zerrt ihn in die Tiefe und ich schlage mit den Armen um mich. Als ich die Augen öffne, scheint die Welt einen Moment lang stillzustehen. Meerestiere schwimmen umher, der Seetang tanzt zwischen ihnen hin und her wie in einer anderen Welt. Als ich an die Oberfläche komme, ringe ich nach Luft und ich will lachen, weinen, jubilieren und alles gleichzeitig. Schließlich entdecke ich auch Parkers Kopf im Gewässer, in dessen Haaren sich Algen verfangen haben. Ich schwimme auf ihn zu und als er mich erblickt, fängt er an zu lachen.

»Halt mal still«, bitte ich ihn und hüpfe im Wasser auf und ab, um ihn von den Algen zu befreien.

Doch sein ganzer Körper bebt und als ich endlich seine Haare erreiche, fühlt sich der Wind eisig kalt auf meiner Haut an.

»Fuck«, höre ich Parker sagen, als seine Haare wieder algenfrei sind und das Wasser mir fast bis zum Hals reicht. »Beth.«

»Was?«

»Du hast was verloren.«

»Was?«, wiederhole ich wenig geistreich.

Ich folge seinem Blick und als ich an mir herabschaue, weiß ich, was er meint. Ich habe mein Bustier verloren. Ich bin obenrum nackt. Vollkommen nackt. Oh. Mein. Gott.

Und vermutlich hat er gerade meine Nippel gesehen, die vom kalten Wasser und Wind so hart sind, dass es fast schmerzt.

Panisch schlinge ich die Hände um meine Brust und will wegschwimmen, als ich fast untergehe. Ich schlucke Wasser und fuchtle wild mit den Armen herum, bis mich Parker an sich zieht.

»Atmen, Beth.«

»Scheiße, das ist so peinlich«, sage ich.

»Ich hab schon viele Brüste gesehen, keine Sorge«, meint er verschwörerisch. »Und obwohl das Wasser schweinekalt ist, hat mich der Anblick alles andere als kalt gelassen.«

Als würde ich seinen Worten nicht genug Glauben schenken, spüre ich den eindeutigen, harten Beweis an meinem Bauch. Wir sehen uns einfach an und warten beide darauf, dass der andere etwas sagt. Aber ich weiß nicht, was ich sagen, geschweige denn tun soll. Ich bin überfordert. Mein Kopf, mein Herz, sie können sich nicht entscheiden zwischen Panik, Abneigung und dem Begehren, das sich irgendwo in meinem Unterleib ansammelt.

»Ich suche dein Bustier, vielleicht schwimmt es hier herum«, meint Parker, um die angespannte Stille zu durchbrechen, und treibt einige Meter weg.

»Nein!« Meine Stimme überschlägt sich fast.

Er sieht mich mit zusammengezogenen Augenbrauen an und schwimmt wieder näher zu mir, jedoch weiterhin auf Abstand bedacht.

»Parker.«

Er sieht mich an, hält meinem Blick stand. Dichte Wimpern umrahmen seine ebenso dunklen, undurchdringbaren Augen. Die Augen, die einst so kalt und stumpf wirkten.

»Sag es«, wispere ich. »Sag meinen Namen.«

Ein kleines Grinsen huscht über sein Gesicht und er tritt näher an mich heran. So nahe, dass ich mit dem Rücken gegen einen Felsbrocken stoße. Ich höre seinen regelmäßigen Atem, sehe wie einzelne Wassertropfen von seinem Gesicht perlen und dann beugt er sich zu mir herunter.

»Macht dich das an? Gefällt es dir, wenn ich deinen Namen ausspreche?«, flüstert er in mein Ohr.

Ein Schauer zieht über meinen Körper, mir wird warm und kalt. Parkers Finger legen sich auf meine Taille und streifen meine Haut.

»Antworte mir.«

Die Bartstoppel kitzeln an meiner Wange und machen mir bewusst, wie nah Parker mir ist. Seine Haut auf meiner, die mich von innen zu verglühen scheint.

»Ja, es gefällt mir«, stoße ich hervor, unfähig seinen Blick zu erwidern.

Seine Lippen liebkosen meinen Hals und finden wieder mein Ohr, ehe er meinem Wunsch nachkommt.

»Elizabeth.«

Ein Stöhnen entkommt meiner Kehle und meine Fingernägel krallen sich in seine Arme.

Shit. Es fühlt sich so gut an. Besser als in meiner Vorstellung, besser als ich es jemals für möglich gehalten hätte.

»Was war das?«, fragt Parker grinsend.

Ich schlage die Augen nieder, Scham überkommt mich und mein Innerstes will weg, der Situation entkommen. Doch mein Herz sagt etwas anderes. Es will etwas anderes.

Herz

oder

Kopf.

Leben

oder

überleben.

Die Antwort scheint simpel, die Ausführung umso schwerer. Ich räuspere mich. Mein Herzschlag geht schnell.

»Ich schätze, ich finde Gefallen daran«, sage ich und halte inne, »von dir berührt zu werden. Dir nahe zu sein.«

»Wie fühlt es sich an?« Parker lässt seine Hand auf meiner Taille liegen, fokussiert mich und wirkt trotz allem entspannt.

»Als würde ich mehr wollen.«

»Wie viel mehr, Elizabeth?«

»Ein klein wenig mehr.«

Er nickt kaum merkbar und ich lege meine Hand auf seine, führe sie über meinen Bauch hinauf zum Ansatz meiner Brüste. Seine Fingerspitzen berühren die Rundung, aber es fühlt sich nicht genug an.

Ich will mehr. Und das, bevor ich mir einrede, weglaufen sei besser.

»Fass mich an«, bitte ich Parker. »Fass mich so an, als sei ich ein normales Mädchen.«

Er legt die Stirn an meine und obwohl ich weiß, dass er es genauso sehr will wie ich, scheint er zu hadern. Das Rauschen des Wasserfalls ist der Soundtrack dieses Moments.

»Normal ist relativ«, murmelt er, ehe er mit beiden Händen meine Brüste umfasst. Seine Berührung ist grob, fast schmerzhaft.

»O Gott«, stoße ich hervor und drücke mich ihm entgegen.

Meine Brüste passen perfekt in seine Hände und meine empfindlichen Nippel reiben an seiner Handfläche, was mich vollkommen verrückt macht.

»Mehr«, bettle ich und diesmal kommt Parker meiner Aufforderung nach, ohne zu zweifeln.

Er hebt mich auf den Vorsprung eines Steins und nimmt eine Brustwarze in den Mund, während seine linke Hand meine andere Brust massiert. Es fühlt sich an, als wäre ich im Nirvana, als könnte ich nie genug davon bekommen.

»Habt wohl eure Klamotten vergessen«, brüllt auf einmal jemand, ehe ich vor lauter Schreck wieder im Wasser lande.

Ich lege den Kopf in den Nacken und kann Dagen und Kye entdecken, die auf der Klippe stehen. Wo kommen die denn her?

»Ihr Wichser«, ruft Parker ihnen entgegen.

Sie zeigen uns den Mittelfinger und machen sich auf den Weg nach unten zum See. Und ich bin immer noch halbnackt, verdammte Scheiße.

»Sorry«, murmelt Parker.

»Mir tuts nicht leid«, erwidere ich. »Das war das Beste, was ich jemals gemacht habe.«

»Scheiße, ja.« Und dann brechen wir in schallendes Gelächter aus, was durch die Ankunft von Parkers Freunden unterbrochen wird.

Dagen schmeißt unsere Klamotten ins Gras und zieht eine Zigarettenschachtel aus der Hosentasche.

»Was verschlägt euch hier her?«, frage ich die beiden.

»Wir waren gerade im Verbindungshaus und haben danach bei den Vorbereitungen für den nächsten Kampf geholfen«, antwortet Kye mit einem Seitenblick auf Parker, der mir nicht entgeht.

»Ihr helft aber nur, oder?«

Kye grinst. »Du willst wissen, ob ich auch kämpfe? Hab ich mal 'ne Zeit lang. Das Geld war's wert, mehr aber nicht. Seitdem boxe ich ab und zu bei Dagen im Club.«

»Du hast einen Club?«

»Noch gehört er meinem Dad«, erklärt Dagen. »Wenn er den Job aber an den Nagel hängt, werde ich den Laden übernehmen. Ist 'ne legale und weniger blutige Alternative zu den Kämpfen im Untergrund.«

Ich nicke und versuche, Parkers Blick aufzufangen, der mir jedoch geschickt ausweicht. Ob er jemals in Erwägung gezogen hat, in einem Boxclub zu kämpfen? Oder ist es der Kick des Illegalen, der Parker immer wieder dazu veranlasst, bei den Untergrundkämpfen mitzuwirken?

»Ihr könnt euch dann wieder verpissen, wenn das Kaffeekränzchen beendet ist«, fährt Parker seine Kumpels an.

»Oh, sorry«, äfft Kye in einem lieblichen Ton, der so gar nicht zu ihm passt. »Haben wir euch beim Vögeln gestört?«

»Wird auch mal wieder Zeit, dass du abspritzt. Du bist unerträglich in letzter Zeit.« Dagen schnippt den Zigarettenstummel auf den Boden und tritt ihn aus.

»Dir spritzt gleich dein eigenes Blut in die Fresse«, gibt Parker sichtlich genervt zurück. »Und auf Zuschauer hab ich keinen Bock.«

»Früher hats dir nichts ausgemacht, wenn ich die Schlampe in den Mund gefickt hab, während du ihren Arsch genommen hast.« Kye grinst anzüglich.

»Bei dir gilt ja auch die Regel: Loch ist Loch«, kontert Parker. »Ich ficke nicht jede, die mir über den Schwanz kriecht.«

»Beruhigt euch mal, ihr geht mir auf den Sack mit eurem Kindergartentheater«, schaltet sich Dagen ein, worüber ich sehr froh bin.

Daraufhin verabschieden sich die beiden von uns und nehmen den Trampelpfad zurück.

»Wir sehen uns, BP.«

Kaum sind sie hinter den Bäumen verschwunden und außer Sicht- sowie Hörweite, steigt Parker aus dem Wasser.

»Ich gebe dir mein T-Shirt.«

Ich nicke, schwimme ebenfalls zum Ufer und nehme das T-Shirt dankend entgegen. Es ist mir zwar zwei Nummern zu groß, aber dafür wärmend und vor allem bedeckend.

Nachdem wir uns angezogen haben, laufen wir stillschweigend zurück zum Auto, jeder in seinen eigenen Gedanken versunken. Als wir schließlich ins Auto steigen und zurückfahren, merke ich, wie ich mit jedem Kilometer müder werde. Der Tag war anstrengend. Ich habe erfahren, dass mein Dad entlassen wurde und womöglich überall herumlaufen und mir auflauern kann. Vielleicht aber hat ihn mein Ausraster damals im Krankenhaus abgeschreckt. Wenn nicht, sollte ich mittlerweile gut genug mit einem Messer und einer Pistole umgehen können, um mich zu schützen.

Oder er wird von der Polizei festgenommen und wird den Rest seines Lebens hinter Gittern verbringen. Und wenn nicht, bliebe mir sogar die Möglichkeit, eine einstweilige Verfügung gegen ihn zu erlassen.

Aber vor allem habe ich heute eines bewiesen: Mut. Nach Jahren der Qualen habe ich meinen Dad angezeigt, ohne einen Rückzieher gemacht zu haben, und ich habe so viel Nähe zugelassen wie noch nie.

Parker hat meine nackten Brüste angefasst, was ich niemals für möglich gehalten hätte, und es hat mir gefallen. Und es hat mir ebenso gefallen, dass ich solch eine Wirkung auf ihn habe.

Ja, heute war ich mutig. Heute ist Lizzy ein kleines bisschen gestorben, während Beth weiter über sich hinausgewachsen ist.

»Wir sind da«, reißt mich Parkers Stimme aus den Gedanken.

»Wenn du wieder dein Zimmer beziehen willst-«

Er schüttelt den Kopf. »Nein, du kannst dort wohnen, solange du willst. Ich habe in meinem Zimmer ohnehin nicht mehr viel Zeit verbracht.« Dann dreht er sich zu mir um, im Radio summt leise Hurt von Johnny Cash. »Erinnerst du dich noch daran, als ich zu dir sagte, dass ich dich lieben würde, wenn du mich lassen würdest?«

»Ja«, flüstere ich.

»Du lässt mich dich immer mehr lieben. Das heute … Beth, ich weiß nicht, ob ich es schaffe, gegen meine Wut anzukämpfen und mich nicht von ihr hinreißen zu lassen.«

Ich schlucke und schaue zum Haus, in dem gerade das Licht im Wohnzimmer angeschaltet wurde.

»Genauso geht es mir doch auch. Die Angst ist immer noch da, irgendwo tief in mir. Sie kann jederzeit ausbrechen«, entgegne ich.

»Du hast Callie gehört, ich bin ein Monster. Und sie hat recht. Ich bin nicht in Gefahr, ich *bin* die Gefahr. Und wenn du das nicht einsiehst, Beth, dann verschließt du die Augen vor der Realität.«

»Weshalb boxt du nicht in Dagens Club?«, traue ich mich endlich auszusprechen, was ich mich die ganze Zeit über frage.

Er seufzt. »Das ist nicht das Gleiche.«

»Weil du dort deinen Gegner nicht bewusstlos oder komatös oder tot prügeln kannst? Ist es das? Willst du die Leute am Boden sehen so wie deinen Dad damals?« Meine Stimme hat sich zu einem einzigen Brüllen verwandelt. »Willst du das, Parker? Sag mir die Wahrheit!«

Mit den Fingern trommelt er auf dem Lenkrad herum, als würde er sich nicht trauen, die Wahrheit auszusprechen. Dabei hat Parker keine Skrupel, die dreckigsten Wörter in seinen Mund zu nehmen. Obwohl ich seine Antwort erahne, muss ich es hören. Von ihm. Er muss es sich selbst eingestehen.

»Ja, Scheiße, das will ich. Und?« Er fährt sich mit der Hand durch die Haare und schaut durch das Fenster der Fahrerseite.

»Und?«, wiederhole ich außer mir. »Du bringst damit Menschen um, Parker! Du bist …«

»Ein Monster, sag es doch.«

Ich lege meine Hand auf seine, die sich auf dem Schaltknüppel befindet, doch er entzieht sich meiner Berührung.

»Du hast drei Leben gerettet, Parker. Die deiner Mom, Callie und Sheree. Du hast sie beschützt mit deinem Leben! Du hast damit gezeigt, dass ein Leben wertvoll ist und machst mit den Kämpfen genau das zunichte, was dich ausmacht. Du hast deine Familie gerettet, du bist in den Knast, um ihnen wieder Freiheit und Leben zu geben.«

Meine Kehle ist staubtrocken, meine Augen tränenleer und die kalte Abendluft schlägt mir entgegen, kaum dass ich die Autotür öffne.

»Gute Nacht«, sage ich, ehe ich mich umdrehe und höre, wie er mit quietschenden Reifen davonfährt.

Kapitel 20

Am nächsten Tag schaue ich alle paar Minuten auf die große Wanduhr im Foyer der Bibliothek, aber der Minutenzeiger bewegt sich viel zu langsam. Noch 59 Minuten, bis wir schließen. Noch 3540 Sekunden, in denen ich versuche, nicht wie ein elendiger Zombie am Schreibtisch zu sitzen.

Der gestrige Tag hat mich mehr angestrengt, als ich zugeben würde. Es strapaziert mich, Zeit mit anderen Menschen zu verbringen. Keine Frage, es war schön mit Parker – jedenfalls bis zu unserer Auseinandersetzung, die wie üblich endete. Und mal wieder weiß ich nicht, woran ich bei ihm bin. Zwar hat er mir gestern deutlich gemacht, dass er mich mag – auf eine Art, die mir noch fremd und manchmal beängstigend ist, aber sieht er es heute noch so?

Ich fahre mir durch das Haar und lege meine Stirn auf die kühle Platte des Schreibtischs, als könnte es das Chaos in meinem Kopf lichten.

Ein ohrenbetäubender Lärm reißt mich aus den Gedanken und lässt mich fast vom Schreibtischstuhl fallen, als ich ein nur allzu bekanntes Gesicht erkenne.

»Ich muss mit dir reden«, sagt Arya, deren blonden Haare zu einem hohen Pferdeschwanz gebunden sind.

»Ich wüsste nicht, was wir zu bereden haben«, gebe ich tonlos zurück.

Sie benetzt die rosige Haut ihrer Lippen mit der Zunge, ehe sie weiterspricht. »Es tut mir wirklich leid. Alles. Vermutlich werden wir nie wieder Freundinnen sein-«

»Das waren wir niemals.«

»Ich weiß, dass Parker zurück ist. Und ich kenne auch den Grund dafür.« Sie legt ein weißes Stück Papier auf den Tresen vor mir. »Ich finde, du solltest es wissen.«

Ich starre auf das Papier, unsicher, ob ich Arya trauen kann nach dem, was sie getan hat. Warum sollte sie etwas für mich tun, nachdem sie mir bereits einmal das Messer in den Rücken gerammt hat? Beim zweiten Mal würde es ihr sicher noch leichter fallen.

»Keine Ahnung, warum du das tust oder was du dir davon erhoffst«, erwidere ich. »Aber solltest du dir kein Buch oder einen Film ausleihen wollen, bitte ich dich, zu gehen.«

Sie schiebt das Papier zu mir. »Sieh es, als was du willst. Ich hab es nur gut gemeint.«

Dann dreht sie sich um und ist durch die Eingangstür verschwunden. Ihr blumiges Parfüm weht in der Luft. Das Stück Papier liegt vor mir wie damals die Briefe aus der Highschool, die einem mitteilten, dass die Versetzung gefährdet ist. Ich bin mir nicht sicher, ob ich wissen will, was darinsteht. Was könnte das Schlimmste sein, das passieren könnte?

Nichts. Denn das Schlimmste ist bereits eingetreten.

»Was wollte die junge Dame denn?« Ellens Stimme lässt mich zusammenzucken und ich verstecke das Stück Papier schnell in meiner Hosentasche.

»Ach, sie wollte nur wissen, wie viel die Benutzungsgebühr beträgt«, lüge ich.

Sie nickt und legt einen Arm um meine Schulter. »Ich bin stolz auf dich, Beth, du hast Fortschritte gemacht.« Ihr aufrichtiges, warmes Lächeln weckt Schuldgefühle in mir, obwohl das eben nichts weiter als eine Notlüge war. »Wenn du hier allein zurechtkommst, mache ich im Büro schnell eine Bestellung fertig«, meint Ellen.

»Kein Problem.«

Als sie schließlich im Büro verschwunden ist, ziehe ich das Papier aus meiner Hosentasche. Kurz überlege ich, ob ich es zerreißen soll, ehe ich es aufklappe. In kursiver Schrift steht eine Adresse geschrieben:

64 E 42nd St Daford, LM 2212 USA

Die Straße ist nur wenige Gehminuten von hier entfernt und liegt im Industriegebiet. Ich tippe die Adresse in mein Handy ein und finde heraus, dass es ein verlassener Bahnhof ist, der seit fünf Jahren gesperrt ist.

Auf dem Papier stehen außerdem ein Datum und eine Uhrzeit. Das Datum von heute. 23 Uhr. In verdammten fünf Stunden.

Mit der Hand fahre ich über die geschwungenen Buchstaben. Was auch immer das mit der Rückkehr von Parker zu tun hat, ich werde es herausfinden.

*

Kurz nach 22 Uhr stehe ich vor dem Spiegel, der am Himmel stehende Mond wirft sein Licht durch das Fenster und ich höre, wie sich Callies Zimmertür schließt. Ich habe mich für eine schwarze Skinnyjeans, ein Bandshirt, eine graue Jeansjacke und schwarze Vans entschieden. Die Pistole habe ich zwischen Hosenbund und Jacke geschoben, damit sie nicht zu erkennen ist. Die Dolche sind wie immer an meinem Knöchel befestigt, für alle Fälle.

Ich habe weder die leiseste Ahnung noch irgendeine Vermutung, was mich erwarten wird, aber ich werde nicht kneifen. Nicht mehr. Nie mehr.

Ich lege die Hand auf den Türknauf und versuche, sie so leise wie möglich zu öffnen. Ellen und Callie sollen nichts von meinen nächtlichen Streifzügen erfahren. Ich will sie aus den ganzen illegalen, gefährlichen Machenschaften heraushalten so gut es geht.

Als ich aus der Haustür trete, beschleunige ich meine Schritte und erwische den letzten Bus, der menschenleer ist. Ich muss bis zur Endhaltestelle fahren und dann noch einige Blocks laufen. Die Umgebung ist wie ausgestorben und einen Moment frage ich mich, ob ich nicht doch umdrehen soll. Bis eine Gruppe junger Erwachsener um die Ecke biegt, sichtlich gut gelaunt, alkoholisiert und von denen einer einen Hoodie mit der Aufschrift des örtlichen Colleges trägt.

»Ein verlassener Bahnhof als Location ist abgefahren«, meint das blondhaarige Mädchen, dessen goldenes Paillettenkleid mehr glitzert als eine Diskokugel.

Ich beschließe, ihnen unauffällig zu folgen und stehe tatsächlich nach wenigen Blocks dem maroden, alten Bahnhofsgebäude gegenüber. Musik schallt aus dem Bauwerk, bunte Lichter reflektieren am Glasdach und den teils zerbrochenen Fenstern.

Durch einen seitlichen Eingang verschaffe ich mir Zutritt zum Gebäude und halte inne, als ich das Ausmaß dessen begreife. Das Bahnhofsgebäude ist riesig und eine einzige Partystätte. Mehrere hundert Menschen tummeln sich herum, bewegen ihre Körper zur Musik, prosten sich zu, lachen, singen und unterhalten sich.

Eine Party? Das wollte Arya mir zeigen? Selbst wenn Parker sich hier herumtreiben würde, wäre es nicht meine Angelegenheit. Er lässt sich nichts vorschreiben, selbst wenn ich so was wie seine Freundin wäre, was ich zum jetzigen Zeitpunkt sicher nicht bin.

»Ohmein Gott, Beth! Was machst du denn hier?«, ruft mir plötzlich jemand zu und werde in jemandes Arme gezogen. Der sinnliche Duft und die kurzen, lockigen Haare verraten mir, dass es niemand anderes als Aubrey sein kann.

»Warum hast du mir denn nicht gesagt, dass du auch hier bist?« Sie schürzt die dunkelrot geschminkten Lippen.

»Ähm, ich wusste es selbst bis vor wenigen Stunden nicht«, gebe ich schulterzuckend zu.

»Oh«, macht sie. »Hat dich jemand eingeladen?«

»So ähnlich.« Wenn das vollgekritzelte Stück Papier als Einladung zählt. Ich will es gerade aus der Hosentasche ziehen, als mir einfällt, dass ich es zu Hause auf meinem Nachttisch habe liegen lassen. Was solls, jetzt brauche ich es eh nicht mehr.

»Du hast ja noch gar nichts zu trinken!«, stellt Aubrey entsetzt fest und zieht mich an der Hand zu einem Getränkestand. »Wie wärs mit einem Boston Pops Martini? Oder Bud Light Beer?«

»Ich würde lieber was ohne Alkohol nehmen«, entgegne ich.

»Dann musst du unbedingt eine Fanta Cherry probieren, schmeckt einfach bombastisch«, empfiehlt sie mir und drückt mir eine eisgekühlte Dose in die Hand, die ich zischend öffne.

Ich nehme einen Schluck und der fruchtige Geschmack breitet sich auf meiner Zunge aus. »Wow, ich hab nie eine bessere Limonade getrunken.«

»Ich hab's dir ja gesagt.« Sie grinst. »Ich bin froh, dass ich schon einiges intus habe, ohne würde ich das Spektakel gar nicht überleben. Es wundert mich, dass du überhaupt da bist.«

»Spektakel? Was-«

Ein ohrenbetäubendes Heulen lässt mich herumfahren und sofort werde ich von Aubrey und der Menschenmenge mitgezogen. Über steinerne, breite Treppen gelangen wir zu einer Bahnhofshalle, in der mit roter Farbe ein Kreis mit mehreren Metern Durchmesser gezogen ist. Vielleicht ist es aber auch Blut, möglich wäre es. Allein bei dem Gedanken daran fährt mir ein Schauer über den Rücken. Das Feuer der Fackeln, die an den Wänden befestigt sind, zuckt wild und lässt mich dennoch frösteln.

Ich habe eine Vermutung, was gleich passieren wird.

Und eine Vermutung, weshalb ich hier bin.

Ich bin dort, wo alles anfing. Wo Blut fließt.

Wo eine Faust krachend in das Gesicht des anderen trifft. Wo ein am Boden liegender Gegner noch nicht dasEnde ist.

Wo sich die Zuschauer an der Brutalität ergötzen.

Ich stehe inmitten einer Szenerie, die so unwirklich ist und doch schreckliche Realität. Er ist hier, irgendwo, und wird kämpfen. Er macht sich selbst zu einem Monster, das sich vor seinem eigenen Spiegelbild ekelt.

»Ich weiß, warum ihr alle hier seid. Warum wir alle hier sind«, dröhnt eine Stimme durch die Halle, die mit einem Mal mucksmäuschenstill ist. »Ihr wollt ihn sehen und hier ist er, der Mann, der sich die letzten Wochen und Monate im nationalen Untergrund einen Namen gemacht hat: Bloody Parker!«

Das hat er also in all der Zeit getan. Gekämpft. Geschlagen. Sich die Seele aus dem Leib geprügelt. Dem Monster in seinem Inneren das gegeben, was es fordert.

Die Menge jubelt und kreischt, starrt gebannt auf die beleuchtete Steintreppe, die vom ersten Stockwerk herunterführt. Das Feuer der am Treppengeländer angebrachten Fackeln zuckt wild hin und her. Die Schreie hallen im ganzen Gebäude.

Ich bekomme einen Ellbogen in die Seite gerammt und als ich durch die Menge schaue, erkenne ich zwei Gesichter: Kye und Dagen. Sie haben beide jeweils eine Zigarette im Mundwinkel stecken und wirken wie zwei Statuen inmitten der grölenden Menge. Sie sehen nicht aus, als würden sie sich amüsieren.

Und als ich den Blick von ihnen abwende, sehe ich ihn. Das Gesicht umhüllt von einem schwarzen Umhang, ein weißes T-Shirt, durch das die Tattoos seines Oberkörpers durchscheinen.

Deshalb ist er zurückgekommen. Der einzige Grund für seine Rückkehr ist ein Kampf. Nicht wegen eines schlechten Gewissens oder weil er seine Familie oder gar mich vermisst hat. Auch wenn ich es geahnt habe, trifft es mich umso mehr.

Die Tränen sind aufgebraucht, die Schreie erstickt. Warum tut er das? Warum immer wieder?

Langsam schreitet er die Treppe hinunter, als würde er es genießen, wie ein Rockstar gefeiert zu werden.

Es fühlt sich an wie Verrat. Wie ein tiefer Schlag in die Magengrube. Wie eine Schlinge, die sich mehr und mehr um meine Kehle zieht.

Kapitel 21

Parker

Last Resort – Papa Roach

Es fühlt sich an wie der Gang zur Hölle.

Und gleichzeitig fühle ich gar nichts. Nicht den üblichen Adrenalinkick oder das Gefühl oder Überlegenheit, wenn ich den Ring betrete. Stattdessen fühle ich Leere. Eine Leere, die mein Innerstes ausbrennt und jeden Schritt, den ich gehe, erschwert.

Last Resort dröhnt aus der Musikanlage und kündigt meinen Auftritt an. Der Weg die Treppe hinunter kommt mir unendlich lang vor. Das Jubeln und Schreien der Menge nehme ich nur gedämpft wahr. Das Blut rauscht in meinen Ohren und immer noch warte ich auf den Moment, in dem das Adrenalin Besitz von mir nimmt.

Aber es passiert nichts.

Ich habe den Ring erreicht und warte auf die Ankunft meines Gegners, als der Kampfrichter mir den Umhang vom Kopf zieht. Ich blinzle durch die Menge, die förmlich durchzudrehen scheint. Als wäre ich ein gottverdammter Held, dabei schlage ich anderen die Visage blutig und wenn es sein muss, sogar krankenhausreif. Daran ist nichts heldenhaft.

Die Flammen des Feuers flimmern, als würden sie den Tanz des Teufels vollführen. Ihre Hitze schlägt mir entgegen wie die Schläge des Mannes, den ich einst so bewundert und geliebt habe. Ich hielt ihm eine Wange hin und er nahm mein ganzes Gesicht, nur um es mit Blut, Schweiß und Hämatomen zu kennzeichnen. Er hörte nicht auf, wenn ich schrie oder heulte, im Gegenteil. Er genoss die Qualen, die er mir antat. Die verzweifelten Schreie meiner Mom, wenn sie ihn bat, aufzuhören. Sein verächtliches Lachen schleicht sich heute noch in meine nächtlichen Träume und lässt mich wieder der Junge von damals sein. Der Junge, der seine Familie vor dem Monster beschützen wollte.

Und heute stehe ich als dasselbe Monster im Ring.

Auf der Suche nach Vergeltung und danach, die innerliche Wut auszulöschen. Doch nichts hilft, nichts lässt mich leichter und freier fühlen. Nichts hilft, dem Käfig zu entkommen. Ich bin ein Gefangener meiner selbst, habe mir die Schlaufe eigens um den Hals gelegt und ziehe sie mit jedem Tag mehr zusammen.

Bis ich daran ersticke.

Ein Raunen katapultiert mich zurück ins Hier und Jetzt. Mein Gegner steht mir gegenüber, die Kapuze tief ins Gesicht geschoben. Als er sie abnimmt, überkommt mich die Wut mit einer Heftigkeit, die die Schlinge zuziehen lässt, nur um sie im nächsten Augenblick auseinanderzuziehen. Sie überlässt mich dem Blutbad, das folgen wird.

»Und hier haben wir den Gegner: The Rebellious Brogen. Bisher hat er nur einen Kampf verloren, nämlich den gegen Bloody Parker. Wird er heute siegen oder wird BP mit seinem 252. Sieg aus dem Ring steigen?«

Er leckt sich mit der Zunge über die Lippen und seinem angriffslustigen Blick entnehme ich, dass es nur ein Spiel für ihn ist. Für mich aber ist es mehr. Die Kämpfe sind mein letzter Ausweg, mit der ganzen Scheiße klarzukommen.

Das kantige, ungepflegte Gesicht von Rebellious Brogen verwandelt sich in eine lachende Fratze.

Du bist nicht mein Sohn, du bist ein Versager. Deine Mom ist so schwach. Genau wie du.

Noch bevor das Signal für den Kampf beginnt, laufe ich auf ihn zu und ramme meine Faust in die hässliche Visage. Er taumelt zurück, völlig überrumpelt von meinem Angriff und wischt sich das Blut aus seinem Gesicht.

»Kennst du mich noch, Bloody Parker?«, raunt er und sein dreckiges Grinsen offenbart einen fehlenden Schneidezahn. »Oder hast du mich schon vergessen? Ich bin wieder draußen und ich werde dich fertigmachen. Du warst einmal der Held der Untergrundkämpfe, find dich damit ab.«

Brogen Danevin. Der Mann, der mir die Zeit im Knast zur Hölle gemacht hat. Er saß wegen Totschlags und ich weiß, dass noch viel mehr Morde auf seine Kappe gehen. Er ist ein Psychopath.

»Ich hab nicht vergessen, was für ein Dreckskerl du bist«, erwidere ich und setze zum nächsten Schlag an, als er mich in der Magengrube trifft.

Sein Lachen hallt im Gebäude, das Jubeln und Zurufen der Menge wird lauter. Er lässt den Blick schweifen, genießt die Atmosphäre und ich nutze den Moment seiner Unachtsamkeit aus. Mit geballten Fäusten schlage ich ihm das Gesicht ein, stoße ihm mein Knie zwischen die Rippen und er sackt zusammen. Ein Röcheln dringt aus seiner Kehle und die schwachen Versuche, mich unter ihm zu begraben, bringen mich zum Lachen.

»Bloody Parker! Bloody Parker! He's back!«, schreit die Menge.

Scheiße, ja, ich bin zurück.

Doch der Wichser unter mir wird nie mehr zurückkehren. Er tötet aus Vergnügen. Ich hatte keine andere Wahl, als meine Familie zu schützen. Das Monster in die ewige Verdammnis zu werfen.

Ich packe ihm am Kragen des T-Shirts, das bereits von Blut durchnässt ist. »Hast du noch nicht genug?«, zische ich.

Sein linkes Auge ist angeschwollen und Blut tropft von seiner Stirn hinab auf meine aufgeplatzten Fingerknöchel.

»Los, mach ihn fertig!«

»Zeig ihm, wer der Sieger ist, BP!«

»Lick your own blood, bastard!«, schreit die Menge meinen Leitspruch immer wieder, bis ich nichts mehr anderes höre.

Doch ein Schrei lässt mich innehalten.

Und ich sehe sie inmitten der Menschen. Sie steht einfach da und pure Enttäuschung spiegelt sich in ihrem Gesicht wider. Jetzt weiß sie, warum ich zurückgekommen bin. Nicht, weil ich mich geändert habe und zur Vernunft gekommen bin.

Nein.

Weil sich das Monster in mir nach Blut sehnt. Ich kann nicht nachgeben. Es findet mich immer wieder.

Der Schrei aber kommt nicht von Beth. Ich lasse den Blick über die Menge gleiten und als ich in das schmerzverzerrte Gesicht blicke, weiß ich, dass ich sie verloren habe. Dass ich alles verloren habe, wofür ich gekämpft habe. Dass ich meine Schwester verloren habe, denn nun sieht sie das Monster, das ich bin. Callie sieht das Blut, das an meinen Händen klebt. Ich weiß nicht, wie sie hierhergekommen ist oder davon erfahren hat. Aber das ist nicht mehr wichtig. Nichts davon ist mehr wichtig.

»Fick dich, Bastard. Sei froh, dass ich dich am Leben

lasse«, sage ich zu Brogen, bevor ich ihn wie ein Stück Dreck auf den Boden fallen lasse und den Ring verlasse.

*

Ich trete aus dem Gebäude und die kalte Luft schlägt mir entgegen. Die Schreie der Menge werden immer leiser, je mehr ich mich entferne. Das T-Shirt klebt an meinem Oberkörper, der Schweiß vermischt sich mit Blut.

Der Himmel ist dunkel, graue Wolken ziehen vorüber und atemlos bleibe ich stehen.

Als würde das Monster mir nicht nur die Luft nehmen, sondern alles, was mir geblieben ist, falle ich auf die Knie und vergrabe mein Gesicht in meinen Händen.

Ich spüre nur Leere und Hass. Hass auf mich selbst, Hass auf das Monster. Hass auf das, was ich getan habe, immer wieder. Weil sie mich feiern wie einen Rockstar und ich mir vorkomme wie ein elendiger Hurensohn, der zu schwach ist, um sich den Dämonen zu stellen. Der Hass treibt mir Tränen in die Augen und diesmal kann ich sie nicht mehr aufhalten. Ich kann nicht mehr.

»Warum, Parker, warum?« Ihre leise Stimme hört sich viel zu gefasst an. »Ich hatte Hoffnung. Hoffnung für mich, für dich, für uns.«

»Dann warst du dumm, Beth«, entgegne ich heiser, das Gesicht weiter in den Händen vergraben.

»Dreh dich um.« Ihre Schritte nähern sich mir und als sich ihre Hand auf meinen Rücken legt, fühlt es sich zu viel an.

Ich fahre herum, schlage ihre Hand weg und vergrößere den Abstand zwischen uns. Obwohl es dunkel ist und sich nirgends eine Lichtquelle befindet, kommt es mir vor, als würde sie direkt in mich sehen. Als würde sie das erste Mal überhaupt begreifen, wer ich tatsächlich bin, was ich hier tue und wie widerwärtig es ist.

Herannahende Schritte lassen mich aufhorchen und von weitem erkenne ich die Silhouette von Callie. Ihre Haare wehen im Wind und sie hat die Arme um ihren Oberkörper geschlungen.

»Callie! Was tust du hier?« Beth' Stimme überschlägt sich fast.

Ihre Augen sind blutunterlaufen, sie hat geweint, wegen mir. »Ich bin dir gefolgt«, sagt Callie und lacht bitter auf.

»Das meintest du also, als du sagtest, dass das, was mein Bruder nachts tut, viel schlimmer ist. Ich hatte ja keine Ahnung, wie schlimm!« Die letzten Worte schreit sie.

Ich schaue zwischen den beiden hin und her, unfähig, zu sprechen. Callie traut sich nicht einmal mehr, mich anzusehen. Sie muss mich verachten. Oder hassen. Oder beides gleichzeitig. Und ich kann es ihr nicht mal verübeln. Keiner der beiden sollte vom Kampf erfahren. Es sollte der Abschluss der Saison werden.

»Wie lange tust du das schon, Parks?« Callies Stimme hört sich unendlich weit entfernt an.

Ich streiche mir das blutverklebte Haar aus der Stirn und als ich an mir herunterblicke, sehe ich, wie sehr das weiße T-Shirt von Blut durchtränkt ist. Die Spuren kleben überall an mir.

»Wie lange, habe ich gefragt!«, schreit Callie und wirft mir einen Blick zu, der keine Sekunde andauert.

»Was tut das zur Sache?«, erwidere ich schwach.

»Ich will es wissen!«

»Damit du das Bild des Monsters vervollständigen kannst, das ich bereits seit Wochen für dich bin?«, platzt es mir heraus und sie weicht einen Schritt zurück.

»Du bist es mir schuldig!«

Ihr Schluchzen fühlt sich schlimmer an als jeder Schlag, den ich im Leben einstecken musste. Das Gefühl, wenn einem die Lippe aufplatzt, die Fingerknöchel, die Nase oder mehrere Rippen gebrochen werden –dieser Schmerz ist vergänglich. Der Schmerz, wenn alles in einem zerbricht, wird hingegen ewig auf mir lasten.

»Schuldig?«, spucke ich das Wort voller Verachtung aus.

»Weil ich dir, Sheree und Mom den Arsch gerettet habe? Weil ich mein Leben hergegeben habe, um eures zu retten? Ich habe die ganze verdammte Scheiße auf mich genommen habe, weil …«

»Weil?« Sie hat die Hände zu Fäusten geballt und wartet

nur darauf, dass ich etwas Falsches sage. Dabei gibt es nichts mehr, was ich Falsches sagen und machen könnte.

»Weil ich euch beschützen wollte!« Ich fahre mir durch die Haare und spüre, wie alles in mir zusammenfällt. »Oder denkst du, ich hab das getan, weil es mir Vergnügen bereitet hat? Weil ich mich gern von dem Mann habe blutig schlagen lasse, der uns genau davor beschützen sollte? Denkst du, es fällt mir leicht, das alles zu vergessen? Nie habe ich irgendetwas davon vergessen.«

Mit dem Ärmel wischt sie sich über das Gesicht. »Das ist Grund, warum du andere schlägst, bis sie in ihrer eigenen Blutlache stehen und zusammenklappen? Das macht dich nicht besser als Dad oder … Steve. Du machst dich zum Monster, Parks! Oder fühlt es sich gut an? Ist es das, was du willst?«

Was ich wirklich will, ist, alles zu vergessen. Aber ich weiß keinen anderen Ausweg, dem Käfig entkommen, der mich seit Jahren gefangen hält. Ich muss ihm entkommen. Ich muss es schaffen.

»Du wagst es, mich mit ihnen zu vergleichen? Ich wurde zu dem Monster, weil ich mein Leben für euch gegeben habe. Und jetzt schaffst du es nicht einmal, mir in die Augen zu schauen oder meine Nähe zu ertragen.« Ich lache heiser aus, gehe langsam auf sie zu und stülpe die Hosentaschen nach außen. »Keine Pistole, kein Messer, keinen Dolch, nichts. Wenn es das ist, wovor du Angst hast, Callie, dann sollltest du dich vor Beth fürchten.«

Aber Beth' Mine verzieht sich kein bisschen. Sie zieht nicht scharf die Luft ein, versucht nicht sich zu rechtfertigen oder wirft mir einen hasserfüllten Blick zu, wie ich es zugegebenermaßen erhofft habe. Doch ich weiß, dass sie nie unbewaffnet das Haus verlässt. Nicht nach allem, was geschehen ist.

»Was meint er damit, Beth?«, fragt meine Schwester leise, als könnte sie es erahnen.

Den Blick auf mich gerichtet, zieht sie in einer geschickten Bewegung mehrere Dolche hervor und wirft sie vor meine Füße. Der rote Dolch. Die letzte Erinnerung an Dad, die nicht von Schlägen und Blut beschmutzt ist.

»Woher …«, stammelt Callie.

»Aus meiner Kommode hat sie sie mitgehen lassen«, komme ich ihr zuvor. »Aber das war noch nicht alles, hab ich recht?« Ohne Beth die Möglichkeit zu geben, zu antworten, packe ich sie grob am Arm und drücke sie gegen die Hauswand. Dann fasse ich unter ihre Jacke, ziehe die Pistole hervor und ziele damit auf Callie. »Warum glaubst du, trägt man Waffen bei sich, Schwesterherz?«

Sie ist wie erstarrt und bewegt sich keinen Zentimeter aus der Schusslinie.

»Weil man vor einem Monster davonläuft und keine andere Wahl hat, sich vor ihm zu schützen«, antworte ich und lasse die Pistole sinken. Ich erwarte, dass sie mich anschreit, wegrennt, aber nichts passiert.

»Erinnerst du dich, was ich dir gesagt habe? Dass wir nicht mehr gegeneinander ankämpfen, sondern miteinander? Glaubst du, das hab ich einfach so gesagt?« Beth' Stimme durchbricht die Stille, bringt mich wieder zurück ins Jetzt, in die Nacht, die alles verändert hat. »Ich habe es gesagt, weil ich es so gemeint habe, Parker. Weil etwas zwischen uns ist, das wir beide brauchen.«

Die Pistole fällt aus meiner Hand, landet achtlos auf dem Asphalt und mit ihr alles, was ich versucht habe, zurückzuhalten.

Die Schlinge um meinen Hals zieht sich enger zusammen, raubt mir die Luft zum Atmen, die Kraft, um gegen das Monster anzukämpfen, mich aus den Ketten zu befreien.

»Ich weiß nicht mehr weiter.«

Fünf Worte, eine Wahrheit. Ehrlicher als alles, was ich jemals gesagt habe.

Kapitel 22

Ihn so zu sehen, zerreißt mir das Herz. Ihn so zu sehen, wie er sich wirklich fühlt. Nie hat er sich mir mehr offenbart als in diesem Augenblick.

In seinen Augen schimmern Tränen. Ich habe den Drang, ihn von der Last zu befreien, die seit Jahren auf seinen Schultern sitzt, ihn mehr und mehr erdrückt. Doch nur er selbst kann es zulassen.

»Ich hab gekämpft, Parker, und ich weiß, du kannst es auch«, sage ich. »Ohne Blut, ohne Verletzungen.«

»Sie hat recht«, pflichtet Callie mir bei.

Parker seufzt. »Ihr habt leicht reden.«

Nun bin ich es, die bitter auflacht. »Weil ich ja auch eine so glänzende Vergangenheit hatte! Weißt du überhaupt, wie es für mich ist, nicht das zu tun, was die Angst mir einredet? Wie es ist, wenn du … wir uns nahe sind? Es ist jedes Mal ein Kampf, mal größer, mal kleiner. Und trotzdem weiß ich, dass … es sich lohnt, dass es das ist, was ich will.«

Er sieht mich an und scheint nach den passenden Worten zu suchen. »Ich kannte ihn, den Typen im Ring. Er saß mit mir im Gefängnis.«

»Du musst damit aufhören, Parks. Du musst es. Ich … ich kann das nicht«, stammelt Callie und macht auf dem Absatz kehrt, ohne sich noch mal umzudrehen.

»In ihren Augen bin ich ein Monster«, bricht Parker die Stille. Der Schmerz steht in seinen Augen.

»Sie wird dir verzeihen. Sie liebt dich.« Ich gehe auf ihn zu und lege den Kopf in den Nacken, um ihn anzusehen.

»Wirst du mir verzeihen?«

Ich seufze. Verzeihen. Die Kämpfe sind brutal und barbarisch, aber wie könnte ich ihn für die Gründe hassen, die ihn dazu veranlasst haben? Wir sind beides verlorene Seelen, die die Dunkelheit besser kennen als das Licht. Es ist uns fremd und blendet uns, raubt uns die Sicht. Wir müssen uns erst daran gewöhnen, bevor wir den ersten Schritt gehen.

»Du hast mir durch die Dunkelheit geholfen«, entgegne ich. »Und ich werde dir helfen, das Licht zu durchbrechen.« Ich streiche ihm eine Strähne seines blutverklebten Haares aus der Stirn, lege die Hand an seine stoppelige Wange und schlucke schließlich doch die Worte herunter, die ich sagen wollte. »Du solltest dein T-Shirt wechseln.«

»Ich weiß, wohin wir gehen.«

*

Eine halbe Stunde später hält Parkers Dodger am Hide Forest und mittlerweile kenne ich den Weg in und auswendig.

»Meinst du, du schaffst es, den Baum hochzuklettern?«, ziehe ich ihn auf und lache trotz der bitteren Umstände auf.

»Willst du es echt darauf anlegen?« Seine raue, tiefe Stimmung verursacht eine Gänsehaut auf meinen Armen.

Schließlich erreichen wir den Baum und diesmal klettere ich, ohne einen Gedanken zu verlieren, die Äste hoch. Parker folgt mir und würde man es seinem T-Shirt sowie seinem malträtierten Gesicht nicht ansehen, würde man nicht meinen, er hätte einen Kampf hinter sich.

Oben angekommen, sieht das Baumhaus aus wie immer. Einzig die Zigarettenstummel deuten darauf hin, dass Parker in letzter Zeit hier war. Er fasst unter ein lockeres Holzstück und holt mehrere Decken sowie Kissen heraus.

Er sieht meinen überraschten Gesichtsausdruck und grinst unsicher. »Fünf Sterne sind es zwar nicht, aber besser als nichts.« Er wirft mir die Decken zu, die ich aufgrund meiner fehlenden Koordination gerade so auffange. Gespielt missbilligend schüttelt er den Kopf und bevor ich begreife, was ich tue, habe ich ihm die Decken an den Kopf geworfen. Ruckartig sieht er auf und da erkenne ich wieder den Ausdruck in seinen Augen. Kaum merkbar leckt er mit der Zunge über seine Unterlippe, streicht sich das Haar zurück und kommt auf mich zu. Selbst als er direkt vor mir steht und ich seinen Atem höre, weiche ich nicht zurück. Er ist größer und kräftiger als ich, was er mich auch im nächsten Moment spüren lässt. Er drückt mich gegen die Wand und seine Hand gleitet unter mein T-Shirt. Ich ziehe scharf die Luft ein. Seine Fingerspitzen fahren langsam über meinen Bauch und schließlich hinauf zu meinem Rücken, als er innehält. Mit der Hand umfasst er die Pistole, die ich vorhin zurück in den Hosenbund gesteckt habe.

Mit einem Ruck zieht er sie hervor und fährt, ohne den Blick abzuwenden, über den Lauf. »Du sagtest, du hast keine Angst davor, richtig?«

Ich nicke benommen.

»Dann wirst du auch keine Angst mehr davor haben.« Er lädt die Pistole und dreht mich um, sodass ich mit dem Rücken zu ihm stehe. Dann reißt er mir die Jacke vom Leib und kurz darauf fühle ich den kühlen Lauf auf meiner nackten Haut.

Seine Lippen streifen meine Wange und ich spüre seinen warmen Atem an meinem Ohr. »Hast du Angst, Elizabeth?«

»Nein.«

Auf einmal löst er den Verschluss meines BHs und ich erstarre. Sein Bauch drückt sich gegen meinen Rücken und er legt eine Hand um meinen Hals.

Ich habe Angst, zu ersticken, nicht entkommen zu können, mich nicht wehren zu können.

Ich bin ihm ausgeliefert.

Er kann machen, was er will.

»Atmen, Elizabeth«, weist er mich an.

Ich habe tatsächlich die Luft angehalten. Ich stoße sie aus und versuche, meinen Atem zu normalisieren.

»Dreh dich um.«

Immer noch benommen, drehe ich mich um. Sein Blick gleitet über meinen Körper und als ich an mir herabsehe, kann ich nichts gegen die Reaktion tun, die er auf mich hat. Durch das T-Shirt sind meine erhärteten Brustwarzen deutlich zu erkennen.

»Du hast was vergessen«, sage ich, winkle das Bein an und ziehe einen Dolch unter meinem Hosenbein hervor.

»Du trägst immer den roten Dolch bei dir.« Er legt seine Hand um meine, in der ich den Dolch halte. »Behalte ihn.«

Mein Blick fällt auf sein blutdurchtränktes T-Shirt und bevor ich anfange, darüber nachzudenken, setze ich die Klinge am Kragen an. Der Stoff reißt und das Geräusch füllt die Stille zwischen uns aus.

Als Parker sich vom Rest des T-Shirts entledigt hat, fokussiert er mich wieder. Seine Lippen finden meine und wir verlieren uns in einem Kuss, der so stürmisch ist, dass es mir die Luft raubt. Klirrend fällt der Dolch zu Boden.

Plötzlich löst Parker den Knopf meiner Jeans und ich verkrampfe mich. »Nur ein Versuch«, flüstert er und streift sie von meinen Beinen, die im Gegensatz zu seiner Haut kreidebleich sind. Mit dem Lauf der Pistole fährt er über die glatte Haut bis zur Innenseite meiner Oberschenkel und streicht über den feuchten Stoff meines Höschens. Die Berührung lässt mich erschaudern und gleichzeitig eine Hitze durch meinen Körper schießen.

»Wie fühlt es sich an?«

»Gut«, stottere ich und kralle die Fingernägel in seinen Rücken.

Die Angst ist da, ich spüre sie, aber sie ist weit genug entfernt, um nicht über mich einzubrechen. Ich will seine Nähe, seine Berührungen, endlich das, wovor ich mich gefürchtet habe.

Mit der anderen Hand schiebt er den Stoff zur Seite und seine Finger dort zu spüren, wo ich noch niemand anderes jemals gespürt habe, ist befremdlich. Ich weiß nicht, was ich tun soll, was ich nicht tun soll, ob ich etwas sagen oder gar nichts sagen soll. Ob es sich für ihn so anfühlt wie bei anderen? Ob ihm das reicht, was ich ihm gerade gebe? Oder ist es zu wenig? Ist es bedeutungslos für ihn? Wenn er andere berührt, wird er nicht so sanft sein, das ist mir klar. Er nimmt sich, was er braucht. Er bekommt, was er will. Und sie geben ihm, was er sucht. Ich hingegen … gebe ihm nichts.

»Elizabeth.« Parkers Stimme reißt mich aus den Gedanken und er hat seine Hand von mir genommen. »Ich sehe die Zweifel.«

»Es ist …«

»Nichts?« Er lacht bitter auf. »Lüg nicht, Beth. Ich sehe es.«

Und dann bricht der Widerstand in mir zusammen. »Ich bin nicht wie die anderen Mädchen, die du fickst. Sie geben dir, was du brauchst und du nimmst es dir. Du fasst sie nicht an, als seien sie zerbrechlich. Ich zerbreche nicht, Parker, im Gegenteil. Ich versuche, das alles in mir zusammenzusetzen. Aber ich kann dir nicht das geben, was sie dir geben.«

Er geht einige Schritte rückwärts. »Ja, du hast recht, ich nehme mir, was ich will. Die anderen Weiber geben mir Sex, sie betteln förmlich darum und ich schere mich einen Dreck darum, ob ich ihnen wehtue. Ja, das alles geben sie mir. Aber du gibst mir etwas ganz anderes.« Er hält inne. »Hoffnung. Und ein Gefühl, das mir bisher niemand gegeben hat. Ich will nicht das Monster sein, nicht Bloody Parker. Das zwischen uns, Beth, ist was anderes. Etwas, wofür ich keine Worte finde.«

Ich habe mich so sehr darauf fokussiert, was sie ihm geben, dass ich nicht auf die Idee kam, dass er etwas anderes in mir sieht. Vielleicht bin ich nicht wie die anderen und vielleicht ist das genauso okay.

»Willst du, dass ich dich anfasse, wie ich es mit anderen

tue?« In seiner Stimme schwingt ein Hauch Verachtung mit, die mich aber diesmal nicht verunsichert. »Sag mir, willst du das?«

Wie das Mädchen behandelt zu werden, das so viel Scheiße erlitten hat und durch die Hölle gegangen ist, wird mich früher oder später umbringen. Ich brauche es, wie er es braucht. Ich will dem Teufel in die Augen sehen und für den Moment die vertraute Dunkelheit spüren.

»Ja«, sage ich.

Wir beide werden von der Finsternis angezogen und vielleicht wollen wir uns ihr nicht immer entziehen. Ich bin vom Teufel davongelaufen, um in seine Arme zu rennen. Parkers Augen verdunkeln sich, das Flackern der Glut steht in ihnen und im nächsten Augenblick stößt meinen Rücken gegen die Wand. Er legt die Hand an meinen Hals, meine Kehle schnürt sich zu und dann spüre ich seine Finger auf der nackten Haut zwischen meinen Beinen. Er fährt mit den Fingern durch meine Nässe, immer und immer wieder, als wollte er mich necken.

»Parker«, murmele ich und winde mich unter seiner Berührung, in der Hoffnung, mehr zu bekommen. Mehr von ihm. Mehr von der Berührung. Mehr von dem Gefühl.

Er legt die Hand unter mein Kinn und zieht mich an sich heran. Dann schiebt er langsam einen Finger in mich und wartet nicht meine Reaktion ab, sondern schiebt sofort einen weiteren rein. Es fühlt sich ungewohnt an und obwohl

Parker so grob vorgeht, gibt er mir Zeit, mich an ihn zu gewöhnen.

Ein Stöhnen dringt aus meiner Kehle und ich kann meine Erregung nicht weiter unterdrücken. Ich hatte mir in den letzten Wochen oft vorgestellt, wie es wäre, wenn er mich so berührt, aber nie hat es sich so angefühlt. Niemals hätte ich erwartet, dass ich mich dabei gut fühle und es schaffe, die auflauernden Dämonen zurückzuhalten. Sie sitzen in meinem Nacken, ich spüre ihren heißen Atem, ihre spitzen Krallen.

»Mehr?«, fragt Parker.

»Mehr«, erwidere ich zu hastig.

Er lacht heiser und als er schließlich den Daumen auf meine Klit legt, ist es um mich geschehen. Die Berührung ist intensiv, fast zu intensiv. Ich glaube, gleich zu explodieren. Die kreisenden Bewegungen seines Daumens bringen mich endgültig um den Verstand und ich schreie seinen Namen, während die Welt um mich herum stillzustehen scheint.

Völlig außer Atem komme ich wieder zu mir und blicke widerwillig in Parkers Gesicht, der sich nur schwer ein Grinsen verkneifen kann.

»Was?«, sage ich verunsichert.

»War es das, was du wolltest?«

»Ja.« Scheiße, das war mehr, als ich mir jemals ausgemalt habe.

»Gut«, sagt Parker ausdruckslos.

»Hast du geglaubt, du könntest mir vor den Augen deiner Schwester das Messer des Teufels in den Rücken rammen?«, frage ich mit unterwartet fester Stimme.

Er zieht eine Schachtel Zigaretten aus der Hosentasche und zündet sich eine davon an. »Du willst die Wahrheit wissen?« Er stoßt Rauch in meine Richtung aus. »Ja, das wollte ich.«

Die Selbstsicherheit, die sich in seinem Gesicht widerspiegelt, verängstigt mich nicht. Er ist so sehr in seinem Käfig und hinter seiner Maske gefangen, dass er nicht mehr unterscheiden kann, wer er ist und wer er nicht sein will. Es ist seine Art, sich zu schützen.

»Du hast eines vergessen«, erwidere ich und warte ab, bis der Rauch verflogen ist, als ich schließlich mit nacktem Oberkörper vor ihm stehe. »Ich lag bereits in den Armen des Teufels, habe seine Lippen auf meinen gespürt und weiß, dass er mir gegenüber wehrlos ist.«

Ein letztes Mal zieht er an der Zigarette und kann das Schmunzeln, das seine Lippen umspielt, nicht verstecken. Dann drückt er mich gegen die hölzerne Wand und sieht mich einen Augenblick lang an, bevor er mich küsst.

Parker hat eine Seite, so dunkel, dass nicht mal die Sterne schimmern können, so kalt, dass nicht mal die Sonne scheinen kann. Aber vielleicht ist genau diese Dunkelheit das, was scheint, wenn alles andere untergeht.

»Glaubst du«, er legt seine Stirne an meine, »ich kann dich jemals so lieben, wie du es zulässt, deine Seele für mich zu öffnen?«

»Jedes Herz trägt Liebe in sich. Manch eines hat nur Schwierigkeiten, sie zu finden und zu fühlen«, erwidere ich.

»Man sollte nichts aufgeben, wofür man etwas fühlt, oder?«

Ich nicke. »Lass uns mehr fühlen.«

Der Tag und die Nacht veränderte alles. Das Monster in Parkers Seele ist zwar noch am Leben, aber es ist geschwächt. Sein Puls geht langsam, sein Herzschlag ebenso.

Kapitel 23

Ich öffne die Augen und das Erste, das ich wahrnehme, ist das Zwitschern der Vögel und dann Parkers regelmäßiger Atem. Einzelne Sonnenstrahlen dringen in das Baumhaus. Hätte ich nicht auf meinem Handy fünfundzwanzig entgangene Anrufe von Callie und Ellen gehabt, hätte ich fast geglaubt, in irgendeinem Hollywoodfilm zu stecken.

Sechsundvierzig Nachrichten.

Ruf mich bitte sofort an.

Wo bist du, Beth? Ruf mich an!

Verdammt, es ist wichtig. Die Polizei war hier.

Hör mal, ich bin nicht sauer auf dich. Bitte komm nach Hause.

Scheiße, da stimmt irgendwas nicht. Ich blicke auf Parker, der seelenruhig schläft, und dessen Brust sich hebt und senkt. Meine Fingerspitzen fahren über die vielen Tätowierungen auf seinem Oberkörper, die keinen Platz mehr für ein freies Stück Haut lassen. Es sind einzelne Kunstwerke, die sich zu einem großen verbinden. Auf einmal öffnen sich Parkers Lider flatternd und ein Lächeln schleicht sich auf sein verschlafenes Gesicht. Vom gestrigen Kampf hat er nicht viele Blessuren getragen, er sah schon weitaus schlimmer aus. Das Blut an Nase und Lippe ist bereits getrocknet.

»Hast du gut geschlafen?«, fragt er mit rauer Stimme.

Ich nicke. »Ich glaube, wir sollten nach Hause. Ich habe mehrere entgangene Anrufe und Nachrichten von Callie und deiner Mom. Irgendwas stimmt da nicht, Parker.«

Er runzelt die Stirn und stützt sich auf die Ellbogen. »Ich fahr dich.«

»Hast du überhaupt ein neues T-Shirt?« Ich deute auf das zerrissene, blutdurchtränkte T-Shirt auf dem Boden.

»Im Wagen.«

»Will ich wissen, weshalb du T-Shirts in deinem Wagen hortest?« Ich ziehe die Augenbrauen zusammen.

Er lacht heiser. »Ich bekomme eben ständig das T-Shirt vom Leib gerissen, Kätzchen.«

Kätzchen. Ich muss lächeln.

*

Zehn Minuten später sitzen wir in Parkers Dodger, der Motor röhrt und leise klingt Papa Roach aus der Anlage. Parker hat sich ein neues, schwarzes T-Shirt übergezogen und trotz der gestrigen Anstrengungen sieht er beneidenswert gut aus. Auch die blutverklebten Haare, die er nachlässig zusammengebunden hat, lassen ihn nicht weniger gut aussehen.

Parker beschleunigt auf 125 Meilen und steckt sich eine Zigarette in den Mundwinkel, die er sich anzündet. Als er den Rauch ausstößt, wirft er mir einen kurzen Blick zu.

»Woher wusstest du von dem Kampf?«, fragt er ruhig.

»Ist das wichtig?«

»Wichtig oder nicht wichtig, ich hab was gefragt und erwarte eine Antwort.« Die Heftigkeit in seiner Stimme lässt mich widererwarten zusammenzucken.

»Die Antwort wird dir nicht gefallen«, weiche ich aus.

Er nimmt langen Zug und schnippt die Zigarette aus dem Fenster. »Wo-her?«

»Ich habe in der Bibliothek gearbeitet, als Arya kam und mir einen Zettel mit der Adresse zuschob. Sie hat nichts von einem Kampf erwähnt, nur dass es der Grund für deine Rückkehr sei.«

Er lacht leise und stößt dabei Rauch aus, sein Griff um das Lenkrad verstärkt sich. »Die kleine Schlampe werde ich mir vornehmen.«

»Einen Scheiß wirst du tun!«, erwidere ich barsch, woraufhin er den Fuß vom Gas nimmt und mich perplex ansieht. »Ich bin ihr sogar dankbar, dass sie es mir gesagt hat.«

»Dankbar?«, spuckt er das Wort aus. »Nach dem, was sie dir angetan hat?

»Ja! Du hättest mir niemals den wahren Grund für deine Rückkehr verraten, Parker. Ich hätte weiter in dem Glauben gelebt, dass du wegen … etwas anderem zurückgekommen wärst.«

»Und weil sie dir sagt, dass der Kampf der Grund sei, glaubst du ihr? Ausgerechnet ihr? Denk mal klar nach, Beth, wem du eher traust«, entgegnet er verächtlich.

»Wem ich eher traue?« Ich lache bitter auf. »Ihr, die das Monster wieder in mein Leben gelassen hat, oder dir, der mich dem Monster hinterlassen hat wie ein Stück Dreck?«

»Wie oft willst du mir das vorhalten, Beth? Gestern war ich dir noch gut genug, als du auf meiner Hand gekommen bist. Kannst du dich noch daran erinnern, wie hart deine Nippel hart waren und dass du so nass warst, dass ich mühelos zwei Finger in dich schieben konnte?«, sagt er. »Und jetzt fängst du wieder mit der Scheiße an, für die ich mich entschuldigt habe? Warst du nicht gestern diejenige, die meinte, dass wir nicht länger gegeneinander kämpfen? Wenn wir zusammen kämpfen wollen, solltest du damit anfangen, zu verzeihen.«

Obwohl ich nichts lieber würde, kann ich den Blick nicht

von ihm wenden, auch wenn ich mich für meine Worte schäme. Parker hat recht. Wir werden nie zusammen kämpfen, wenn ich nicht verzeihe.

Das Klingeln meines Handys lässt mich zusammenfahren und ich nehme den Anruf entgegen, ohne aufs Display zu schauen.

»Beth, wo bist du?«, schallt mir Callies aufgeregte Stimme entgegen.

Ich schaue aus dem Fenster, versuche erfolglos, mich zu orientieren, als Parker plötzlich etwas sagt. »Dakota Avenue.«

»Ist das-«

»Ja, Parker«, unterbreche ich sie.

»Wann seid ihr da?«

»Fünf Minuten«, antwortet Parker, tritt aufs Gaspedal und schlängelt sich rücksichtslos durch den Verkehr.

»Kannst du mir bitte erklären, weshalb die Polizei bei uns ist?«, frage ich sie, in der Annahme, Parkers Antwort gehört zu haben.

»Nicht am Telefon. Beeilt euch.« Dann knackt es in der Leitung und das Gespräch ist beendet.

Ich schiebe das Handy zurück in meine Hosentasche und fahre mir nervös mit den Händen über das Gesicht. Im Spiegel der Sonnenblende mustere ich mich und stelle fest, dass lediglich meine Wimperntusche verschmiert ist und meine Wangen gerötet sind. Völlig ungepflegt möchte ich den

Cops nicht gegenübertreten.

Schneller als erwartet haben wir das Haus erreicht, was vermutlich auf Parkers rasanten Fahrstil zurückzuführen ist.

»Meld dich, wenn was ist«, sagt Parker und drückt an den Knöpfen des Radios herum.

Vor uns steht ein Polizeiwagen und unwillkürlich muss ich an den Tag denken, an dem ich bei Detective Miller meinen Dad angezeigt habe. Es kommt mir immer noch unwirklich vor.

»Es tut mir leid, was ich gesagt habe«, stoße ich hervor. »Ich war einfach nur so furchtbar …«

»Wütend? Traurig? Verletzt?«, vervollständigt er meinen Satz.

Ich nicke.

»Ich weiß, wie das ist, Beth. Und ich weiß auch, wie man mitunter darauf reagiert.«

»Danke.«

»Wofür? Für den Orgasmus?« Er grinst und verdeutlicht mir damit, dass alles wieder gut zwischen uns ist.

»Für mehr als nur das«, erwidere ich.

Die Art, wie er mich anschaut, lässt mich erschaudern. In seinen Augen liegt ein Blick, der einzig für mich bestimmt ist. So unergründlich seine Augen einst für mich waren, umso mehr kann ich nun in ihnen lesen. Die Dunkelheit ist der Ort, aus dem unsere Wurzeln entspringen, und wir werden es niemals ändern können. Aber wir können wachsen, die Richtung ändern, uns dem Licht entgegenrecken. Wir werden ausbrechen.

»Geh«, sagt Parker.

Ich lege die Hand auf den Türöffner, drücke sie herunter und steige aus dem Auto. Die Fahrertür fällt hinter mir zu und ich erwarte, das vertraute Heulen des Motors hören, als Parker plötzlich neben mir auftaucht.

Er scheint meinen verwirrten Gesichtsausdruck bemerkt zu haben, denn er seufzt. »Tu nicht so überrascht, Beth. Ich hab dich einmal allein gelassen und als ich wiederkam, warst du so verändert. So stark, so starrsinnig.« Unsere Blicke sind auf das Haus vor uns gerichtet, das mir mit einem Mal nicht mehr so heimisch und vertraut vorkommt. »Du könntest auch ohne mich da reinlaufen, aber weißt du, was sich wirklich verändert hat? Nicht ich, nicht, wer wir wirklich sind, sondern das, was zwischen uns ist. Keiner von uns muss mehr allein durch die Scheiße gehen.«

Wäre ich nicht so unfassbar angespannt, hätte ich ihn am liebsten geküsst. Seine Worte sind so viel mehr als nur Worte. Sie sind ein Bekenntnis, an uns, an ihn, an mich.

Seine warme Hand, deren Fingerknöchel bereits verkrustet sind, streift meine. Ich verschränke die Finger mit seinen, als er nach wenigen Schritten innehält.

»Wenn er dort drin ist, dein Dad, kann ich für nichts garantieren.« Die unterdrückte Wut spricht aus seiner Stimme.

»Das wird er nicht. Ich habe ihn im Krankenhaus besucht, nachdem du ihn … zusammengeschlagen hast. Ich schätze, ich habe ihm gut genug gedroht, was passieren wird, falls er es wagt«, widerspreche ich.

Als ich den Schlüssel ins Schloss stecke und umdrehe, wird die Tür aufgerissen. Vor mir steht Callie, deren Augen gerötet sind und die mich hektisch hereinwinkt.

»Ich bin so froh, dass du endlich da bist«, flüstert sie mir ins Ohr und drückt mich an sich, ihrem Bruder wirft sie nur einen kurzen Blick zu.

»Ist sie das?«, ruft Ellen aufgeregt und nimmt mich in den Arm, kaum dass ich die Küche betrete. »Setz dich, Beth, setz dich.«

Am Küchentisch sitzen Detective Miller und noch ein uniformierter Mann, die zum Gruß kurz nicken. Ich nehme am Tisch Platz und schaue in ihre bedrückten Gesichter.

»Wollt ihr Tee?«, fragt Ellen Parker und mich.

»Nein«, sprechen wir wie aus einem Mund.

Detective Miller, dessen Hemd an seiner Brust spannt, räuspert sich. »Es wäre falsch, zu sagen, dass es mich freut, dich wiederzusehen, Elizabeth«, setzt er an. »Denn der Grund dafür ist alles andere als erfreulich.«

Das ist wieder ein Moment, den gern vorspulen würde, um mich nicht ewig auf die Folter gespannt zu werden. Mein Blick huscht zu Callie, Ellen, dann zu Parker und dem Cop, der neben Detective Miller sitzt. Er ist schätzungsweise Mitte dreißig, trägt einen gestutzten Bart und hat seine

Mütze vor sich auf den Tisch abgelegt.

»Raus mit der Sprache, Miller«, fährt Parker ungehalten dazwischen.

Detective Miller räuspert sich ein weiteres Mal, bevor er endlich fortfährt. »Elizabeth, dein Dad …«

Tausend Gedanken schießen mir durch den Kopf. Ist er hier? Hat er sich gestellt? Haben sie ihn festgenommen? Konnten sie ihm nichts nachweisen?

»Soll ich dir die Worte aus der Fresse prügeln, Miller? Damals hast du mir auch brühwarm mitgeteilt, dass mein Stiefvater tot ist und ich in den Knast muss. Was kann so schwer sein, hm?«, herrscht Parker Detective Miller an, der sichtlich unbeeindruckt wirkt.

»Du kannst dich gleich verpissen, wenn du dich nicht zurückhältst«, zische ich ihm zu, was für kurzzeitige Belustigung im Raum führt.

Daraufhin verschränkt Parker die Arme vor der Brust und presst die Lippen aufeinander.

»Dein Dad, er … ist tot.«

Er ist tot.

Er ist tot.

Er ist tot.

Die Worte hallen in Endlosschleife in meinem Kopf wider. Ich verstehe sie und wiederum auch nicht.

»Zum momentanen Zeitpunkt gehen wir von Suizid aus. Er hat auch einen Abschiedsbrief hinterlassen«, spricht Miller weiter, holt einen weißen Umschlag aus seiner Jackentasche hervor und schiebt ihn über den Tisch zu mir. »Du kannst ihn gern lesen.«

In krakliger, geschwungener Schrift steht auf dem weißen Umschlag mein Name.

»Ich würde gern allein sein.« Meine Stimme klingt viel zu klar für das Chaos, das in mir herrscht.

Sie erheben sich alle von den Stühlen und verlassen den Raum, auch Parker wendet sich zum Gehen ab. Es gelingt mir gerade so, mit den Fingerspitzen seine Hand zu streifen. Er bleibt stehen und sieht mich an, mehr muss ich nicht tun. Dann schließt er die Tür, setzt sich neben mich und das Ticken des Uhrzeigers an der Wand hört sich übermäßig laut an. Mit dem Finger fahre ich über die geschwungenen Linien, die meinen Namen ergeben. Ich nehme den Brief an mich, öffne ihn und falte ihn auseinander. Wann er ihn wohl geschrieben hat? Gestern, vor zwei Wochen? Ob er seinen Selbstmord geplant hat?

Elizabeth,

wenn du diesen Brief liest, wird es mich nicht mehr geben. Zwar kann ich die Geschehnisse nicht so ändern, dass es mich niemals gab, aber fortan kannst du frei leben. Ich hingegen werde nie frei von dem sein, was ich dir angetan habe. Das weiß ich.

Ich habe mein Leben beendet, damit du deines fortführen kannst, ohne dich weiter vor mir fürchten zu müssen.

Doch eines sollst du wissen: Ich habe dich geliebt. Du warst das schönste Geschenk, das mir deine Mom gemacht hat. Sie hat dich schon geliebt, als du noch in ihrem Bauch warst. Und nun schenke ich dir Freiheit, aber ich werde immer dein Dad sein und du mein kleines Mädchen.

Weißt du noch die Abende, an denen ich dir vorgelesen habe? Immer wieder musste ich von vorn anfangen und dich mit Pinocchios Geschichte in den Schlaf lesen.

Auf dem Dachboden befinden sich Familienfotos, heb sie auf oder verbrenne sie, es ist ganz dir überlassen. Verkauf das Haus und behalte das Geld, tu damit, was auch immer du möchtest.

Du sollst glücklich werden, Elizabeth.

In Liebe
Dad

Ich lasse den Brief sinken, starre auf die Tischplatte vor mir und schiebe ihn zurück in das Kuvert.

»Ich muss hier raus.«

Dann stoße ich die Tür auf und renne. Und renne. Und renne. Sie rufen meinen Namen, bitten mich, stehenzubleiben, doch ich entferne mich immer mehr vom Haus.

Ihre Stimmen verklingen. Die Schreie werden ein klägliches Flüstern, bis sie verstummen. Ich falle auf die Knie und glaube, nicht mehr atmen zu können. Nicht einmal mehr weinen kann ich. Die Tränen sind versiegt und ein schmerzhaftes Pochen zieht durch meine Brust.

Er ist fort.

Er wird nie wiederkommen.

Auf einmal schlingen sich zwei Arme um meinen Körper und drücken mich an sich. Es ist Parker. Er wiegt mich hin und her, spricht nichts, ist einfach da.

Er hat sich umgebracht. Meinetwegen. Für mich. Um mir ein freies Leben zu ermöglichen, weil er begriffen hat, dass ich ihm seine Taten nie verzeihen könnte. Hat er sich erschossen oder erhängt? Ging es schnell? Hat er gelitten? An wen hat er in den letzten Sekunden seines Lebens gedacht? An mich? An Mom? Daran, was ihn nach dem Leben erwarten würde?

So viele Fragen schwirren durch meinen Kopf und doch kann sie mir keiner mehr beantworten.

Denn mein Dad ist tot.

»Bring mich weg. Bitte.«

*

Sie ist bei mir.

Nein, ich habe sie nicht verschleppt. Sie hat mich verdammt noch mal darum gebeten.

Hast du etwa Angst, dass ich ihr etwas antun könnte?

Hab ich dir jemals wehgetan? Nein, oder? Ich hab dir sogar deinen scheiß Arsch gerettet.

Melde dich, wenn du wieder klar denken kannst.

Verpiss dich, Kye, du kommst ungelegen.

Sag Dagen, er soll die Schlampe woanders und nicht im Zimmer nebenan ficken.

Ich habe keine Ahnung, wie lange ich geschlafen habe, kurz aufgewacht bin, Gesprächsfetzen und Stimmen vernommen habe und wieder eingeschlafen bin.

Ich reibe mir die Augen und setze mich auf. Die Wände sind rabenschwarz, ebenso wie die Bettdecke, die sich um meinen Körper schlingt. Die mahagonifarbenen Möbelstücke und glänzendweißen Bilderrahmen an der gegenüberliegenden Wand lassen den Raum elegant wirken. Als ich zuletzt in Parkers Zimmer war, bin ich schneller geflüchtet, als ich mich darin umsehen konnte. Die Zimmereinrichtung ist schnörkellos, geradlinig und doch bedacht ausgewählt.

Die Tür wird geöffnet und Parker erscheint. Seine Haare sind nass und Wasser tropft von den Spitzen auf seinen Oberkörper. Er trägt eine Jogginghose, die tief auf seinen Hüften sitzt.

»Du bist wach.« Seine Stimme ist leise und rau, als sei er die ganze Nacht auf gewesen. Dabei habe ich mitbekommen, wie er durchgehend telefoniert hat.

»Ja.«

»Ich hole dir etwas zu frühstücken.«

»Ich habe keinen-«

»Du wirst was essen, keine Widerrede«, unterbricht er mich. »Ich hab auch kein Problem damit, dir mit Toast und Milch den Mund zu stopfen. Glaub mir.«

»Ich glaube dir«, murmele ich, als er bereits aus dem Zimmer ist.

Nicht mal fünf Minuten später ist er mit einem Tablett zurück, auf dem Toast, Marmelade, Pancakes mit Ahornsirup, eine Banane und ein Glas Milch stehen. Er stellt es vor mir ab und setzt sich auf die Matratze, die unter seinem Gewicht etwas nachgibt.

»Ich hab dich die ganze Nacht telefonieren hören«, sage ich und nippe an der Milch.

»Callie, meine Mom, Miller. Dann Kye und Dagen, denen nicht entgangen ist, dass du hier bist«, meint er. »Iss.« Er schiebt den Teller mit den Pancakes zu mir.

»Was wollten sie?« Ich zupfe ein Stück Pancake ab und kaue lustlos darauf herum.

»Wissen, wie es dir geht, wo du bist, was ich abartiges Monster mit dir tue.« Er seufzt und Wasser tropft von den Haarspitzen auf seine Brust. »Der Satz stammt eher von Callie.«

»Gib ihr Zeit.«

»Du sollst essen.«

Ich muss über den herrischen Unterton in seiner Stimme lachen, was Parker ganz und gar nicht lustig findet. Ohne

Vorwarnung beugt er sich über mich, fasst mich grob am Kinn und schiebt mir den restlichen Pancake in den Mund. Er muss nicht mal viel Kraft aufwenden, um gegen mich anzukommen. Ich rudere mit den Armen, will ihn von mir schlagen und fürchte, fast zu ersticken. Dann lässt er von mir ab und guckt mich an, als wäre nichts passiert.

»Du bist doch vollkommen-«

»Was?« Selbstgefällig grinst er mich an.

»Wahnsinnig! Ich hätte mich verschlucken und daran ersticken können!«, gebe ich aufbrausend von mir.

»Keine Sorge, so weit lasse ich es nicht kommen.«

Wie ein bockiges Kind verschränke ich die Arme vor der Brust und lasse mich nach hinten gegen die Wand sinken.

»Satt?«, fragt Parker.

Ich nicke und ziehe die Knie an.

Er lacht heiser und einen Augenblick später liege ich unter ihm, nach Atem ringend und völlig wehrlos. »Ich hab dich gewarnt, Beth. Iss oder ich werde dir die Pancakes einflößen.«

»Nein, bitte, nein.«

Doch mein lächerliches Flehen bringt nichts. Er weiß so gut wie ich, dass es ein Spiel ist. Dass ich ihn herausfordere und ich nicht wie das kleine, zerbrechliche Mädchen behandelt werden will.

Seine Hand umschließt meinen Hals und er legt ein kleineres Stück Pancake auf meine Zunge.

»Küss mich«, flüstere ich.

Er verschließt meinen Mund mit einem Kuss und ich vergrabe die Hände in seinen feuchten Haaren. Das ist es, was ich gerade brauche. Seine Nähe. Seine Berührungen. So zu sein, wie ich bin. Bei ihm. Mit ihm.

Dass ich eines Tages die Nähe bräuchte, um zu atmen, zu überleben und für einen Augenblick die Dunkelheit zu vergessen, hätte ich nie für möglich gehalten.

Auf einmal schiebt sich Parker zwischen meine Beine und die unerwartete Berührung seiner warmen Zunge lässt mich aufstöhnen. Als hätte ich die Kontrolle über meinen Körper verloren, recke ich ihm mein Becken entgegen, um mehr zu bekommen. In diesem Moment ist es mir egal, wenn man mich im ganzen Verbindungshaus hört. Seine Finger in mir zu spüren war intensiv, aber das hier wird mir definitiv das letzte bisschen Verstand rauben.

Er leckt mit der Zunge über meine Klit und entlockt mir damit ein weiteres Stöhnen. Seine linke Hand umfasst dabei meine Brust. Parker so nahe zu sein und ihn so sehr zu spüren, wie ich es immer gefürchtet habe, lässt mich alles vergessen.

Dad. Arya. Mike. Die Angst. Vor allem die Angst.

Unaufhörlich leckt er über meine Nässe und das Blut rauscht in meinen Ohren, als ich mich aufbäume und alles aus mir hinausschreie.

»Parker«, keuche ich, als er von mir ablässt und sich

neben mich legt.

»Willst du dich schmecken?«, fragt er.

Ich betrachte seine glänzenden Lippen und nicke, dann beugt er sich zu mir hinüber. Als ich meinen Mund auf seinen lege, schmeckt es zugleich salzig und süßlich.

Schließlich liegen wir einfach nur nebeneinander und ich lausche seinem regelmäßigen Atem. Fast glaube ich, dass er schläft, als plötzlich die Tür aufgerissen wird und Parker hochschreckt.

Im Türrahmen steht Dagen, sichtlich belustigt über die Situation, in der er uns vorgefunden hat. Die wenige Kleidung, das mit Milch durchtränkte Bettlaken und die auf dem Boden zerstreuten Toasts sprechen wohl für sich.

»Was willst du?«, zischt Parker, der mir unauffällig die Decke über die Beine legt.

»Wir haben vor über acht Monaten einen Termin bei Weylyn vereinbart, schon vergessen? Oder haste dir das Hirn rausgevögelt?«

»Fuck.« Er reibt sich über das Gesicht.

»Wer ist Weylyn? «, frage ich.

»Der beste Tätowierer der Stadt, Süße, er ist zwei Jahre im Voraus ausgebucht«, kommt Dagen ihm zuvor. »Dass wir überhaupt einen Termin bekommen haben, ist … nun ja, mehr oder weniger Glückssache.« Er zwinkert mir zu.

Ich gehe nicht näher darauf ein, da ich nicht wirklich scharf darauf bin, zu erfahren, auf welche illegale Weise sie sich einen Termin verschafft haben. Geld, Alkohol, keine Ahnung.

»Ich hab nicht mal ein Motiv, Dagen«, meint Parker.

»Du willst deine Anzahlung von 100 Mäusen sausen lassen? Gut, deine Entscheidung.« Dagen zuckt mit den Schultern und verschwindet.

»Ich weiß zwar nicht, wo du überhaupt noch einen freien Fleck Haut hast, aber du solltest mitgehen«, mische ich mich ein.

Er sieht mich mit zusammengezogenen Augenbrauen an und scheint abzuwiegen, ob es mir einigermaßen gut genug geht, um mich allein zu lassen. »Bist du dir sicher?«

»Geile Scheiße«, ruft Dagen, dessen Stimme im ganzen Flur widerhallt. »Kye sagt, bei Weylyn werden heute sogar Piercings gestochen. Zwei zum Preis für eins! Willst du dir das echt entgehen lassen, Parker?« Er steht wieder im Türrahmen und hat die Arme vor der Brust verschränkt.

»Nein, wird er nicht!« Ich springe vom Bett und mir fällt zu spät ein, dass ich lediglich einen Slip und ein T-Shirt trage.

Aber auch Dagens zweideutiger Gesichtsausdruck und Parkers gemurmelte Beleidigungen in seine Richtung beirren mich nicht.

Jetzt nicht in der Dunkelheit zu versinken, ist das Einzige, was zählt.

Ich schlüpfe in Jeans sowie Schuhe und bürste mir ein letztes Mal die Haare durch. »Zieh dich an«, weise ich Parker an, der mich verständnislos anblickt, woraufhin Dagen laut loslacht.

*

Eine halbe Stunde später haben wir das Tattoo- und Piercingstudio erreicht. Da Weylyn nur mit Terminen arbeitet, wie ich erfahren habe, sind Parker, Kye, Dagen und ich die

Einzigen.

Leise Metalmusik klingt aus den Lautsprechern, die schwarz gestrichenen Wände und dunklen Möbel erinnern mich an Parkers Zimmereinrichtung.

»Wer ist als Erster dran?«, begrüßt uns ein hochgewachsener Mann, der allem Anschein nach Weylyn ist. Seine Arme zeigen keine untätowierte Haut und auch im Gesicht ist er tätowiert. Als Tätowierer ist man wohl selbst sein bestes Aushängeschild.

Er begrüßt die Jungs mit einem freundschaftlichen Handschlag und schnell wird klar, dass er ihnen schon mehrere Motive gestochen hat.

»Das ist Beth«, stellt Parker mich ihm vor, dessen verstohlene Blicke mir nicht verborgen bleiben.

»Sag bloß, du hältst es mit denen aus?« Weylyn lacht und damit ist das Eis gebrochen.

Zuerst lässt sich Kye sein Tattoo auf dem Rücken erweitern, ein Wolfskopf, aus dessen Maul sich ein Totenkopf reckt. Auch seine Tattoos sind, wie die von Parker, schwarz.

Während Kye also tätowiert wird, stehen Parker und ich vor dem Studio. Graue Wolken ziehen vorüber und der Luft- zug lässt mich frösteln. Parker zündet sich gerade eine Zigarette an und wirft mir wieder einen Blick zu, der mich aus der Haut fahren lässt.

»Ich hab nicht vergessen, was gestern passiert ist. Aber ich will einfach nur einen Moment nicht daran denken, okay?«

Er zuckt unbeteiligt mit den Schultern. »Okay.«

»Ich renne nicht davon.«

»Ich hoffe es.«

»Du hoffst es?«, wiederhole ich seine Worte.

Er stößt Rauch aus und nickt. »Glaubst du, ich weiß nicht, wie du dich gerade fühlst? Wenn der Mensch stirbt, der dich aufgezogen hat, dir Fahrrad fahren beigebracht und dir Gute-Nacht-Geschichten vorgelesen hat? Und der dir dein Leben gleichzeitig zur Hölle gemacht hat? Du willst ihn lieben, ihn hassen, ihn vermissen, ihm wünschen, noch mehr Qualen zu erfahren als er dir angetan hat. Der Hass wird bleiben, genauso wie die Tatsache, dass er immer dein Dad bleiben wird.«

Sein Blick lastet auf mir, ebenso wie die Worte, die er ausgesprochen hat. Ich fühle mich leer, so unendlich leer und doch rastlos. Als würde ich auf die Tränen warten, die schon längst vertrocknet sind.

»Es fühlt sich alles so falsch an«, sage ich, ehe ich die Tür zum Tattoostudio aufstoße und Parker draußen stehen lasse.

Ich kann jetzt nicht darüber reden, noch nicht. Ich weiß nicht einmal, wie ich das Chaos in meinem Kopf und Herzen ordnen soll, und ob es sich jemals lichten wird. Vielleicht ist sein Tod mein Weg in die Freiheit. So makaber es klingen mag. Niemals hätte ich mich damit abfinden können, dass mein Dad freiherumläuft. Das Wissen, dass er mir jederzeit hätte gegenüberstehen können, hätte mich auf ewig verfolgt.

Im Inneren des Tattoostudios vernehme ich das beruhigende Summen der Nadel, mit der Weylyn Kyes Rücken erweitert. Währenddessen kommt Dagen aus dem Nebenraum herausspaziert, in dem Colden Piercings sticht. Er läuft so, als hätte man ihm einen Tritt in die Weichteile verpasst. Dabei hat er sich vermutlich nur ein Piercing – oder mehrere – an einer pikanten Stelle stechen lassen.

»Das mit deinem Dad tut mir leid«, sagt er und lässt sich neben mir auf dem Sofa nieder.

»Er hat mir das Leben zur Hölle gemacht. Aber danke.«

Er nickt und scheint zu verstehen, dass ich nicht näher darauf eingehen will. Auch wenn Dagen nach außen hin wie ein harter Kerl rüberkommt und mich anfangs nicht gerade zimperlich behandelt hat, bin ich sicher, dass er einen weichen Kern hat. Sein grobes, kaltes Auftreten ist mehr Fassade als Wahrheit.

»Ihr wusstet von Parkers Kampf.«

»Ja«, antwortet Dagen.

»Wieso habt ihr ihn nicht davon abgehalten?«

»Parker von etwas abhalten?« Er seufzt. »Das glaubst du doch wohl selbst nicht. Bei einer Auseinandersetzung mit Kye hat er ihm mehrere Rippen und die Nase gebrochen und auch Kye hat Kampferfahrung.«

»Ihr habt nicht gerade ausgesehen, als würde es euch großes Vergnügen bereiten, beim Kampf dabei zu sein«, bemerke ich trocken.

»Ich mach viel Scheiße mit, auch eine Zeit lang die Untergrundkämpfe, aber dort gibt es so gut wie keine Regeln. Es gab schon mehrere Tote und es wäre nur eine Frage der Zeit gewesen, bis auch Parker jemanden erschlagen hätte.«

»Das ist so barbarisch«, murmele ich.

»Du bist die Hoffnung, die er nie hatte.«

Wir sehen uns einen Augenblick an und wissen beide, dass Hoffnung allein nicht ausreicht. Es ist ein Anfang, kein großer Schritt, aber es ist ein Schritt aus der Hölle hinaus.

Dann geht die Tür auf und Parker kommt herein, schiebt die Zigarettenschachtel zurück in die Gesäßtasche.

»Was ist?«, fragt er.

»Nichts.«

Sein Blick reicht aus, um mir mitzuteilen, dass er weiß, dass ich lüge.

»Will noch jemand von euch die Aktion zwei Piercings zum Preis für einen nutzen?« Colden steht im Türrahmen und pustet sich eine Strähne seines Haares aus dem Gesicht.

»Ja, ich!« Ich springe auf und Colden winkt mich in den Raum hinein, der so steril wirkt, dass es mich nervös macht.

Colden will die Tür hinter sich schließen, als jemand seinen Fuß hineinstellt. Die Tür wird aufgerissen und Colden kann gerade so noch zurückweichen, bevor sie ihn an der Nase trifft.

»Was machst du hier, Parker?«, schleudere ich ihm aufgebracht entgegen.

»Dich vor einer – nein, zwei Dummheiten bewahren«, entgegnet er gefasst, während ihm die Wut deutlich ins Gesicht geschrieben steht.

»Was geht es dich an?«

»Ist das deine neue Art, davonzulaufen? Versuchst du, jemand zu sein, der du nicht bist?« Seine Stimme hallt nun im ganzen Raum wieder.

»Okay, ich lasse euch mal allein«, murmelt Colden und verpisst sich, so schnell er kann.

»Ich war noch nie mehr in meinem Leben ich selbst als jetzt! Selbst wenn ich mir ein Motiv auf den Arsch stechen lassen würde, würde es dich einen Dreck angehen!«, herrsche ich ihn an.

Er fährt sich mit der Hand über das Gesicht und denkt angestrengt über die nächsten Worte nach. »Sag mir, dass du es für dich tust. Und nicht für das, was in dir vorgeht. Für den Hass, die Verzweiflung, die Verachtung, den Schmerz. Lass nicht zu, dass … «, er hält inne und scheint mit sich selbst zu kämpfen, »dass es dir so ergeht wie mir.«

Und dann verstehe ich es. Ich verstehe die Bedeutung seiner Worte, seiner Gesten, seiner Wut, seiner Sorge. Er hat Angst um mich. Er hat Angst, dass mich mein inneres Chaos in die Tiefe reißt und ich nicht mehr fähig bin, herauszufinden. So wie es ihm erging.

Als ich das begreife, will ich ihn schütteln, mir die Haare raufen und ihn fragen, was daran so schwer ist, es mir einfach zu sagen. Dabei weiß ich ganz genau, welche Überwindung es einen kostet, gegen seine Ängste anzukämpfen.

»Du machst es mir nicht leicht, Parker Baldwin«, sage ich ruhig. »Aber ich werde einen Teufel tun, es dir leicht zu machen.« Ein Grinsen schleicht sich auf mein Gesicht. »Ich würde dir am liebsten eine reinhauen.«

»Tu es.« Sein Blick bohrt sich in meinen und wir stehen uns erwartungsvoll gegenüber.

»Weil das die einzige Art ist, mit der du umgehen kannst? O nein, nichts dergleichen werde ich tun«, sage ich. »Du hast Angst um mich und das ist okay, das ist mehr als okay. Aber nicht so.« Ich lege die Hand auf die Türklinge und bitte Colden wieder herein.

»Also, welche Piercings sollen es werden?«, fragt er und blickt zwischen uns hin und her.

»Ich bekomme ein Nostril und er«, ich halte Parkers angespanntem Blick stand und setze ein Grinsen auf, das ihn nur schwer an sich halten lässt, »ein Nippelpiercing.«

»Gut, wer zuerst?« Colden richtet die Instrumente, das Desinfektionsmittel und legt sich einen Mundschutz sowie Handschuhe an.

»Ich.« Ich lehne mich auf der Liege zurück und bette die Hände auf meinem Bauch.

Coldens Gesicht erscheint vor mir und er markiert mit einem Stift die Stelle, an der das Piercing gestochen wird. Dann geht alles schnell. Ich spüre nur einen kurzen Pieks und mein rechtes Nasenloch wird von einem Stein geziert. Ich setze mich wieder auf und begutachte mich im Spiegel, der an der Wand gegenüber hängt.

»Hübsch.«

Parker steht neben mir und obwohl er keine Mine verzieht, erahne ich, wie sehr es in ihm brodelt. Und es macht mir verdammt noch mal Spaß, ihn so zu sehen.

»Du bist dran«, sage ich. »Oder drückst du dich?«

»Das hättest du wohl gern.« Er zieht sich das T-Shirt über den Kopf und setzt sich auf die Liege, die Colden desinfiziert hat. Er wirkt überhaupt nicht aufgeregt und wahrscheinlich ist er das auch nicht, so viele Tattoos wie er hat. Auch Parkers Piercing ist schnell gestochen und wieder mal verzieht er keine Mine. Ich frage mich, wie er es schafft, nach außen hin keine Regung zu zeigen. Vermutlich jahrelange

Übung. Ich wünsche mir, dass er irgendwann zulassen kann, mehr nach außen zu zeigen. Aber Ängste verschwinden nicht von heute auf morgen und die Vergangenheit nie. Das Einzige, was zählt, ist, dass er es mir zeigt. Dass er mir sich zeigt. Und das hat er schon öfter getan, als ich jemals für möglich gehalten hätte.

Ich gehe auf Parker zu und lege die Hand auf seinen Oberschenkel. »Steht dir.«

»Weißt du, was ich am liebsten mit dir machen würde?« flüstert er mir bedrohlich ins Ohr.

»Wieso sprichst du so leise? Hast du Angst, dass uns jemand belauschen kann?« Ich verschränke die Arme vor der Brust.

»Du willst es nicht anders.«

»O nein, ich zittere schon vor Angst vor dem großen, bösen Wolf.«

»Colden, du kannst gehen«, sagt Parker, ohne den Blick von mir abzuwenden.

»Okay«, meint Colden gedehnt, verlässt auf der Stelle den Raum und zieht die Tür hinter sich zu.

Ich lächle Parker zuckersüß an und spiele das Spiel mit, das ich angefangen habe. Dabei habe ich nicht die leiseste Ahnung, warum ich ihn provoziere und die lodernde Wut in ihm herausfordere.

Ich fühle mich verloren. Das Licht glitzert auf meiner Haut und doch spüre ich, wie mich die Dunkelheit anzieht.

In ihr fühle ich mich heimisch und ich kann mich ihr nicht entziehen, denn gerade ist die Dunkelheit das, was mir Halt gibt.

Parker zieht mich auf sich, vergräbt die Hände in meinen Haaren und drückt seine Lippen grob auf meine. Ich habe keine Möglichkeit, mich zu wehren und macht es mir kein bisschen Angst.

Ich will die Dunkelheit. Den Teufel in seinen Augen. Die Gefahr, die von ihm ausgeht.

Meine Hände streifen über seinen nackten Oberkörper und um den gepiercten Nippel, der in all seinen schwarzen Tattoos wie Silber glitzert.

Meine Kopfhaut schmerzt und ich wimmere, als er erneut in meine Haare greift. Wie von selbst wandern meine Finger hinab und öffnen den Reißverschluss seiner Jeans. Das Verlangen und das Blut rauscht in meinen Ohren, lässt mich alles vergessen.

Bis Parkers Hände meine umschließen. »Was tust du da?«, fragt er heiser.

»Ich …« Die Wahrheit ist, ich weiß es nicht.

»Was?«

Ich presse die Lippen aufeinander und gebe mir gar keine Mühe, mich aus seinem Griff zu befreien. »Ich dachte, … du und ich …«

»Dachtest du etwa, ich ficke dich hier? Auf einer Liege, in einem scheiß verfickten Raum, während draußen andere hocken?«, nimmt er mir die Worte aus dem Mund.

Scheiße, ja, ich wollte es. Auf einmal kommt mir der Gedanke unfassbar dämlich und naiv vor.

Parker lässt meine Handgelenke los und vergräbt sein Gesicht in den Händen, atmet geräuschvoll aus. »Beth, ich … werde nicht hier und jetzt mit dir vögeln. Nicht unter den Umständen.«

Ich nicke niedergeschlagen und er nimmt mein Gesicht in seine Hände, zieht mich so nahe an sich, dass sich unsere Nasenspitzen berühren.

»Du weißt, ich … ich …«

O mein Gott, will ich am liebsten schreien.

Der Blick seiner Augen, wie er sich über das Haar streift und die Lippen leckt. Die Worte schwirren in seinem Kopf, ich sehe es ihm an, aber er kann es nicht aussprechen. Noch nicht.

»Ich habe dir gesagt, dass ich dich lieben würde, wenn du mich lassen würdest. Es macht mir Angst und ehrlich gesagt, mache ich mir ziemlich in die Hose. Aber noch nie hat sich etwas richtiger angefühlt als das. Als dich zu lieben.«

Mein Kopf ist wie leergefegt, mein Herz klopft mir bis zum Hals und mir fehlen die Worte, um irgendetwas darauf zu erwidern. Irgendetwas, das Sinn ergibt, das ihn nicht von mir wegstößt und zeigt, dass es mir genauso geht.

Ihn zu lieben ist riskant. Ihn zu lieben ist mutig. Ihn zu lieben ist echt.

Er hat recht, nichts fühlte sich jemals richtiger an. So vieles fühlte sich falsch an, der Hass, die Schläge, das Blut, die Angst.

»Nichts fühlte sich jemals besser an, als dich mich lieben zu lassen«, sage ich.

Das Schweigen zwischen uns bedeutet genug. Mit den Fingerspitzen berühre ich den Ring, der seine Brustwarze schmückt, und lächle. Wir sind so verschieden und doch so gleich. Aber vielleicht sind es nicht die Gemeinsamkeiten, die einen verbinden, sondern die Unterschiede.

Ihn zu treffen, war mehr als Schicksal.

.

Kapitel 24

Als ich abends den Schlüssel ins Schloss stecke und die Tür öffne, steigt mir ein Geruch in die Nase, der mir das Wasser im Mund zusammenlaufen lässt. Ich habe den ganzen Tag mit Parker und seinen Jungs im Tattoostudio verbracht. Was er sich in den letzten zwei Stunden hat stechen lassen, wollte er mir nicht verraten. Er will es mir erst zeigen, wenn es verheilt ist. Danach hat er mich nach Hause gefahren, weil er meinte, es sei so besser.

Ich lege meine Jacke ab, als Callie gerade aus der Küche stürmt und innehält.

»Da bist du ja! Es gibt Kürbissuppe, wenn du auch willst.«

Kürbissuppe? Seit wann ist der Sommer denn vorbei? Während der letzten Wochen und vielen Ereignisse habe ich ganz die Zeit vergessen.

Als ich den Wohn- und Essbereich betrete, ist der Tisch

bereits für vier Personen gedeckt.

»Sheree kommt noch«, meint Callie, als sie meinen verwunderten Blick bemerkt.

Ich nicke. Für einen Moment hatte ich angenommen, der vierte Teller sei für Parker. Sein Blick, als er mich vor dem Haus abgesetzt hatte, und sagte, er sei unerwünscht, hat mir das Herz zerrissen. Er liebt seine Familie. Er hat Fehler gemacht und gelitten und sich gequält. Aber trotz allem hat er es nicht verdient, das zu verlieren, wofür er jahrelang gekämpft hat.

Wenig später sitzen wir gemeinsam mit Sheree, die mich stürmisch umarmt hat, am Tisch und löffeln Kürbissuppe mit Croutons.

Ellen unterhält sich gerade mit Sheree darüber, wie das College bei ihr läuft und wie es Brandon geht. Er studiert irgendwas mit Physik und scheint wohl ziemlich begabt darin zu sein. In einem Jahr wird er den Abschluss in der Tasche haben und hat bereits mehrere Jobangebote bekommen.

»Ich muss etwas sagen.«

Drei Augenpaare starren mich an. Das hätte ich mir vorher überlegen sollen, aber dafür ist es nun zu spät.

»Ich kann nicht länger zusehen, wie wir hier alle sitzen, lachend, heiter, uns amüsieren, während … während Parker die ganze Scheiße mit sich selbst ausmachen muss. Mal wieder. Es geht ihm dreckig, ich sehe es ihm an. Ich weiß es.«

»Wieso ist er denn nicht mitgekommen? Ich habe genug Suppe für die nächsten Wochen gemacht«, entgegnet Ellen erstaunt und wirkt fast betroffen.

Also hat Callie ihr kein Sterbenswörtchen erzählt. Sie frisst es genauso in sich hinein wie ihr Bruder. Ich seufze. Sie sind sich so ähnlich. Ich sehe Callie an, die meinem Blick sofort ausweicht.

»Er ist unerwünscht. Das waren seine Worte.«

»Unerwünscht? Warum denn das? Hab ich was verpasst?« Ellen lässt ihren Löffel sinken und schaut erwartungsvoll in die Runde.

»Da sich das zwischen euch anscheinend beruhigt hat, ist doch alles bestens«, mischt sich nun auch Sheree ein. »Oder etwa nicht?«

»Wenn du es nicht sagen willst, tue ich es. Ich hab die Schnauze voll von Geheimnissen und von Familien, die zerbrechen.« Mein Blick lastet weiterhin auf Callie, auch wenn sie mich immer noch nicht ansieht.

»Er hat doch Geheimnisse!«, platzt sie auf einmal heraus.

»Er wusste keinen anderen Weg, sich zu helfen«, fahre ich ungehalten dazwischen.

»Als auf andere einzuschlagen, bis ihnen das Blut aus der Nase läuft und sie völlig komatös mit gebrochenen Rippen vor ihm liegen? Das kann kein Ausweg sein!«

Ellen und Sheree, die unsere Auseinandersetzung mit

schreckgeweiteten Augen verfolgen, scheint es die Sprache verschlagen zu haben.

»Dass es kein Ausweg ist, hat er all die Jahre nicht begriffen. Aber jetzt hat er es verstanden.«

»Wovon zum Teufel redet ihr? Verpasse ich etwa so viel, wenn ich unter der Woche ein paar Meilen von euch entfernt bin?«, fragt Sheree.

»Erzähl es«, fordere ich Callie auf, die auf ihrem Stuhl nervös hin und her rutscht.

»Vor einigen Tagen habe ich einen Zettel auf Beth' Kommode gefunden, mit einer Adresse, einem Datum und einer Uhrzeit. Ich hatte schon länger den Verdacht, dass du dich nachts wo herumtreibst. Ich habe mir einfach Sorgen um dich gemacht!« Sie wischt sich mit dem Ärmel über die Augen. »Also bin ich dir gefolgt. Zuerst nahm ich an, dass es sich um eine ganz normale Collegeparty handelt. Aber ich hatte ja keine Ahnung, dass es ein Untergrundkampf war!«

»Ein was?«

»Was zum Teufel?«

»Die Leute sind total durchgedreht und dann … dann hab ich Parker gesehen. Er wurde gefeiert wie ein Rockstar, als er in den Ring trat. *Bloody Parker* haben sie ihn genannt.« Sie lacht bitter auf. »Er hat bereits mehrere hundert Kämpfe gewonnen. Gott, ist mir schlecht geworden.«

»Er kämpft?«, entgegnet Sheree ungläubig.

»Er kämpft. Er schlägt auf seinen Gegner ein, bis er am

Boden liegt. Er war wie in Trance. Wie ein Irrer. Immer wieder hat er auf den anderen Typen eingeschlagen.« Tränen laufen über ihre Wangen.

»Beth, stimmt das?« Auch in Ellens Augen stehen die Tränen.

»Es stimmt.«

»O Gott.« Ellen schluchzt auf und der Löffel in ihrer Hand fällt klirrend zu Boden. »Warum? Warum tut er so was? Habe ich versagt? War ich eine so schlechte Mutter?«

»Er liebt dich Ellen, er liebt euch alle. Aber er wusste nicht anders mit der Wut und dem Hass in sich umzugehen. Es war sein Ventil, sein Zufluchtsort, die Art, mit der Vergangenheit umzugehen.«

»Wie lange tut er das schon?«, fragt Ellen und tupft sich mit einem Taschentuch die Tränen weg.

»Ich schätze, seit er auf dem College ist«, antworte ich.

»Wir alle haben Fehler gemacht, ich am meisten, denn ich habe einen Mann geliebt, der uns die Hölle auf Erden heraufbeschworen hat. Und das zweimal. Und jedes Mal hat er sich schützend vor mich geworfen und die Schläge auf sich genommen, die für mich bestimmt waren. Parker sollte sich niemals unerwünscht vorkommen. Er hat sein Leben für unseres gegeben und egal, was er tut, er ist mein Sohn.« Ellen schaut in die Runde. »Und euer Bruder. Er muss sich wie ein Ausgestoßener vorkommen! Ich hatte ja keine Ahnung, wie sehr er sich verloren hat, wie sehr er sich selbst quält.«

Callie hält den Blick gesenkt und ihre Unterlippe zittert. Sie verachtet Parker für das, was er getan hat, und doch liebt sie ihn. In ihrem Inneren herrscht ein Chaos, das auch in mir tobt. Gefangen zwischen den gegensätzlichsten Gefühlen und nicht fähig, sich für eines davon zu entscheiden.

»Es ist dein gutes Recht, sauer auf ihn zu sein, seine Taten nicht gutzuheißen, aber lass ihn nicht leiden. Er hat sich jahrelang selbst den Qualen ausgesetzt. Er glaubt, du hasst ihn«, sage ich zu ihr.

»Ich hasse ihn doch nicht«, widerspricht sie. »Ich war einfach so …«

»Wütend? Traurig? Verletzt?«, wiederhole ich die Worte, die Parker erst gestern zu mir gesagt hat.

»Ja«, gibt sie kraftlos zu.

»Sei wütend, sei traurig, sei verletzt. Und dann verzeih ihm.«

Verzeihen ist schwer, verzeihen scheint manchmal unmöglich und doch ist es oftmals die einzige Möglichkeit, inneren Frieden zu erreichen.

Den Rest des Abends bleibt die Stimmung betrübt und jeder scheint seinen eigenen Gedanken hinterherzuhängen. Auch ich. Demnächst muss ich mich mit Detective Miller in Verbindung setzen, mich um Papierkram und die Beerdigung kümmern. Das alles wird mich mehr Kraft kosten als alles andere. Aber ich habe es geschafft, mich meinen Ängsten zu stellen und auch das werde ich hinter mich bringen.

Am späten Abend lege ich mich ins Bett und schaue auf mein Handy, das eine Nachricht anzeigt.

Vergiss nicht, das Pflegemittel auf dein Piercing aufzutragen.
P.

Nach langer Zeit schlafe ich zum ersten Mal wieder mit einem Lächeln auf den Lippen ein.

*

Seit gestern Abend habe ich nichts mehr von Parker gehört. Wie ich am Tag im Tattoostudio erfahren habe, hat er wieder Kurse am College belegt und wird daher vermutlich gerade im Hörsaal sitzen.

Ich bereite gerade einen Tisch mit den neuesten Bestsellern vor, als ich Mace' unbekümmertes Lachen vernehme.

»Stell dir vor, Beth«, sagt er mit einem breiten Grinsen im Gesicht, »ich darf meine Gemälde im städtischen Museum ausstellen!«

»Das ist ja klasse, Glückwunsch. Die muss ich mir unbedingt ansehen.«

Er kratzt sich beschämt am Hinterkopf. »Ich würde mich freuen, wenn du meine Begleitung für die Vernissage wärst.«

Begleitung? Vernissage? Meint er Begleitung wie Date oder einfach als Arbeitskollegin? Als nettes Treffen außerhalb der Arbeitszeit?

»Ich, ähm …«

»Hat man dich als Anstandswauwau eingestellt oder wieso sehe ich dich immer nur rumstehen und quatschen?«

Ich fahre herum und stoße mir fast die Nase an Parkers Oberkörper, so nahe steht er vor mir. Die Hände in die Hosentaschen geschoben, sieht er Mace verachtungsvoll an.

Mace hingegen scheint völlig unbeeindruckt von Parkers Auftreten, obwohl er mindestens einen Kopf kleiner und schmächtiger ist. »Gib mir Bescheid, ob du mich begleitest. Die Eröffnung ist in zwei Tagen.« Dann macht er auf dem Absatz kehrt und Parker schaut ihm hinterher, bis er außer Hörweite ist.

»Wie geht's deinem Nippel?«, frage ich unbekümmert, während ich die Bestseller ansprechend herrichte.

»Meinem Nippel geht's bestens«, gibt er ebenso unbeschwert zurück, als eine ältere Dame an uns vorbeiläuft.

»Und deinem Loch?«

»Parker«, zische ich.

Nur schwer kann er das Lachen zurückhalten und bricht schließlich in schallendes Gelächter aus, was ihm etliche böse Blicke beschert.

»Hast du nicht noch Bücher einzustellen oder so? Die alte Dame hat gerade ziemlich viele Romane zurückgegeben.«

Bevor ich antworten kann, sprintet er schon zum Bücherwagen und zieht mich zwischen die Regale. Ich ordne die Romane zunächst alphabetisch nach dem Nachnamen des Autors, wie sie auch in den Regalen stehen.

»Wie war dein gestriger Abend?«, fragt Parker.

»Ganz okay.«

»Okay?«

Ich zucke mit den Schultern. »Wir haben geredet. Über dich. Deine Mom hat geweint, Callie und Sheree auch. Callie hatte den Zettel von Arya auf meiner Kommode entdeckt und ist mir gefolgt, deshalb war sie da.«

Er lehnt sich gegen das Regal, sagt nichts.

»Und du hast dich gestern Abend rasiert?« Ich deute auf seinen Bart, der wieder sorgsam gestutzt aussieht.

»Ja. Und ich musste Kye beim Vögeln zuhören, weil die Schlampe so laut geschrien hat, als würde er sie abstechen. Sogar meine Kopfhörer und laute Musik haben nichts gebracht.«

Ich ringe mich zu einem halbherzigen Lachen durch, ehe ich einen Zettel aus meiner Gesäßtasche ziehe und ihm Parker überreiche. »Hast du den geschrieben?«

»Ja«, sagt er, ohne den Zettel überhaupt näher betrachtet zu haben.

»So wie alle anderen Zettel, die ich zwischen den Seiten der Bücher gefunden habe?«

»Ja.«

In den letzten Wochen und Monaten habe ich immer wieder kleine Zettel in Büchern gefunden, deren Worte viel zu traurig für die eines kleines Jungen sind. Die Handschrift ist krakelig, unsauber, als sei er froh gewesen, sich die Worte von der Seele zu schreiben.

»Früher habe ich viel Zeit in der Bibliothek verbracht, weil ich nicht nach Hause wollte. Die Schreie, die Schläge, das Blut. Aber hier gibt es Ruhe und Einsamkeit.« Sein Blick schweift in die Ferne, in eine Zeit, in der er lernte, mit der Dunkelheit umzugehen. »Nachdem mein … Dad gestorben war, dachte ich, nie wieder so etwas wie eine Vaterfigur zu haben. Und dann trat Steve in unser Leben und ich hatte plötzlich nicht nur einen Dad, sondern auch einen Bruder. Doch Steve konnte seine Maske nicht lange aufrechterhalten. Nach dem ersten Schlag folgten der zweite und dritte«, er seufzt, »und ich musste mir eingestehen, dass er genauso ein Monster war.«

Kapitel 25

Parker

Vergangenheit

Mit angezogenen Knien und dem Blut, das mir aus der Nase läuft, sitze ich auf meinem Bett. Das Blut tropft auf mein T-Shirt und hinterlässt einen Fleck, der sich in meine Seele brennt.

Wie kann Steve die Hand gegen sein eigenes Fleisch und Blut erheben? Mit jedem Schlag schwindet die Menschlichkeit aus ihm. Mit jedem Schlag die Erinnerung daran, wie er mit Mike und mir Football spielte, den Weihnachtsbaum mit uns kaufte und Zitronenlimonade zubereitete.

Ich hatte nur einen Wunsch, nur eine Bitte. Einen Mann, der meine Mom so liebte, wie sie es verdient hatte, und der uns ebenso liebte. Einen Dad. Eine Familie.

Die Erkenntnis trifft mich mit einer Heftigkeit, die mich aufschluchzen lässt. Als sei es seine Rache, hetzte er das nächste Monster in unser zu Hause.

Plötzlich geht die Tür auf, Callie tritt ein und kommt auf mich zu.

»Hier, für deine Wunden«, sagt sie und legt das Kühlpad an meine Wange.

Damals war sie das kleine Mädchen, das sich unter meiner Bettdecke versteckte, sobald unser Dad handgreiflich wurde. Heute versorgt sie meine Wunden und immer noch beschütze ich sie. Sie wirkt so erwachsen, so gefasst, aber ich sehe den Schmerz in ihren Augen. Anders als ich, weiß sie, mit der Vergangenheit umzugehen. Ich kenne nur das eine: die unaufhaltsame Wut.

»Du hast nur noch ein Jahr auf der Highschool, Parks, danach solltest du abhauen. Versuch, dich zu retten.«

»Abhauen?«, fahre ich sie an. »Einen Scheiß werde ich tun, Callie. Ich werde dich, Sheree und Mom so lange beschützen, wie es nötig ist. Bis das Drecksschwein tot ist.«

Sie wischt sich mit dem Ärmel ihres Pullovers über die Augen. »Ich liebe dich, Parks, das weißt du, oder?«

»Ja«, flüstere ich.

Sie nimmt meine Hand und legt das Kühlpad auf die aufgeplatzten Fingerknöchel. »Dein Gesicht sollte nicht so aussehen. Nicht von Schlägen und Schmerz und Blut gekennzeichnet. Du solltest samstagnachts auf Partys gehen, rumknutschen und nicht zu Hause aufpassen, dass … keiner stirbt.«

Lieber würde ich meinen eigenen Tod auf mich nehmen, als ewig mit der Schuld zu leben, nicht auf sie aufgepasst zu haben. Ihren Tod würde ich mir nie verzeihen.

»Dein Gesicht sollte strahlen, deine Augen, dein Lächeln«, erwidere ich kraftlos.

In ihren Augen sollte nicht der Glanz der Tränen liegen. Schon viel zu lange hat in diesem Haus niemand mehr gelacht, viel zu lange hat sich der Teufel in unser Heim eingenistet und uns zu seinen Sklaven gemacht. Aber ich werde nicht aufgeben, ehe er uns in Ruhe lässt. Selbst wenn das bedeutet, dass ich die Schläge, die Schmerzen und das Blut auf mich nehmen muss. Selbst wenn ich viel mehr verliere als nur mich.

Mom, Callie, Sheree, sie sind es, die mich am Leben halten. Sie sind es wert, nicht ich, nicht der nächste Tag, nicht die Hoffnung. Nichts davon wird mehr existieren, wenn das Leben aus der Seele des Monsters weicht.

Kapitel 26

Though – Lewis Capaldi

Die letzten Worte spricht er so leise aus, dass ich ihn kaum verstehe.

»Hast du nicht gesagt, dass du nicht mit anderen darüber reden kannst?«

Er runzelt die Stirn. »Ja.«

»Gerade hast du es aber.« Ich lächle verhalten.

»Das ist was anderes.«

Ich lege einen Thriller, dessen Cover leicht eingerissen ist und zunächst repariert werden muss, zurück auf den Bücherwagen. »Inwiefern?«

»Du bist selbst durch die Scheiße gegangen, hast dem Monster in die Augen geschaut und warst über Jahre in einem Käfig gefangen. Du weißt, wie schwer es ist, die Gitterstäbe zu durchbrechen, wenn die Hoffnung dich längst verlassen hat«, antwortet Parker.

»Lange Zeit hab ich gedacht, Hoffnung sei wertlos«, gestehe ich. »Aber ich hab begriffen, dass sie vielleicht der Grund ist, warum ich nicht aufgegeben hab. Wie kann ich etwas aufgeben, an das ich tagtäglich denke? Ich kann es nur aufgeben, indem ich es angehe, indem ich ein klein bisschen mutig bin. Und mich dem entgegenstelle, was die Hoffnung schwächt.«

Er sieht mich einen Augenblick an, einen langen Augenblick, und sagt dann: »Mutigsein bedeutet genau das.«

Mutig ist es, die Küsse zuzulassen. Die Nähe zuzulassen. Die Berührungen zu fühlen. Die Gefühle zu spüren. Und das alles zu erwidern.

Obwohl ein letztes bisschen Angst und Zweifel immer noch in mir sind. Doch ihre Krallen sind abgestumpft, ihre gellenden Schreie nach mir gedämpft. Nie habe ich mich mutiger gefühlt.

»Wirst du ihn begleiten?«

Der plötzliche Themenwechsel reißt mich aus meinen Gedanken. »Wen? Wohin?«, stammele ich.

»Den Volltrottel. Das Calvin-Klein-Model für Arme. Den Süßholzraspler.«

»Parker!«, fahre ich dazwischen.

»Was?« Er drängt mich mit dem Rücken gegen die Wand, woraufhin mehrere Bücher zu Boden fallen.

Sein herber Duft steigt mir in die Nase und ich spüre seinen warmen Atem an meinem Ohr.

»Es gilt als unhöflich, nicht auf Einladungen zu reagieren.« Er streicht mir eine Haarsträhne hinters Ohr. »Willst du mit ihm ausgehen? Seine Begleitung sein?«

Auf die Frage gibt es keine richtige Antwort, nur falsche Antworten. Plötzlich öffnet er den Knopf meiner Hose und lässt seine Hand zwischen meine Beine gleiten. Ich bin wie erstarrt vor Schreck. Seine Hand streicht über den feuchten Stoff meines Höschens.

»Beth.«

»Ja?«, presse ich mühevoll hervor.

»Willst du seine Begleitung sein?« Die Ausdruckslosigkeit in seiner Stimme und seinem Gesicht verunsichern mich.

Welche Antwort glaubt er, zu bekommen? Ich kann nicht einmal erkennen, ob er verletzt, eifersüchtig, wütend oder vielleicht sogar entspannt ist. Ich habe ja keine Ahnung, was wir füreinander sind, was ich für ihn bin. Was wir für ihn sind.

»Willst du, dass ich zusage? Dass ich mit ihm durch die Vernissage schlendere, er den Arm um mich legt und mir ins Ohr flüstert, wie schön es mit mir ist? Willst du das?«, entgegne ich, überrascht darüber, dass meine Stimme so klar klingt. Denn inzwischen hat er den Stoff beiseitegeschoben und stößt zwei Finger in mich. Anders als beim letzten Mal muss ich mich nicht daran gewöhnen, sondern unterdrücke nur schwer ein Stöhnen.

»Scheiße, nein«, entfährt es ihm und legt die Stirn an meine. Schweißperlen tropfen herab und sein rasselnder Atem ist das Einzige, das ich höre.

Es ist mitten am Tag, Menschen befinden sich nur wenige Meter von uns und ich sollte verdammt noch mal arbeiten. Stattdessen stehe ich zwischen den Regalen der Bibliothek und lasse mich von Parker fingern.

»Was willst du dann?«, sage ich, während ich den Reißverschluss seiner Jeans öffne und in seine Boxershorts greife. Sein Schwanz liegt hart und bereit in meiner Hand.

»Verdammte Scheiße, was-«

»Was, Parker, was? Was willst du wirklich von mir hören?« Meine Stimme hört sich seltsam fremd und bissig an. »Nicht, ob ich Mace begleite. Das wissen wir beide.« Ich bewege meine Hand auf und ab und entlocke ihm damit ein gedämpftes Stöhnen.

»Fuck.« Er ballt die Hände zu Fäusten. »Ich will nicht, dass du mit irgendjemanden irgendwo hingehst. Ich will … uns. Zusammen. Du und ich«, stößt er hervor.

»Denkst du etwa, ich will das nicht?«

»Ich weiß es nicht. Sag es mir, Beth, willst du das?« Das ist das erste Mal, dass ich Unsicherheit aus seiner Stimme heraushöre.

Wie kann er glauben, dass ich ihn, nach allem, was geschehen ist, nicht will? Dass ich das, was zwischen uns ist, nicht will? Als könnte ich das wegwerfen oder gar vergessen.

»Parker, ich will uns, ich will dich, wie ich nie zuvor etwas wollte«, erwidere ich, gehe vor ihm auf die Knie und tue etwas, von dem ich dachte, es nie zu können. Meine Lippen umschließen seinen Schwanz. Obwohl ich nicht weiß, was ich da tue, ob es überhaupt richtig ist und die kurzen Momente der Panik versuchen mir die Luft zum Atmen zu rauben, schiebe ich die Zweifel beiseite. Ich atme tief durch, sehe in Parkers Augen, während ich ihm mit der Zunge über seine ganze Länge streiche. Das ist Beth. Das ist, wer ich wirklich bin.

»Fuck, Beth.« Er greift in meine Haare und drückt mich weiter auf seinen Schwanz. Ich nehme ihn tiefer in mir auf, bis ich glaube, würgen zu müssen. Keuchend ziehe ich mich zurück und schaue Parker an.

»Wir haben nicht vergebens all die Qualen auf uns genommen«, sage ich heiser.

»Nein, das haben wir nicht. Vor allem du nicht«, pflichtet er mir bei.

Ich lecke mit der Zunge um seine Härte und gebe ihm zu verstehen, dass ich mehr will. Als er anfängt, meinen Mund zu ficken, da vergesse ich die Zweifel, die Angst und all die Gedanken. Ich bin nur noch Beth, nur noch ich. Parker stößt mehrmals in mich und als sich ein salziger Geschmack in meinem Mund ausbreitet, lässt er von mir ab. Er zieht mich zu sich hoch, schließt den Reißverschluss der

Jeans und sieht mich an.

»Du schmeckst anders als ich«, wispere ich und kann mir ein kurzes, heiseres Lachen nicht verkneifen.

Parker lacht. Losgelöst, ehrlich und nicht, als stünden wir inmitten der Bibliothek. Nicht, als würden ihn seine inneren Dämonen in die Dunkelheit stürzen.

Gerade steht er vor mir, im Schein des Lichtes, das seine Silhouette umgibt. Nur wir zwei. Gerade befindet sich sein Herz nicht im Kampf mit seinem Kopf.

Unser Aufeinandertreffen war kein Zufall. Es war ein Pakt des Teufels, der glaubte, uns beide hinabreißen zu können.

*

Am Abend liege ich im Bett und starre an die Decke. Ich begreife immer noch nicht, was heute in mich gefahren ist. Ohne zu viele Gedanken daran zu verlieren, habe ich es einfach getan. Ich habe verdammt nochmal Parkers Schwanz gelutscht.

Die Worte in meinem Kopf auszusprechen, fühlt sich schon schmutzig genug an. Die Erinnerung daran, wie ich vor ihm knie, zwischen Tausenden von Büchern und Menschen, die uns hätten erwischen können, und er meinen Mund fickt, fühlt sich noch viel schmutziger an. Und viel realer, weil es wahrhaftig passiert ist.

Ich ziehe das Haargummi von meinem Zopf und bette

meinen Kopf auf das Kissen. Schneller als erwartet, überkommt mich die Müdigkeit. Doch noch viel unerwarteter schleicht sich ein Albtraum in meine Gedanken, der womöglich grausamer ist als alle, die ich jemals hatte.

Er zog an seiner Zigarette. Strähnen seines dunk- len Haares fielen ihm ins Gesicht. Er war die Ge- lassenheit in Person. Das weiße T-Shirt schmiegte sich um seinen trainierten Oberkörper und ich betrachtete die vielen Tattoos auf seinen Armen. Alle schwarz, genau wie seine Seele.

Ich wusste, dass er gefährlich war. Jeder am College wusste es. Nur ich hielt mich nicht an die Regel, die besagte, sich nicht auf ihn einzulassen.

Ich war süchtig nach ihm und ich war ebenso seine Droge. Aber zwei seelenlose Menschen passten nicht zusammen, niemals.

»Gott, Beth«, sagte er. »Ich hab' dich so geliebt.« Ich kauerte auf dem nassen Gehweg, meine blon- den Haare verschwitzt vom Rennen. Dann be- wegte er sich langsam auf mich zu, ließ seine Zigarette fallen. Grob umschlossen seine Finger mein Kinn, sodass er mich zwang, zu ihm hoch- zuschauen. Mit einer ruckartigen Bewegung ließ er von mir ab und mein Körper fiel wie ein nasser Sack zur Seite.

Regen tränkte mein Oberteil und zog eine Gänsehaut über meine Arme. Aber ich fühlte nichts. Nichts mehr. Viel zu oft haben wir das getan. Uns beschimpft, uns geschubst, uns geschlagen, uns gegenseitig die Schuld an unserem Versagen gegeben. Als wäre es die Quintessenz unserer Liebe gewesen. Ich sage Liebe und nicht Beziehung, weil wir uns so oft hassten und liebten und wieder hassten und wieder liebten, dass es keine Beziehung war, die wir führten. Parker und ich, es war mehr. Aber war es je genug?

Ein schrilles Klingeln lässt mich hochschrecken und ich fahre mir mit der Hand über das schweißnasse Gesicht. Ich binde meine Haare zusammen, steige aus dem Bett und wechsle das durchgeschwitzte T-Shirt gegen ein neues aus.

Selbst als die Tränen über meine Wangen laufen und ihr sal- ziger Geschmack meine Lippen trifft, fällt es mir schwer, mir einzureden, dass es nur ein Traum war.

Nur ein Traum. Es ist nicht wahr.

Aber vielleicht wird es wahr. Vielleicht wird er dich eines Tages verlassen.

Ein stummer Schrei entfährt meiner Kehle. Ich brauche Luft, brauche Stille, brauche Licht in der abscheulichen Finsternis. Ich muss das Licht sehen, das mir sagt, alles sei in Ordnung.

Ein weiteres Klingeln meines Handys lässt mich herumfahren. Ich nehme es von der Kommode, wische darauf herum und öffne zunächst die erste, dann die zweite Nachricht.

Hast du schon ein Geburtstagsgeschenk für Parker, Prinzesschen?

Ach ja, hier ist Dagen.

Was zum Teufel? Geburtstagsgeschenk? Dagen?

Woher hast du meine Nummer?, tippe ich, ehe ich es in die Hosentasche schiebe, die Tür öffne und zwei Treppenstufen auf einmal nehme.

Als ich aus dem Haus trete, atme ich die frische Luft ein und erwische den letzten Nachtbus, der Richtung Hide Forest fährt.

*

Zwanzig Minuten später stehe ich den Nadelbäumen des Hide Forest gegenüber und seine Dunkelheit lädt mich nahezu ein.

Ruhe. Einsamkeit. Stille.

Die durch ein wildes Stimmengewirr unterbrochen wird. Mit langsamen Schritten nähere ich mich dem See und vernehme bereits das vertraute Rauschen, als ich die Silhouetten zweier Menschen am Ufer erkenne. Sie fuchteln beide mit den Armen in der Luft herum und ihr Gespräch scheint ziemlich hitzig zu verlaufen. Ein Paar beim Streiten, das hat mir gerade noch gefehlt.

Die Frau wird zu Boden gerissen und ihre Versuche, sich aufzuraffen, sind nutzlos. Der stämmige Körper des Mannes drückt sich auf ihren. Fuck, was zur Hölle geht hier vor sich? Er wird sie umbringen! Vielleicht übertreibe ich aber auch und das ist nur eine Art Vorspiel.

»Lass mich los, Parker!«

Seinen Namen zu hören, schmerzt in meiner Brust. Genauso wie die Stimme, die sich die Seele aus dem Leib schreit. Aryas Stimme.

Ich renne los, werfe mich mit meinem ganzen Gewicht gegen Parker und tatsächlich gelingt es mir, ihn von Arya loszureißen. Rittlings sitze ich auf ihm und packe grob in seine Haare.

»Verzeihen, Parker, verzeihen«, brülle ich ihm entgegen. »Hast du nicht letztens erst davon gesprochen? Hast du mir nicht gesagt, wenn wir miteinander kämpfen wollen, muss ich verzeihen? Wann willst du aufhören allein zu kämpfen? Wann wirst du endlich begreifen, dass du kein Monster sein musst? Dass das Monster in deinem Kopf und nicht in deinem Herzen sitzt?«

Mit glanzlosen Augen sieht er mich an. »Wie kannst du ihr verzeihen, Beth, ausgerechnet ihr?«

»Es ist das Einzige, das mir inneren Frieden gibt. Nichts kann Geschehenes rückgängig machen, nichts Gesagtes zurücknehmen, nichts kann mehr die Vergangenheit ändern. Ändern können wir nur noch das Hier und Jetzt.« Ich stehe auf, klopfe mir den Dreck von der Jeans und Parker tut es mir gleich.

»Wegen deines Dads, ich wusste nicht …«, setzt Arya an, deren Unterlippe zittert.

»Er ist tot, es spielt keine Rolle mehr«, schneide ich ihr das Wort ab.

»Was sollte der Hinweis zu dem Kampf von dir? Kannst du es nicht einfach gut sein lassen? Ich hab dich einmal gefickt und das wars«, herrscht Parker sie an.

»Es geht mir nicht um den Sex oder darum, dass du mich hast fallen lassen wie eine heiße Kartoffel! Ich war sauer ja, ich war verletzt, aber das ist lange her.« Sie streicht sich das blonde Haar zurück. »Beth hat die Wahrheit verdient, das war alles. Ich wollte wiedergutmachen, was ich ihr angetan habe.«

»Wiedergutmachen?« Er lacht abfällig auf. »Wie könntest du das jemals wiedergutmachen?«

»Stopp!«

Ihre Köpfe schnellen zu mir herum, als hätten sie ganz vergessen, dass ich noch da bin.

»Es reicht! Zwar weiß ich nicht, ob wir jemals Freundinnen werden können, Arya, aber ich hab dir verziehen. Du wirst dafür büßen, irgendwann, irgendwo, irgendwie. Du hast mich hintergangen, mich belogen, doch ich lebe nicht mehr in der Vergangenheit. Ich lebe in der Gegenwart und das solltet ihr auch«, sage ich.

»Danke«, flüstert Arya.

»Es ist am besten, wenn du jetzt gehst.«

Sie nickt, dreht sich um und wird immer mehr von der Finsternis des Waldes verschluckt.

Parker steht derweilen am Ufer des Sees, die Hände in die Hosentaschen geschoben und mit den Gedanken weit fort. »Was wolltest du hier?«, fragt er mit brüchiger Stimme.

»Stille.«

»Was ist passiert?«

»Ein Albtraum.«

»Willst du mir davon erzählen?«

»Ehrlich gesagt, will ich mich nicht daran zurückerinnern«, wispere ich in die Dunkelheit hinein. »Aber … ich frage mich, was, wenn es wirklich passiert? Wenn es sich im Traum schon so grausam anfühlt, wie schlimm wäre es dann erst, wenn es Wirklichkeit werden würde?«

Nun dreht er den Kopf zu mir herum, die Augen zusammengekniffen. »Wenn was Wirklichkeit wird?«

»Wenn es zerbricht, das zwischen uns.«

Als die Worte meinen Mund verlassen, wird mir erst bewusst, wie sehr mich die Vorstellung daran zerreißt. Ich hab so viel Kraft in uns gesteckt, so viele Qualen erlitten und überstanden, so viel gegeben, so viel eingesteckt. Ich hab so viel und so sehr wie noch nie gefühlt.

Ich hab den Hass gespürt. Ich hab die Verachtung gespürt. Ich hab die Nähe gespürt. Ich hab das Verlangen gespürt. Ich hab den Mut gespürt. Und die Liebe. Die Liebe in ihrer dunkelsten, gefähr- lichsten Facette.

»Warum sollte das passieren?«, erwidert er nach einer gefühlten Ewigkeit.

Ich schaue auf das dunkle Blau des Sees hinab, das im Mondlicht schimmert. »Vielleicht findest du eine andere besser als mich, vielleicht merkst du irgendwann, dass es nicht das ist, was du willst oder wir uns auseinandergelebt haben.«

»Vielleicht.«

»Ja.«

»Vielleicht bricht morgen der Krieg aus, vielleicht werde ich morgen von einem Auto erfasst, vielleicht … vielleicht …«, sagt Parker, dessen Blick in die Ferne gerichtet ist. »Vielleicht bedeutet, dass etwas passiert oder nicht passiert, dass du es nie wissen wirst. Du lebst in der Gegenwart, Beth, hast du gesagt, nicht wahr? Dann tu das auch und leb nicht in der Zukunft. Fühl das, was jetzt ist.«

Ich sehe ihn an, die Konturen seiner Lippen, die ein klein wenig geöffnet sind, seine Haare, die im Wind wehen. Parker versteckt sich hinter so viel Schmerz, Zorn und Verzweiflung, dass man nicht das Licht sieht, das sich dahinter verbirgt. Irgendwo nahe des Organs mitten in seiner Brust, das doch nicht so leblos ist, wie er annimmt.

Das plötzliche Klingeln meines Handys lässt mich zusammenzucken. Ich ziehe es aus der Hosentasche hervor und sehe, dass Dagen mir geantwortet hat:

In vier Wochen, Elizabeth.

In vier Wochen? Moment mal, in vier Wochen ist der 31. Oktober. Parker hat an Halloween Geburtstag? Verdammte Scheiße, ich glaube, noch nie hat etwas mehr wie die Faust aufs Auge gepasst.

»Du hast an Halloween Geburtstag?«, platzt es verwunderter aus mir heraus als erwartet.

»Was? Woher-«

»Nirgends!« Ich mache Anstalten, das Handy wieder in der Hosentasche zu verstauen.

»Wer hat dir gerade geschrieben?« Parker versucht, mich zurückzudrängen, und da mir nichts anderes übrigbleibt, renne ich Richtung Wasser.

Dabei ziehe ich mir das T-Shirt über den Kopf, unter dem ich nichts mehr trage, und steige aus der Hose. Meine Füße berühren das eiskalte Wasser und ich schwimme in den See hinein. Ich lege den Kopf in den Nacken, wobei meine Haarspitzen werden nass.

»Worauf wartest du?«, rufe ich Parker zu.

Sein ernster, viel zu ernster, Gesichtsausdruck verändert sich mit einem Mal und er lacht lauthals. In einer schnellen Bewegung hat er sich seinem T-Shirt und der Jeans entledigt und schwimmt dann auf mich zu. Bei mir angekommen, legt er eine Hand an meine Hüfte.

»Was hattest du mit ihr vor? Sie umbringen?«, frage ich und merke, wie er die Lippen aufeinanderpresst.

»Nein«, zischt er und fährt sich mit den feuchten Händen

durch das Haar. »Ich wollte ihr nur Angst machen.«

»Angst machen?« Ich ziehe eine Augenbraue nach oben. »Es sah eher danach aus, als …«

»Ich saß einmal im Knast, das reicht«, unterbricht er mich barsch.

»Mach das nicht wieder.«

Er nickt und betrachtet mich. »Dagen oder Kye waren es, hab ich recht? Einer der beiden hat dir geschrieben. Woher haben sie deine Nummer?«

»Die Frage sollte ich wohl lieber dir stellen«, schieße ich zurück.

»Diese Dreckskerle«, murmelt er.

»Darfst du überhaupt schon ins Wasser? Wegen des Tattoos?« Ich suche seinen Oberkörper nach möglichen neuen Motiven ab, kann aber nichts erkennen.

»Keine Sorge, es befindet sich auf meinem rechten Schulterblatt.«

»Kann ich … es sehen?«

Parker dreht sich um und meine Augen finden sofort das Motiv. Es fügt sich makellos den restlichen Tattoos ein. Ein Vogelkäfig, aus dessen durchbrochenen Gitterstäbe sich ein fliegender Schwarm Vögel bildet. Ich schlage die Hand auf meinen Mund, um das Schluchzen zu unterdrücken. Noch nie war mir die Bedeutung eines Tattoos so klar wie diese.

Als ich nichts sage, dreht sich Parker schließlich um und nimmt die Hand von meinem Mund. Dann legt er seine Lippen auf meine. Ich schmiege mich an ihn, die sensiblen Spitzen meiner Brüste reiben an seinem Oberkörper.

»Wäre das Wasser nicht so kalt, würde ich meinen, du reagierst wegen mir so«, murmelt Parker in mein Ohr und ich höre das Grinsen in seiner Stimme.

Ich boxe im in die Seite, woraufhin er eine Hand in meinen Nacken legt und mich grob zu sich zieht.

»Du schlägst mich?«

»Sieht so aus.«

»Das gibt Rache, Elizabeth.«

Er klingt so bedrohlich und ernst, dass ich dennoch grinsen muss. »Was? Wirst du mich jetzt ficken, weil ich unartig war?«

»Das würde dich doch noch mehr erfreuen«, raunt er. Die Worte spricht er so sorglos aus und scheint erst Sekunden später zu begreifen, was sie bei mir auslösen. Doch genau das ist es, was ich von ihm erwarte. Dass er mich ebenso behandelt wie andere Mädchen. Einmal wenigstens will ich wie andere sein.

Vor Monaten wäre meine Antwort darauf eine andere gewesen. Vor Monaten hätte ich nicht einmal darauf geantwortet, sondern wäre weggelaufen. Jetzt aber stehe ich vor ihm und die Antwort fällt ganz anders aus, als er oder ich erwarten.

»Ja, das würde es«, sage ich und dränge ihn zum Ufer, wo uns die Luft wie Eiseskälte umschließt. Schließlich falle ich über eine Baumwurzel und zu Boden, Parker kann sich gerade so auf den Ellbogen abstützen. Ich recke ihm meine Brüste entgegen, die er mit einer Hand umfasst. Die Berührung lässt mich hemmungslos aufstöhnen.

»Fick mich, Parker.«

Er hält in inne und bedenkt mich mit einem Blick. »Du willst es.«

»Ja.«

Er tastet sich zwischen meine Beine vor und schiebt problemlos zwei Finger in mich. »Fuck, du bist so was von bereit.« Dann hält er mir seine glänzenden Finger vors Gesicht. »Ablecken.«

Ich lecke Parkers Finger vorsichtig ab und deute danach auf seine Boxershorts, die mehr preisgibt als sie verhüllt. Ihn schließlich vollkommen nackt vor mir zu sehen, lässt mich erschaudern. Leise schleichen sich Zweifel in meine Gedanken, die immer lauter werden.

Was, wenn Sex zu viel ist? Wenn ich es immer noch damit verbinde, was Vergangenheit ist? Wenn ich es nicht ertrage, ihn so zu spüren?

»Beth.«

Zu erkennen, dass auch in seinen Augen Zweifel liegen, lässt mich aus der Haut fahren. »Frag jetzt nicht, ob ich mir sicher bin. Lieber fahre ich zur Hölle, als …«

Die restlichen Worte erstickt Parker mit nur einer Bewegung. Seine Finger umschließen meinen Hals, drücken auf meine Kehle. Sein warmer Atem streift mein Ohr, als er mir zuflüstert: »Du liegst bereits in den Armen des Teufels, Elizabeth, mit gespreizten Beinen, nasser Pussy und dem Wunsch, von ihm gefickt zu werden.«

Schreien. Weinen. Vor Begehren aufstöhnen.

»Red nicht davon. Tu es.« Meine Stimme hört sich wie ein einziges armseliges Betteln nach Erlösung an.

Erlöse mich von dem Bösen. Von der Vergangenheit. Dem Monster.

Aus seiner Jeans holt Parker ein Kondom hervor, reißt es auf und rollt es sich über. Er schiebt sich zwischen meine Beine.

»Hast du vergessen, wie es geht?« Kaum haben die Worte meinen Mund verlassen, bin ich über die Gereiztheit in meiner Stimme erstaunt.

Er lacht heiser und fährt mit den Fingerspitzen die Konturen meiner Lippe nach. »Auch der Teufel war einst ein gefallener Engel.«

Dann dringt er mit einem einzigen Stoß in mich ein. Das Gefühl, komplett ausgefüllt und ihm so nahe zu sein, ist ungewohnt. Ein bisschen beängstigend und auch ein bisschen erregend.

Er bewegt sich vorsichtig vor und zurück, immer wieder langsam aus mir heraus und rein. Ein schmerzhaftes Ziehen bildet sich, das jedoch bald vergeht. Körperlich gesehen bin ich keine Jungfrau mehr, aber innerlich. Ich hatte so oft Sex und doch nie wirklich. Das ist das erste Mal.

»Fick mich, Parker«, stoße ich keuchend hervor.

Eine Hand umfasst meine Brust, streicht über den empfindsamen Nippel. In kürzeren Abständen stößt er sich in mich hinein, immer härter, immer tiefer.

In meiner Vorstellung hat es sich nie so angefühlt. So schön und so, als könnte ich mehr wollen. Die Nähe ist mehr als nur erträglich, sie ist viel mehr. Sie verdrängt die hässlichen Erinnerungen für diesen Moment.

Er legt mir eine Hand unter das Kinn und dreht mein Gesicht so, dass wir uns ansehen. Unsere Blicke sind ineinander verfangen, es ist ein stummer Kuss, den nur wir fühlen. Nach den letzten Stößen kommt Parker in mir und lässt sich neben mich auf das Gras fallen. Wir starren in den Sternenhimmel, so dunkel und doch so glitzernd.

»Das werden wir wiederholen«, sage ich.

»Werden wir das?« Seine Stimme klingt heiser.

»Ja.«

»Wie hat es sich für dich angefühlt?«

Die Frage ist so einfach und doch so schwer zu beantworten.

»Ich schätze, ich könnte Gefallen daran finden. Es war seltsam, dass ich mich dabei so … anders gefühlt habe. Nicht beschämt oder als würde ich in Tränen ausbrechen wollen. Nein, es war schön. Endlich begreife ich, was es bedeutet, jemandem nahe sein zu wollen.«

Wieder etwas, vor dem ich mich gefürchtet habe und das ich trotzdem getan habe. Wieder etwas, das mich mutiger macht. Wieder etwas, das die Angst in mir schwächt.

Kapitel 27

Zwei Wochen später

Ich betrachte mein Spiegelbild und zupfe das schlichte, schwarze Kleid zurecht. Es reicht mir bis zu den Knien, ist ab der Taille ausgestellt und hat lange Ärmel. Dazu trage ich schwarze Vans und nach wie vor ein Chaos in meinem Kopf, dem ich nicht gerecht werde.

Heute findet die Beerdigung statt und obwohl nur Ellen, Callie, Sheree und Parker anwesend sein werden, bin ich nervös. Tatsächlich hatte ich eine anonyme Bestattung in Erwägung gezogen, den Gedanken aber letztendlich verworfen. Auch wenn er mir jahrelang die Hölle auf Erden beschert hat, ist er immer noch mein Dad. Ich liebe und hasse ihn, ich verachte und vermisse ihn. Vielleicht werde ich eines Tages den Drang verspüren, sein Grab aufzusuchen. Dann habe ich einen Ort, an dem ich ihn finden kann, wann immer ich will.

»Bist du so weit?«

Parker steht im Türrahmen. Da er immer schwarz trägt, musste er sich nichts Neues zulegen. Das schwarze Sakko steht ihm ausgezeichnet.

»So bereit, wie man für eine Beerdigung sein kann«, gebe ich ausdruckslos zurück.

Die letzten Wochen habe ich viel mit Detective Miller gesprochen. Er und Parker haben ein ziemlich sonderbares Verhältnis zueinander. Anscheinend verbinden die beiden einige Festnahmen, Anzeigen und Gefängnisaufenthalte.

Über Miller habe ich herausgefunden, dass mein Dad sich im Auto mit seiner Dienstwaffe auf einem verlassenen Parkplatz erschossen hat. Ein Bürger hat ihn vorgefunden, nachdem er vermutlich zwei Stunden tot im Auto lag. Bei der Vorstellung daran wird mir sofort wieder kotzübel. Er war allein, als er starb. Lediglich der Abschiedsbrief lag auf dem Beifahrersitz. Vielleicht hat ihn das Gewissen doch so sehr geplagt, dass er keinen anderen Ausweg mehr wusste. Vielleicht, wieder dieses Wörtchen. Vielleicht bedeutet, dass du es nie wissen wirst, hat Parker gesagt.

*

Die Trauerrede des Pfarrers geht nicht lange und das ist auch gut so. Viel länger halte ich es nicht aus. Parker sitzt neben mir, die Hand in meiner und bewegt sich nicht einen Zentimeter. Ich brauche ihn weder anzusehen noch zu fragen, was in ihm vorgeht, denn ich weiß es. Auch wenn er allen anderen vormacht, nichts mehr als Hass für seinen Dad übrig zu haben, liebt er ihn. Genau wie er seinen Stiefvater Steve hasst und liebt, der ihm die Hoffnung auf eine Vaterfigur nahm. Niemand, der es nicht selbst erlebt hat, wird das nachvollziehen können. Doch er kann es und ich kann es, und das ist das Wichtigste.

Als der Sarg schließlich im Grab liegt und ich darauf hinabschaue, fühlt es sich an wie ein Abschied. Dabei habe ich mich innerlich schon vor langer Zeit von ihm verabschiedet. Doch jetzt fühlt es sich endgültig an.

»Mach's gut, Dad. Vielleicht kannst du auch irgendwann ein freies Leben führen«, flüstere ich, ehe heiße Tränen über meine Wangen rinnen und ich mich umdrehe.

Auf einer Bank lasse ich mich nieder und streiche mir die Haare aus dem Gesicht.

»Abschied nehmen bedeutet, auch Last zu verlieren«, sagt jemand und setzt sich neben mich. Es ist Sheree. Ihre dunkelblonden Haare hat sie zu einer aufwendigen Flechtfrisur verarbeitet.

»Wann fängt es an, sich leichter anzufühlen?«, frage ich, ohne den Blick von meinen blassen Beinen zu heben, die im Kontrast zu dem rabenschwarzen Kleid stehen.

»Bald, Beth, bald. Eine Seele muss ebenso heilen wie eine

Wunde, die immer wieder aufgerissen wurde.«

Unsere Blicke treffen sich und wieder einmal wird mir schmerzlich bewusst, was uns verbindet. Aber Sheree kann leben und sogar lieben. Und ich hab schon so viel getan, von dem ich dachte, es niemals zu können. Das hier ist erst der Anfang von so vielem, von dem, was leben wirklich bedeutet.

»Du solltest zu ihm gehen«, sagt Sheree.

Ich folge ihrem Blick. Parker steht mehrere Meter weiter weg vor einem Grab, die Hände in die Hosentaschen geschoben.

»Wir fahren schon mal vor. Bis später.« Sie drückt mich kurz und läuft dann gemeinsam mit ihrer Schwester und ihrer Mom zurück zum Auto.

Als ich schließlich mit schweren Schritten auf Parker zugehe und die Buchstaben auf dem Grabstein erkenne, auf den er unentwegt starrt, schlucke ich.

Richard Baldwin
*01.03.1963
†10.07.2008

Dass Parker mich begleitet hat, obwohl sein Dad hier liegt, bekommt auf einmal eine ganz andere Bedeutung.

»Ich habe mir oft vorgestellt, wie es wäre, ihm noch mal zu begegnen.« Er räuspert sich. »Und jetzt stehe ich vor seinem Grab und fühle nichts. Nichts, außer unendliche Traurigkeit. Ist das nicht seltsam? Ich habe nicht einmal das Verlangen, ihm eine reinzuhauen – imaginär versteht sich – oder den scheiß Grabstein zu beschädigen.«

»Nein, es ist überhaupt nicht seltsam, Parker«, sage ich. »Dein Dad hat dich geliebt, so wie mein Dad mich geliebt hat. Das haben sie. Aber sie haben sich in einem inneren Kampf ihrer Seelen verloren. Nichts wird ihre Vergehen wiedergutmachen, egal, wie viel Buße sie tun werden. Aber vielleicht können sie eines Tages leben, frei leben, mit Seelen, die frei von Lasten sind.«

Ich habe nicht den blassesten Schimmer, woher die Worte auf einmal kommen, ob sie überhaupt angebracht sind und Parker sie annehmen kann. Als er sich zu mir herumdreht, weiß ich, dass er sie versteht, aber noch nicht gänzlich annehmen kann. Da es aber Tage und besonders Nächte gibt, in denen ich selbst noch damit kämpfe, kann ich ihm keinen Vorwurf machen. Es braucht Zeit und ja, manchmal auch ein bisschen Hoffnung.

Ich lege meine Hand in seine und betrachte die umstehenden Bäume, deren abgeworfene orangerote Blätter einen Weg für uns zu weisen scheinen. Der Sommer ist an mir vorbeigegangen, ohne dass ich es gemerkt habe.

Das Klingeln meines Handys reißt mich aus meinen Gedanken und als ich flüchtig auf das Display schaue, fällt es mir vor Schreck fast auf den Boden. Parker kann es gerade so auffangen und zieht eine Augenbraue in die Höhe, als er die Namen seiner zwei Freunde erkennt.

»Sie schreiben dir in letzter Zeit viel zu viele Nachrichten«, sagt er und legt mir eine Hand auf den Rücken, als er plötzlich innehält. »Wirst du jemals ohne das Haus verlassen?«

Er hat den Gegenstand, den ich zwischen dem Verschluss des Bustiers geklemmt habe, ertastet.

»Nein, ich werde nie ohne Dolch aus dem Haus gehen«, antworte ich gelassen. »Auch gefallene Engel können gefährlich werden.«

Ein Schmunzeln umspielt Parkers Lippen, das vollkommen untypisch für ihn ist. Ich höre ihn immer noch viel zu selten lachen.

Ich öffne die Nachrichten und presse die Lippen aufeinander, aber Parker entgeht ohnehin nicht mein Grinsen.

Gute Idee für 'ne Location, Süße. Auch wenn ich meinen Vorschlag einer Schaumparty besser fand. Schreib auf die Einladungen, sie sollen sich 'ne Windel mitbringen. Sie werden sich nämlich in die Hosen scheißen. Gruseln ist mein Element.

Kye

Manchmal habe ich den Eindruck, Kye ist noch unberechenbarer und undurchschaubarer als Parker. Seine anzüglichen Bemerkungen und der Blick, mit dem er mich immer bedenkt, wenn er glaubt, ich würde es nicht merken. Er wird mir nichts tun, dem bin ich mir sicher. Aber ich frage mich, was er bereits getan hat und vor allem, weshalb er die eiskalte, unantastbare Maske trägt.

Die zweite Nachricht ist, wie erwartet, von Dagen, der zwar eine harte Schale hat, aber auch einen weichen Kern.

Sorg dafür, dass er auch kommt. Ich halte dafür Kye im Zaum, er trägt schon seit Wochen dieses dämliche Grinsen auf seiner Fresse. Völlig irre.

D.

Dann muss ich mich ja um das kleinere Übel kümmern, tippe ich schnell, ehe Parker noch misstrauischer wird, als er sowieso schon ist. Vermutlich ahnt er bereits etwas.

»Kye hat mich zu einer Party eingeladen«, scherze ich.

Parker hingegen scheint das ganz und gar nicht lustig zu finden. »Zu einer Party? Ist das sein scheiß Ernst?«, fährt er mich an. »Wenn ich den in die Finger bekomme, wird er wochenlang nicht mehr …«

»Nicht mehr was?«

»Egal. Ich glaube, ich muss ihm noch mal klarmachen, dass er dich aus seinem Scheiß raushalten soll.«

»Das war nur ein, äh, Scherz«, gebe ich betreten zu und fange mir einen zornigen Blick von ihm ein.

Wir verlassen den menschenleeren Friedhof, der Wind

pfeift uns um die Ohren und ich schaue ein letztes Mal zurück.

»Bleib bei dem, was du kannst. Meinen Schwanz lutschen«, sagt Parker, als wir uns in den Dodger setzen.

Mein empörter Gesichtsausdruck lässt ihn in schallendes Gelächter ausbrechen und ich lausche seinem Lachen, das all die Finsternis verdrängt, bis es verebbt.

»Wohin?«, fragt er schließlich und dreht die Musik ein kleines bisschen lauter.

»Entgegen dem Licht«, antworte ich.

Er tritt auf das Gaspedal und wir lassen den Friedhof mit all seinen Erinnerungen hinter uns – zumindest für den Augenblick.

Es ist das Ende eines Abschnitts, eines Teils meines Lebens und zugleich der Beginn davon. Die Angst wird immer da sein, irgendwo in meinem Kopf, Es wird Tage geben, an denen sie mal mehr und mal wieder zugegen sein wird. Aber ich weiß nun, wie ich sie besiegen kann. Mit Mut.

Denn Mut beginnt, wie auch die Angst, im Kopf.

Kapitel 28

31. Oktober

Halloween

Mit nichts als einem Slip bekleidet, stehe ich vor dem Kleiderschrank und ziehe mir ein neues T-Shirt über, als die Tür aufgerissen wird.

»Ach, Süße, wegen mir musst du dich nicht verhüllen«, meint Kye, der splitterfasernackt im Türrahmen steht. Sein Blick verursacht mir auf unangenehme Art und Weise eine Gänsehaut.

»Das nennt sich anziehen, Kye, anziehen! Etwas, das dir fremd ist«, keife ich zurück und versuche, das T-Shirt bis zu den Knien herunterzuziehen.

»Langsam verstehe ich, was Parker an dir findet. Kürz dir die Krallen, nicht, dass du dich noch selbst daran verletzt.«

Ein schmieriges Grinsen stiehlt sich auf sein Gesicht.

»Du bist der Grund für meine Krallen und jetzt mach, dass du verschwindest. Diesen Anblick … werde ich nie vergessen können.« Selbst als ich mich umdrehe, sehe ich seinen Schwanz im Spiegel.

»Macht es dich nervös? Oder nass?«

»Raus! Hier!«, wettere ich und bin über die Lautstärke meiner Stimme überrascht.

»Was geht hier vor sich?«

Kye und ich fahren beide herum, als plötzlich Parker, mit nur einem Badetuch um die Hüfte, hinter ihm steht. Die Wut steht ihm ins Gesicht geschrieben. Könnten Blicke töten, wäre Kye auf der Stelle tot gewesen.

»Verpiss dich.« Parker, der ohnehin schon bedrohlich wirkt, baut sich noch bedrohlicher vor seinem Kumpel auf.

»Fahr mal runter, ich hab nichts gemacht.« Er zuckt mit den Schultern.

»Die Lektion damals hat dir nicht gereicht, was?«, raunt Parker und die beiden wechseln Blicke, die mehr sagen als Worte es könnten.

»Denk an unsere Abmachung, Prinzessin«, sagt Kye, ohne ihn aus den Augen zu lassen, und verschwindet.

Parker knallt die Tür hinter ihm zu, sodass ich glaube, sie fällt gleich aus dem Rahmen. Die Muskeln an seinem Rücken spannen sich an und seine Gedanken sind unüberhörbar.

Ich habe keine Ahnung, ob Kye die Situation bewusst herbeigeführt hat. Wir haben eine Abmachung, ja – ich bringe Parker zur vereinbarten Location für seinen Geburtstag. Allerdings hätte ich das auch gut ohne seinen … nun ja, körperlichen Einsatz, hinbekommen und ohne, dass er seine Freundschaft mit ihm hätte aufs Spiel setzen müssen. Wobei ich den Eindruck habe, dass ich nicht mal annähernd etwas über Kye weiß oder überhaupt wissen will.

»Was zur Hölle sollte der Scheiß?«, presst Parker zwischen zusammengebissenen Zähnen hervor.

Mach dir keinen Kopf, das war nur ein Scherz von Kye, damit du auch wirklich zu deiner Geburtstagsparty er- scheinst. Parker würde mich umbringen.

»Ich weiß es nicht, wirklich. Er stand urplötzlich im Zimmer, nackt.« Ich beiße mir auf die Unterlippe. »Aber ich weiß, was dich wieder auf gute Gedanken bringt«, schiebe ich hinterher.

Er dreht sich zu mir um und das Handtuch um seine Hüfte sitzt gefährlich tief.

»Ach ja? Was denn, Beth?« Die Wut lodert in seinen Augen, seiner Stimme und vor allem in seinen Gedanken. Mit langsamen Schritten kommt er auf mich zu, während mein Mund immer trockener wird.

»Wir könnten-«, setze ich an, komme aber nicht dazu, den Satz zu beenden.

»Ich hab eine ganz andere Idee.« Parker drückt mich mit

dem Gesicht auf das Bett, zerrt mir den Slip von den Beinen und dringt mit einem Stoß in mich ein.

Ein Schrei entkommt meiner Kehle und meine kläglichen Versuche, mich ihm zu entziehen, scheitern. Seine Finger graben sich schmerzhaft in mein Fleisch, während er sich erbarmungslos in mich stößt. Obwohl wir erst wenige Male miteinander geschlafen haben, weiß ich, was ich brauche. Was er braucht. Was wir beide brauchen.

Wir sehnen uns nach dem, was wir ebenso fürchten und unsere inneren Dämonen herbeiruft.

Dunkelheit. Vollkommende Finsternis.

Wenn er mich fickt, dann fühle ich, wie sich die Dunkelheit in mir ausbreitet und mir das bisschen Licht nimmt. Sie füllt die Leere, die verlorene Seele in mir, das Verlangen.

Mit einer Hand reißt er mein Gesicht zur Seite, der Schmerz fährt durch meine Wange. Er genießt es, wie ich mich unter ihm winde, mich wehre und doch nur eines will. Keine zarten Hände, die mich berühren, als sei ich zerbrechlich oder meiner Vergangenheit erlegen.

Ich will seine Unbarmherzigkeit, seinen Willen, der vom Teufel besessen ist. Ich will des Teufels Hände auf mir spüren. Ich will, dass er mich fickt, als würde es ihm den letzten Rest Menschlichkeit rauben.

Parkers gedämpftes, angestrengtes Keuchen vermischt sich mit meinem Stöhnen, hallt im ganzen Raum wider. Sein

Griff um meine Hüfte verstärkt sich und seine Stöße, die mich fast innerlich zerreißen, lassen mich in einem Orgasmus erzittern. Schließlich ergießt er sich keuchend in mir und ohne mich umzudrehen, weiß ich, dass er mich betrachtet. Meinen entblößten, in die Luft gereckten Hintern, auf dem er seine Spuren hinterlassen hat. Die blau-lila Flecken an meiner Hüfte vom letzten Mal haben sich mittlerweile grün verfärbt.

»Was war dein Vorschlag?«, fragt er, als sei nichts gewesen, und zieht sich eine Jeans über.

Ich setze mich an das Bettende, die Hände unter meine Oberschenkel geschoben, und erwidere das Grinsen seines Spiegelbildes. Der leere Ausdruck in seinen Augen und seiner Stimme machen mir oftmals noch eine scheiß Angst. Ich weiß, wann der Teufel in seinen Augen steht, wann er Bloody Parker ist. Aber genauso weiß ich, wann er er selbst ist, wann er einfach nur Parker ist.

*

Eine Stunde später, als es draußen bereits dunkel ist, erreichen wir das verlassene Fabrikgelände. Es weckt Erinnerungen und ich muss grinsen.

»Kannst du dich noch daran erinnern?«, frage ich, als wir vor dem morbiden Gebäude stehen, dessen Mauern von noch mehr Graffiti geschmückt werden.

»Als du wie eine Geisteskranke über den Highway gerast bist?« Ein müdes Lächeln schleicht sich auf sein Gesicht. »Scheiße, wie könnte ich das vergessen? Das war das erste Mal, seit … dem Tod meines Dads, dass ich Angst um mein eigenes Leben hatte.«

Ich lache schrill auf und schlage mir kurz darauf die Hand vor den Mund, als mein Lachen einen Schwarm Vögel aufschreckt.

»Also, was soll mich hier auf gute Gedanken bringen, Elizabeth?« Parker drückt mich gegen die Motorhaube.

Ich ziehe zwei Pistolen hervor. »Schießen.«

»Schießen? Worauf?« Er zieht eine Augenbraue in die Höhe. »Auf dich?«

Okay, möglicherweise geht mein Plan doch nicht auf. Wir sollten uns schon längst seit zehn Minuten im Inneren der Fabrik befinden. Nach drei Schüssen oder falls es, aus welchem Grund auch immer, nicht dazu kommen sollte, sollte um 22 Uhr von draußen laute Musik ertönen und die Party starten.

»Äh, so ähnlich«, weiche ich aus und ziehe ihn an der Hand in die Fabrik, die innen noch verfallener aussieht als außen.

Unbeholfen schaffe ich es über die morsche Treppe hinauf in das erste Obergeschoss. Der Geruch nach Alkohol füllt die Räume aus und jede Menge benutzte Kondome liegen auf dem Boden herum.

Ein verstohlener Blick auf mein Handy verrät mir, dass nicht nur wir, sondern auch Kye und Dagen zu spät dran sind. Wenn sie nicht bald ihre Ärsche bewegen, war's das mit der Überraschung.

»An die Wand«, weist Parker mich an und lädt die Pistole, die er mir in einem Moment der Unachtsamkeit entwendet hat.

»W-was?«

»Was daran hast du nicht verstanden, Elizabeth?« Er richtet den Lauf der Waffe auf mich, der mich verfolgt, bis ich mit dem Rücken gegen die Wand lehne.

Die kalten Steine drücken sich wie spitze Dolche in mein Fleisch.

»Parker, was-«

Ein Schuss, der mir durch Mark und Bein fährt, trifft eine Stelle knapp neben mir. Verdammte. Scheiße. Was zur Hölle mache ich jetzt? Mir fällt der Dolch ein, den ich immer bei mir trage, und ich ziehe ihn hervor.

Parkers gellendes Lachen klingt im ganzen Raum wider und als ich in seine Augen sehe, weiß ich nicht, was ich darin zu finden hoffe. So leer. So finster.

»Glaubst du, ein Dolch kann dich vor einem Schuss bewahren, Elizabeth?«

Den Klang meines Namens aus seinem Mund zu hören, schmerzt in meinem Herzen.

»Glaubst du, du hättest dich einfach so von ihm ficken

lassen können? Von Kye?«

»Was?«, stoße ich hervor.

Denkt er etwa wirklich … Scheiße, und wie er davon ausgeht! Falls ich hier lebend rauskomme, werde ich Kye eigenhändig erwürgen. Wegen seiner bescheuerten Aktion gehe ich bald drauf!

Gnade dir Gott, Kye. Oder besser doch nicht. Soll sich der Teufel deiner annehmen, nachdem ich mit dir fertig bin.

Plötzlich geht ein zweiter Schuss los, der an meinem Ohr vorbeirast. Ich zittere am ganzen Körper. Vor Angst. Vor Kälte. Was zum Teufel ist in Parker gefahren? Das ist ein einziger Albtraum.

Meine Finger bohren sich in die Handinnenfläche und der Dolch fällt klirrend zu Boden.

»Für einen Fick war ich dir vorhin noch genug und jetzt willst du mir sonst wo eine Kugel reinjagen?«

Er lacht heiser. »Vielleicht werde ich dich noch einmal ficken, nachdem das Leben aus dir gewichen ist. Wenn dein Körper noch warm ist, dein Herz die letzten Schläge schlägt.«

Es ist das Ende eines Abschnitts, eines Teils meines Lebens und zugleich der Beginn davon.

Auf einmal muss ich über meine eigenen Worte lachen. Wie naiv und dumm.

Der dritte Schuss löst sich. Und mit ihm ertönt laute Musik und Stimmengebrüll. Ich fahre mit dem Finger über die Schramme am Arm, die mir die Kugel verpasst hat.

Ich lebe. Dann sehe ich in Parkers Gesicht, der die Pistole sinken lässt.

»Du hättest mal dein Gesicht sehen sollen.« Er kommt auf mich zu, der warme Lauf der Pistole berührt meine Haut. »Das war Geschenk genug, Beth.«

»Ich … was? Du hast nur so getan-«

»… als ob, richtig.« Ein Grinsen, das immer breiter wird, umspielt seine Lippen.

Ich zeige ihm den Mittelfinger. »Happy Birthday, Arschloch.«

Daraufhin prustet er ungehalten los und übertönt damit fast die Musik, die von draußen zu hören ist.

»Du solltest deine Gäste nicht warten lassen«, merke ich pikiert an.

Parker bemüht sich um einen ersten Gesichtsausdruck, als er einen Finger unter mein Kinn legt. »Das war die Rache dafür, dass du mir etwas verheimlicht hast.«

Ihm trotzig die Zunge rausstrecken, den Finger von meinem Kinn wegschlagen oder die Arme vor der Brust verschränken – alles davon erscheint mir eine kindische Reaktion zu sein. Deshalb verdrehe ich einfach die Augen.

»Zieh nicht so 'ne Schnute, das steht dir nicht, Kätzchen.« Er verschränkt seine Finger mit meinen, steckt die Pistole zurück in die Hosentasche und zieht mich hinter sich her.

Durch die zerbrochenen Fenster kann ich von draußen eine offene Feuerstelle erkennen, deren Flammen in der Dunkelheit gefährlich zucken.

Kurz, bevor wir aus der Fabrik treten, hält Parker inne. Dann dreht er sich zu mir und fängt meinen Blick ein. »Danke.«

Ich lächle, er lächelt und überschwängliches Jubeln empfängt uns, als wir heraustreten. Dagen steht bereits am Schwenkgrill und Kye verteilt, wie soll es anders sein, den Alkohol. Die meisten Gesichter kommen mir bekannt vor, der Großteil gehört der Verbindung an, in dessen Haus Parker wohnt. Aber auch Aubrey, Tamara, Joyce und Lucas winken mir inmitten der Menge zu.

Sogar ein kleines Büffet haben Callie und Sheree errichtet, das herrlich duftet.

»Habt ihr da oben gevögelt oder warum hat das so lange gedauert?«, fragt mich Dagen, der Würstchen und Gemüsespieße auf dem Grill wendet.

»Nein, Mann«, zische ich.

Auf einmal stimmt jemand For He's a Jolly Good Fellow an und alle singen lauthals mit. Ich schaue in die Runde, die sich am Feuer versammelt hat, und lasse meinen Blick schweifen. Bis sich eine warme Hand in meine legt.

»Du bist ja auch ein so lustiger Kerl«, flüstere ich ihm, in Anspielung auf das Lied, ins Ohr. »Deine Versuche, mich umzubringen, haben mich echt zum Lachen gebracht.«

»Ich hab noch viel bessere Witze auf Lager«, antwortet er.

Als das Geburtstagslied abklingt, löst sich die Runde nach und nach auf. Nur noch Parker, Callie und ich stehen am Feuer. Und die Stimmung ist wie das Feuer: lodernd. Seit Wochen haben sie kein Wort mehr miteinander gesprochen und es zerreißt mir das Herz. Sie haben so viel durchgemacht, Parker hat sie beschützt und Callie seine Wunden versorgt. Sie haben sich gegenseitig am Leben gehalten, nichts konnte sie auseinanderbringen.

»Dein Gesicht strahlt, deine Augen, dein Lächeln«, sagt Callie, die sich die Hände am Feuer wärmt.

»In deinen Augen liegt immer noch der Glanz der Tränen«, erwidert Parker, in dessen Stimme weder Boshaftigkeit noch Verachtung liegen. In seinem Blick hingegen liegt so viel mehr.

»Ich weine jeden Tag, weil ich dich verloren habe. Weil ich alles vermasselt habe.« Ihre letzten Worte gehen fast unter, als sie aufschluchzt.

Im Licht des Feuers sehe ich auch Parkers Augen glänzen. Und dann tut er etwas, das längst überfällig war. Dass sie gebraucht haben, um wieder zueinander zu finden.

Er legt seine Arme um sie, drückt seine Schwester an sich. »Ihr wart alles, was ich jemals hatte. Du wirst mich niemals loswerden, keine Sorge.«

Sie lachen beide ein heiseres Lachen, das all die Tränen vergessen lässt.

Wenig später ist von der bedrückten Stimmung nichts mehr übrig, alle tanzen zur Musik, lachen, bedienen sich am Büffet. Bis Kye und Dagen einen übergroßen Karton herbeischleppen, ihn abdecken und eine Geburtstagstorte zum Vorschein kommt. Sie ist über und über mit Kerzen bedeckt, deutlich mehr als die sechsundzwanzig, die nötig gewesen wären.

»Darauf, dass du zwar älter, aber nie vernünftiger wirst!«, rufen ihm beide zu und Parker zeigt ihnen den Mittelfinger.

Jeder wird mit einem Stück Torte verköstigt und ich setze mich zu Parker, der abseits auf einem Baumstamm hockt. Er schiebt sich gerade die Gabel in den Mund und kaut nachdenklich.

»Du hast mich glauben lassen, dass so etwas wie Schicksal existiert«, sagt er.

»Du hast mir gezeigt, was ich brauche, um gegen die Angst anzukommen«, erwidere ich.

Wir sehen uns an und keine Worte auf der Welt können ausdrücken, was in unseren Augen liegt. Alles wird stets ein Teil von uns sein, die Dunkelheit, die Angst, die Wut, die Hoffnung, aber auch das Licht, das scheint.

Das Licht, das für uns alle scheint.

Epilog

1 Jahr später

Remedy – Adele

Ich stecke den Schlüssel ins Schloss und die Tür öffnet sich. Meine Schuhe stelle ich ab, die Jacke hänge ich an die Garderobe. Ich lasse den Blick durch das 1-Zimmer-Apartment schweifen und seufze. Ganz kann ich es immer noch nicht glauben, dass ich mir von meinem Lohn in der Bibliothek mittlerweile eine eigene Wohnung leisten kann. Sie liegt nur wenige Gehminuten von Ellen und Callie entfernt, meiner Familie. Es ist nicht immer Blut, das einen verbindet, sondern Loyalität.

Bisher ist die Wohnung nur mit dem Nötigsten eingerichtet, da ich froh bin, überhaupt etwas Bezahlbares gefunden zu haben. Das Foto, das an Parkers letztem Geburtstag aufgenommen wurde, befand sich als Erstes hier. Es zeigt Ellen, Callie, Sheree, Dagen, Kye, Parker und mich, wie wir in die Kamera strahlen. Sogar Parker.

Ein plötzliches Klingeln an der Tür reißt mich aus den Gedanken. Als ich die Sprechanlage betätige, ist es seine raue, tiefe Stimme, die mich lächeln lässt.

»Beweg deinen süßen Arsch runter, sonst kommen wir wieder zu spät zum Training.« Parker lacht heiser.

Ich kann mir vorstellen, wie er lässig draußen an der Wand lehnt, eine Zigarette im Mundwinkel und jeden abfällig mustert, der rein- und rausläuft.

»Das war ja wohl nicht meine Schuld!«, gebe ich gespielt entrüstet zurück.

»Es waren deine harten Nippel, die mich durch das dünne Sportshirt angebettelt haben, sie in den Mund zu nehmen. Oder willst du mir etwa weismachen, dass es dir nicht gefallen hat?«

»Äh«, krächze ich.

Ich höre ihn durch die Anlage lachen. »Wenn ich daran denke, wie nass deine Pussy war-«

»Ich unterhalte mich nicht mit dir durch die Sprechanlage über … so was«, unterbreche ich ihn hastig. »Ich komme gleich runter.«

Zwei Minuten später haste ich die Treppe herunter, bereits die Sportklamotten übergezogen. Parkers Blick, als ich ihm gegenüberstehe, geht mir durch Mark und Bein. Dann schnippt er den Zigarettenstummel auf den Boden und wir sehen uns einen langen Augenblick an. Ein Augenblick, der nur für uns bestimmt ist.

Seine Hände, so warm und so sanft, wie bei niemand anderem, umfassen mein Gesicht. »Du bist nicht nur meine Hoffnung, Beth, sondern auch mein Heilmittel. Du schwächst das Dunkle, das Tiefdunkle, in mir.«

Ich lege meine Hände auf seine und ziehe ihn so nah an mich heran, dass sich unsere Lippen fast berühren. »Weißt du, was noch schöner ist, als dich mich lieben zu lassen? *Dich* zu lieben.«

Fast glaube ich, dass es zu viel des Guten, zu rosa-kitschig ist, da küsst er mich. Nicht zaghaft, nicht sanft, sondern als bliebe uns keine Zeit mehr, als könnte der Augenblick zu schnell vorbei sein. Sein Bart kitzelt an meiner Wange, während sich unsere Lippen ein weiteres Mal finden.

»Lass uns gehen«, sagt Parker, als er von mir ablässt. »Sonst können wir uns von Dagen und Kye noch was anhören.«

Ich lache leise und halte inne, als er den Autoschlüssel vor meiner Nase pendeln lässt.

»Wie wär's mit einer kleinen Spritztour, bevor du nächste Woche deine erste Fahrstunde hast?« In seinen Augen spiegelt sich das vertraute Funkeln wider.

Kurz zweifle ich. Kurz bin ich unsicher. Kurz spüre ich

die Angst, die immer allgegenwärtig ist. Irgendwo in meinem Kopf, meinem Herz, meinen Gedanken.

Dann aber schnappe ich mir die Schlüssel und renne auf den schwarzen Dodger zu, den ich selbst in der abendlichen Dunkelheit erkenne.

Als wir schließlich im Wagen sitzen, die Gurte anlegen und ich den Motor starte, zögere ich. Meine Schuhspitze berührt zaghaft das Gaspedal.

»Worauf wartest du?«

Ich weiß nur, worauf ich nicht warte. Nicht auf den Tag, an dem die Angst komplett verflogen ist. Nicht auf den Tag, an dem die dunklen Erinnerungen an meinen Dad verschwunden sind.

Es gehört zu mir, zu meiner Vergangenheit. Es ist okay, Angst zu haben, zu zweifeln, zu weinen, zu fluchen. Denn ich habe gelernt, wieder aufzustehen. Ich habe gelernt, nicht zu vergessen, dass nach jedem Regenschauer, nach jedem Nebel, nach jedem Gewitter das Licht folgt.

Ich lasse meinen Fuß auf das Gaspedal sinken, das vertraute Heulen des Motors verursacht mir eine Gänsehaut. Währenddessen sieht Parker aus dem Fenster. Er kämpft, jeden Tag, so wie ich. Aber wir kämpfen zusammen. Mittlerweile hat er die Untergrundkämpfe aufgegeben, auch wenn er hin und wieder das Verlangen hat, daran teilzunehmen. Ich sehe es ihm an, seinen leeren Augen, den Gedanken, die ihn quälen. Doch er weiß selbst, dass es den Teufel in seinem Inneren nur aufhetzt. Seit einigen Monaten nehmen wir dafür am Training im Boxclub von Dagens Dad teil. Das war ein spontaner Einfall von mir und umso erstaunter war ich, als Parker zusagte. Natürlich nicht ohne einen Einwand.

»Zusammen kämpfen, hast du gesagt, nicht wahr?«, meinte er.

Tja, und nun stehe ich tatsächlich mit Parker im Ring, der mehr als zwei Köpfe größer und viel stärker ist als ich. Wenn er mir gegenübersteht, das verschwitzte T-Shirt an seinem Körper klebt, den Zahnschutz im Mund, dann geht mir ganz schön die Düse. Auch wenn seine Schläge meist harmlos sind. Im Boxring sind wir nicht Engel und Teufel. Wir sind Beth und Parker. Einfach wir.

ENDE

DANKSAGUNG

Bei der letzten Danksagung wusste ich genau, wem ich danken möchte. Doch diesmal ist es anders. Denn ich will am liebsten jedem von euch danken, der die Geschichte um Beth und Parker gelesen, geliebt, rezensiert und sichtbar gemacht hat. Ich danke jedem einzelnen von euch, der dazu beigetragen hat, dass mein Traum Wirklichkeit geworden ist. Ohne euch wäre das nicht möglich gewesen!

Doch was hätte ich ohne dich getan, Sarah? Du warst nicht nur die Erste, die jemals mein Geschriebenes gelesen hat, sondern auch die Erste, die Beth und Parker in ihr Herz geschlossen hat. Du hast mir so viel Mut gegeben und noch etwas anderes: deine Freundschaft. Ohne dich würde niemand die Geschichte von Beth und Parker lesen, ohne dich hätte ich niemals den Schritt gewagt. Danke für alles.

Was zuerst als Zusammenarbeit zwischen Autorin und Bloggerin begann, entwickelte sich zu einer Freundschaft.

Und ich bin unheimlich froh darüber, dass du mich immer ermutigt hast, Rebecca. Es kommt mir vor, als würden wir uns schon eine Ewigkeit kennen. Danke für die Nachrichten, die wir immer austauschen, und für die aufbauenden Worte.

Außerdem möchte ich einem Menschen danken, dessen Herz riesengroß ist: Rebecca vom wundervollen Blog ZeilenZauber. Deine Unterstützung und Begeisterung machen mich immer noch sprachlos. Du liebst Beth und Parker, so wie ich sie liebe. Du bist, wie dein Blog aussagt, einfach zauberhaft!

Wenn euch His Cage & Her Freedom gefallen hat, freue ich mich über jede noch so klitzekleine Rezension auf Amazon. Diese Geschichte trägt so vieles von mir in sich und sie war der Anfang von etwas ganz Besonderen für mich. Ich hoffe, ihr begleitet mich auf meinem weiteren Weg. Denn ihr könnt euch sicher sein: Wenn ihr das lest, schreibe ich bereits wieder an einem neuen Projekt. Oder zweien. Oder mehreren.

Bleibt stark und glaubt immer an euch, egal, was geschieht.

Alles Liebe
eure Sophie

DIR HAT DIESES BUCH GEFALLEN?

Dann freue ich mich über jede noch so kurze oder längere Rezension, damit noch mehr Menschen die Geschichte entdecken!

ÜBER DIE AUTORIN

Sophie L. Gellar ist das Pseudonym einer deutschen Autorin, die unter ständigem Fernweh und unbändigen Plotbunnies leidet. Zwei Tage vor Weihnachten in der Pfalz geboren, hat es sie inzwischen der Liebe wegen in die Großstadt Berlin verschlagen.

Meist schreibt sie an mehreren Projekten gleichzeitig und das am liebsten nachts, wenn ihre Inspiration auf Hochtouren arbeitet, und mit Musik auf den Ohren. Und wenn sie das mal nicht tut (was durchaus vorkommt), versinkt sie in den Höhen ihres Stapels ungelesener Bücher und träumt von einem Roadtrip durch die schottischen Highlands.

WEITERE BÜCHER DER AUTORIN

Ein Liebesroman über einen Maler, seine Muse und die tausend Farben dazwischen …

Printed in Poland
by Amazon Fulfillment
Poland Sp. z o.o., Wrocław

25452119R00215